ZHONGGUO XIAOSHUO
100 QIANG

中国小说 100 强（1978—2022）

# 花花传奇

韩 东 著

北京联合出版公司
Beijing United Publishing Co.,Ltd.

**图书在版编目（CIP）数据**

花花传奇 / 韩东著. -- 北京 ：北京联合出版公司，2023.9
（中国小说100强）
ISBN 978-7-5596-7217-9

Ⅰ.①花… Ⅱ.①韩… Ⅲ.①长篇小说－中国－当代 Ⅳ.①I247.5

中国国家版本馆CIP数据核字(2023)第168347号

## 花花传奇

| | |
|---|---|
| **作　　者：** | 韩　东 |
| **出 品 人：** | 赵红仕 |
| **出版监制：** | 张晓冬　范晓潮 |
| **责任编辑：** | 刘　恒 |
| **特约编辑：** | 和庚方　刘沐雨 |
| **封面设计：** | 武　一 |

北京联合出版公司出版
（北京市西城区德外大街83号楼9层　100088）
北京兴星伟业印刷有限公司印刷　新华书店经销
字数180千字　650毫米×920毫米　1/16　19.5印张
2023年9月第1版　2023年9月第1次印刷
ISBN 978-7-5596-7217-9
定价：58.00元

**版权所有，侵权必究**
未经书面许可，不得以任何方式转载、复制、翻印本书部分或全部内容。
本书若有质量问题，请与本公司图书销售中心联系调换。
电话：010-65868687

中国小说100强（1978—2022）丛书

# 编委会

**丛书总策划**

张　明　　著名出版人
张　英　　资深媒体人

**编委主任**

吴义勤　　中国作协副主席
　　　　　中国小说学会会长

**编　委**

吴义勤　　中国作协副主席、中国小说学会会长
宗仁发　　《作家》杂志主编
谢有顺　　中山大学教授、中国小说学会副会长
顾建平　　《小说选刊》副主编
张　英　　资深媒体人
文　欢　　作家、出版人

# 总　序

"中国小说100强"（1978—2022）是资深出版人张明先生和腾讯读书知名记者张英先生共同策划发起的一套大型文学丛书。他们邀请我和宗仁发、谢有顺、顾建平、文欢一起组成编委会，并特邀徐晨亮参与，经过认真研讨和多轮投票最终评定了100人的入选小说家目录。由于编委们大多都是长期在中国文学现场与中国文学一路同行的一线编辑、出版家、评论家和文学记者，可以说都是最专业的文学读者，因此，本套书对专业性的追求是理所当然的，编委们的个人趣味、审美爱好虽有不同，但对作家和文学本身的尊重、对小说艺术的尊重、对文学史和阅读史的尊重，决定了丛书编选的原则、方向和基本逻辑。

从文学史的角度来说，1978年以后开启的新时期文学是中国当代文学的黄金时代，不仅涌现了一批至今享誉世界的优秀作家，而且创造了许多脍炙人口的文学经典，并某种程度上改写了20世纪中国文学史的版图。而在中国新时期文学的经典家族中，小说和小说家无疑是艺术成就最高、影响力最大的部分。"中国小说100强"（1978—2022）就是试图将这个时期的具有经典性的小说家和中国小说的经典之作完整、系统地筛选和呈现出来，并以此构成对新时期文学史的某种回顾与重读、观察与评判。呈现在读者面前的这套丛书是对1978—2022年间中国当代小说发展历程的一次全面、系统的整体性回顾与检阅，是中国当代文学经典化的重要成果，从特定的角度集中展示了中国新时期文学在小说创作方面的巨大成就。需要说明的是，与1978—2022年新时期文学繁荣兴盛的局面相比，100位作家和100本书还远远不能涵盖中国当代小说的全貌，很多堪称经典的小说也许因为各种原因并未能进入。莫言、苏童、余华等作家本来都在编委投票评定的名单里，但因为他们已与某些出版社签下了专有出版合同，不允许其他出版社另出小说集，因而只能因不可抗原因而割爱，遗珠之憾实难避免，而且文学的审美本身也是多元的，我们的判断、评价、选择也许与有些读者的认知和判断是冲突的，但我们绝无把自己的标准强加于别人的意思。我们呈现的只是我们观察中国这个时期当代小说的一个角度、一种标准，我们坚持文学性、学术性、专业性、民间性，注重作家个体的生活体验、叙事能力和艺术功力，我们突破代际局限，老、中、青小说家都平等对待，王蒙、冯骥才、梁晓声、铁凝、阿来等名家名作蔚为大观，徐则臣、阿乙、弋舟、鲁敏、林森等新人新作也是目不暇接，我们特别关注文学的新生力量，尤其是近10年作品多次获国家大奖、市场人气爆棚的新生代小说家，我们禀持包容、开放、多元的审美立场，无论是专注用现实题材传达个人迥异驳杂人生经验、用心用情书写和表现时代精神的现实主义作家，还是执着于艺术探索和个体风格的实验性作家，在丛书里都是一视同仁。我们坚信我们是忠实于自己的艺术理想、艺术原则和艺术良心的，但我们并不认为自己的角度和标准是唯一的，我们期待并尊重各种各样的观察角度和文学判断。

  当然，编选和出版"中国小说100强"（1978—2022）这套大型丛书，除了上述对文学史、小说史成就的整体呈现这一追求之外，我们还有更深远、更宏大的学术目标，那就是全力推进中国当代文学"经典化"的历程和"全民阅读·书香中国"建设。

从1949年发端的中国当代文学已经有了70多年的发展历程，但对这70多年文学的评价一直存在巨大的分歧，"极端的否定"与"极端的肯定"常常让我们看不到当代文学的真相。有人认为中国当代文学达到了前所未有的高度和水平。王蒙先生在法兰克福书展上就说：中国当代文学现在是有史以来最繁荣的时期。余秋雨、刘再复甚至认为中国当代文学的成就远远超过了现代文学。也有人极端否定中国当代文学，认为中国当代文学都是垃圾。他们认为现代文学要远远超过当代文学，中国当代文学连与现代文学比较的资格都没有。比如说，相对于鲁（迅）、郭（沫若）、茅（盾）、巴（金）、老（舍）、曹（禺）这样大师级的人物，中国当代作家都是渺小的侏儒，根本不能相提并论，两者比较就是对大师的亵渎。应该说，与对中国当代文学的肯定之声相比，对当代文学的否定和轻视显然更成气候、更为普遍也更有市场。尽管否定者各自的角度和出发点不同，但中国当代作家、作品与中外文学大师、文学经典之间不可比拟的巨大距离却是唱衰中国当代文学者的主要论据。这种判断通常沿着两个逻辑展开：一是对中外文学大师精神价值、道德价值和人格价值的夸大与拔高，对文学大师的不证自明的宗教化、神性化的崇拜。二是对文学经典的神秘化、神圣化、绝对化、空洞化的理解与阐释。在此，我们看到了一个非常有趣的悖论：当谈论经典作家和文学大师时我们总是仰视而崇拜，他们的局限我们要么视而不见要么宽容原谅，但当我们谈论身边作家和身边作品时，我们总是专注于其弱点和局限，反而对其优点视而不见。问题还不在于这种姿态本身的厚此薄彼与伦理偏见，而是这种姿态背后所蕴含的"当代虚无主义"。这种"虚无主义"的最大后果就是对当代作家作品"经典化"的阻滞，对当代文学经典化历程的阻隔与拖延。一方面，我们视当下作家作品为"无物",拒绝对其进行"经典化"的工作,另一方面又以早就完全"经典化"了的大师和经典来作为贬低当下泥沙俱下的文学现实的依据。这种不在同一个层面上的比较,不仅毫无意义,而且只能使得文学评价上的不公正以及各种偏激的怪论愈演愈烈。

其实,说中国当代文学如何不堪或如何优秀都没有说服力。关键是要进行"经典化"的工作,只有"经典化"的工作完成了才有可能比较客观地对当代的作家作品形成文学史的判断。对当代的"经典化"不是对过往经典、大师的否定,也不是对当代文学唱赞歌,而是要建立一个既立足文学史又与时俱进并与当代文学发展同步的认识评价体系和筛选体系。当然,我们也要承认,"经典化"问题是一个非常复杂的问题,并不是凭热情和冲动一下子就能完成的,但我们至少应该完成认识论上的"转变"并真正启动这样一个"过程"。

现在媒体上流行一些对于中国当代文学经典化冷嘲热讽的稀奇古怪的言论,其核心一是否定中国当代文学有经典、有大师,其二是否定批评界、学术界有关"经典化"的主张,认为在一个无经典的时代,"经典"是怎么"化"也"化"不出来的,"经典化"是一个实实在在的"伪命题"。其实,对于文学,每个人有不同的判断、不同的理解这很正常,每一种观点也都值得尊重。但是,在"经典"和"经典化"这个问题上,我却不能不说,上述观点存在对"经典"和"经典化"的双重误解,因而具有严重的误导性和危害性。

首先,就"经典"而言,否定中国当代文学早就不是什么新鲜事,对当代文学的虚无主义态度在很多人那里早已根深蒂固。我不想争论这背后的是与非,也不想分析这种观点背后的社会基础与人性基础。我只想指出,这种观点单从学理层面上看就已陷入了三个巨大误区:

第一个误区,是对经典的神圣化和神秘化的误区。很多人把经典想象为一个绝对的、神圣的、遥远的文学存在,觉得文学经典就是一个绝对的、乌托邦化的、十全十美的、所有人都喜欢的东西。这其实是为了阻隔当代文学和"经典"这个词发生关系。因为经典既然是绝对的、神圣的、乌托邦的、十全十美的,那我们今天哪一部作品会有这样的特性呢?如果回顾一下人类文学史,有这样特性的作品好像也没有。事实上,没有一部作品可以十全十美,也没有一部作品能让所有人喜欢。在这个问题上,我们应该明确的是,"经典"不是十全十美、无可挑剔的代名词,在人类文学史上似乎并不存在毫无缺点并能被任何人所认同的"经典"。因此,对每一个时代来说,"经典"并不是指那些高不可攀的神圣的、神秘的存在,只不过是那些比较优秀、能被比较多的人喜爱的作品而已。从这个意义上说,当今中国文坛谈论"经典"时那种神圣化、莫测高深的乌托邦姿态,不过是遮蔽和否定当代文学的一种不自觉的方式,他们假定了一种遥远、神秘、绝对、完美的"经典形象",并以对此一本正经的信仰、崇拜和无限拔高,建立了一整套关于中国当代文学的伦理话语体系与道德话语体系,从而充满正义感地宣判着中国当代文学的死刑。

第二个误区,是经典会自动呈现的误区。很多人会说,是金子总是会发光的。但对文学来说,文学经典的产生有着特殊性,即,它不是一个"标签",它一定是在阅读的意义上才会产生意义和价值的,也只有在阅读的意义上才能够实现价值,没有被阅读的作品没有被发现的作品就没有价值,就不会发光。而且经典的价值本身也不是固定不变的。如果一个作品的价值一开始就是固定不变的,那这个作品的价值就一定是有限的。经典一定会在不同的时代面对不同的读者呈现出完全不同的价值。这也是所谓文学永恒性的来源。也就是说,文学的永恒性不是指它的某一个意义、某一个价值的永恒,而是指它具有意义、价值的永恒再生性,它可以不断地延伸价值,可以不断地被创造、不断地被发现,这才是经典价值的根本。所以说,经典不但不会自动呈现,而且一定要在读者的阅读或者阐释、评价中才会呈现其价值。

第三个误区，是经典命名权的误区。很多人把经典的命名视为一种特殊权力。这有两个层面的问题：一，是现代人还是后代人具有命名权；二，是权威还是普通人具有命名权。说一个时代的作品是经典，是当代人说了算还是后代人说了算？从理论上来说当然是后代人说了算。我们宁愿把一切交给时间。但是，时间本身是不可信的，它不是客观的，是意识形态化的。某种意义上，时间确会消除文学的很多污染包括意识形态的污染，时间会让我们更清楚地看清模糊的、被掩盖的真相，但是时间同时也会使文学的现场感和鲜活性受到磨损与侵蚀，甚至时间本身也难逃意识形态的污染。此外，如果把一切交给时间，还有一个前提，那就是对后代的读者要有足够的信任，要相信他们能够完成对我们这个时代文学的经典化使命。但我们对后代的读者，其实是没有信心的。我们今天已经陷入了严重的阅读危机，我们怎么能寄希望后代人有更大的阅读热情呢？幻想后代的人用考古的方式对我们这个时代的文学进行经典命名，这现实吗？我不相信后人对我们身处时代"考古"式的阐释会比我们亲历的"经验"更可靠，也不相信，后人对我们身处时代文学的理解会比我们亲历者更准确。我觉得，一部被后代命名为"经典"的作品，在它所处的时代也一定会是被认可为"经典"的作品，我不相信，在当代默默无闻的作品在后代会被"考古"挖掘为"经典"。也许有人会举张爱玲、钱钟书、沈从文的例子，但我要说的是，他们的文学价值早在他们生活的时代就已被认可了，只不过很长时间由于意识形态的原因我们的文学史不谈及他们罢了。此外，在经典命名的问题上，我们还要回答的是当代作家究竟为谁写作的问题。当代作家是为同代人写作还是为后代人写作？幻想同代人不阅读、不接受的作品后代人会接受，这本身就是非常乌托邦的。更何况，当代作家所表现的经验以及对世界的认识，是当代人更能理解还是后代人更能理解？当然是当代人更能理解当代作家所表达的生活和经验，更能够产生共鸣。因此，从这个角度来说，当代人对一个时代经典的命名显然比后代人更重要。第二个层面，就是普通人、普通读者和权威的关系。理论上，我们都相信文学权威对一个时代文学经典命名的重要性，权威当然更有价值。但我们又不能够迷信文学权威。如果把一个时代文学经典的命名权仅仅交给几个权威，那也是非常危险的。这个危险表现在什么地方呢？就是几个人的错误会放大为整个时代的错误，几个人的偏见会放大为整个时代的偏见。我们有很多这样的文学史教训。在这个问题上，我们既要相信权威又不能迷信权威，我们要追求文学经典评价的民主化、民主性。对一个时代文学的判断应该是全体阅读者共同参与的民主化的过程，各种文学声音都应该能够有效地发出。这个时代的文学阅读，最理想的状态应该是一种互补性的阅读。为什么叫"互补性的阅读"？因为一个批评家再敬业，再劳动模范，一个人也读不过来所有的作品。举个例子：现在我们一年有5000部以上的长篇小说，一个批评家如果很敬业，每天在家读二十四小时，他能读多少部？一天读一部，一年也只能读三百部。但他一个人读不完，不等于我们整个时代的读者都读不完。这就需要互补性阅读。所有的读者互补性地读完所有作品。在所有作品都被阅读过的情况下，所有的声音都能发出来的情况下，各种声音的碰撞、妥协、对话，就会形成对这个时代文学比较客观、科学的判断。因此，文学的经典不是由某一个"权威"命名的，而是由一个时代所有的阅读者共同命名的，可以说，每一个阅读者都是一个命名者，他都有对经典进行命名的使命、责任和"权力"。而作为一个文学研究者或一个文学出版者，参与当代文学的进程，参与当代文学经典的筛选、淘洗和确立过程，更是一种义不容辞的责任和使命。说到底，"经典"是主观的，"经典"的确立是一个持续不断的"过程"，"经典"的价值是逐步呈现的，对于一部经典作品来说，它的当代认可、当代评价是不可或缺的。尽管这种认可和评价也许有偏颇，但是没有这种认可和评价，它就无法从浩如烟海的文本世界中突围而出，它就会永久地被埋没。从这个意义上说，在当代任何一部能够被阅读、谈论的文本都是幸运的，这是它变成"经典"的必要洗礼和必然路径。

总之，我们所提倡的"经典化"不是要简单地呈现一种结果，不是要简单地对一个时代的文学作品排座次，不是要武断地指出某部作品是"经典"，某部作品不是"经典"，不是要颁发一个"谁是经典"的荣誉证书，而是要进入一个发现文学价值、感受文学价值、呈现文学价值的过程。所谓"经典化"的"化"实际上就是文学价值影响人的精神生活的过程，就是通过文学阅读发现和呈现文学价值的过程。可以说，文学的经典化过程，既是一个历史化的过程，更是一个当代化的过程。文学的经典化时时刻刻都在进行着，它需要当代人的积极参与和实践。因此，哪怕你是一个对当代文学的虚无主义者，你可以不承认当代文学有经典，但只要你还承认有文学，你还需要和相信文学，还承认当代文学对人的精神生活具有影响力，你就不应该否定当代文学经典化的重要性。没有这个"经典化"，当代文学就不会进入和影响当代人的生活，就失去了存在的意义。每一个人，哪怕你是权威，你也不能以自己的好恶剥夺他人阅读文学和享受文学的权利。

从这个意义上说，当代文学的经典化当然是一个真命题而不是一个伪命题。在一个资讯泛滥的时代，给读者以经典的指引是文学界、出版界共同的责任，而这也是我们编辑出版这套书的意义所在。

最后，感谢张明和张英先生为本套书付出的辛劳，感谢北京立丰天文化传播有限公司、北京金圣典文化有限公司的资金支持，感谢全体编委和北京联合出版公司各位编辑，感谢所有对本套丛书的出版给予大力支持的作家和他们的家人。

是为序。

吴义勤

2022年冬于北京

## 目 录
Contents

知青变形记____1

花花传奇____260

# 知青变形记

前史

## 1

我们是乘一辆牛车进村的。拉车的牛只有一头,有二十岁了,换算成人的年龄就是六十多。牛车更加地古老,木头轮子上钉着胶皮,行进在小阳河堤上车厢一摇三晃,似乎随时都会散了架。记不清是谁说了句:"真过瘾啊,就像躺在一只大摇篮里!"

我们一行五人,三男两女,是从南京下放到老庄子(梦安县成集公社大范一队)上的知青。在大范大队部,赶车的礼九接上了我们。他让我们坐在牛车上,自己却坚持徒步。这会儿,礼九走在牛前面,一只手上牵着牛绳,一只手上拿着一根带叶子的树枝。给我们的感觉是,拉车的不仅是那头牛,还有礼九。问题不免严重起来。

贫下中农不坐车,而我们坐车,不仅不坐车,还拉着坐在车上的我们……因此一路上我们都在劝礼九上车。他说:"我坐过了,去接你们的时候是空车,闺女拉着我呢。"

闺女想必就是那牛的名字了。

见礼九不肯上车,我们也要下去步行,被对方拼命拦住。礼九又说了:"接你们是队上派的任务,不坐在上面礼贵要扣我的工分。"

"礼贵是谁啊?"我问。

"队长,队长要扣我工分。"

"那队长怎么不多派几头牛来?"大许说。

礼九回答:"队上统共只有这一头牛。"

由于坐车的事,一路上我们都十分忐忑不安,以致四周的风景都没有顾得上细看。然后就进了村,来到了瓦屋前面。瓦屋,是老庄子上人的说法,其实就是几间砖墙瓦顶的房子,有一个院子。在瓦屋前的空地上,礼九吆喝住闺女,停下牛车,村上的父老乡亲从大门里迎了出来。

我们被簇拥着走进院子里。只见一个披着一件半旧中山装的矮墩墩的中年人向我们走来,想必是队长礼贵了。他热情地和我们握手,同时问:"吃过啦?"

大许代表我们回答:"没吃,只是在汽车上的时候吃了一点饼干。"

礼贵明显一愣。

后来我们才知道,"吃过啦"是当地人打招呼的方式,并不是真的问你吃过了没有。

礼贵和我握手的时候,我觉得他的手上就像戴了一副铁手套,硬得吓人。

然后是村史教育。在梦安县城停留的时候,上山下乡办公室的人曾经交代过有关的程序。只听礼贵咳了几声,吐出一口浓痰,用鞋底在地上擦了擦。"咱们村……"他说,完了就没有下文了。

好在老乡们非常热情，接着礼贵的话头争先恐后地说开了。由于我们是初来乍到，对当地方言还没有完全适应，再加上他们说的那些人和事情也对不号，所以听得稀里糊涂的。

这时礼九已经卸完车，将闺女牵进了院子里。他招呼了两个小伙子，三人合力将牛车抬进院门的门槛。之后，礼九提了一只铁桶，又出了院门。再回来的时候拎着满当当的一桶水。闺女饮水的时候，礼九又从房子里搬出一台铡刀，蹲在院子的地上喀嚓喀嚓地铡稻草。完了用一只簸箕盛了，端到闺女的嘴边。礼九围着闺女忙前忙后，我们的目光随之来来回回。礼贵看在眼里，再次咳了几声说："就说说这闺女吧……"

老乡们马上转换了话题，说起了闺女和礼九。

由于我们就是坐闺女拉的车进村的，驾车的正是礼九，因此听起来亲切多了，也顺畅多了。大许和吴刚还不时地提问，老乡们讲解的热情就更高了。

那闺女的确有些来历。老乡们说，它原先是村上的富户福爷爷家的。有人不同意，反驳说，是闺女它妈是福爷爷家的，土改的时候，闺女它妈被作为富农家的浮财分给了雇农礼九。总之是在礼九家，闺女它妈生下了闺女。于是穷得连裤子都穿不上的礼九顿时有了两头牛。可惜好景不长，闺女它妈生下闺女半天后就死了。老乡们说，那是礼九的命贱，享不了两头牛的福。也有人说，用一头使不了两年的老牛换了一头牛犊子，也值得了。大伙儿一致认为，闺女的命硬，克死了老母牛不算，没准儿以后还要克人呢！

这话可不是现在说的，而是二十年前说的。果不其然，十八年前礼九他妈就得饿痨病翘辫子了。

然后是互助组、合作化，最后成立了人民公社，闺女的归属随之不断转移，最后归了队上，也就是大范一队。但负责饲养闰女的一直是礼九。他甚至连家里的两间破草房也不要了，搬到牛屋来，和闰女吃住在一起。连媳妇都没有娶，以前是顾不上，现在就是想娶也没人跟他了。老乡们说，那闰女就是他媳妇。也有人说，是他的闺女。闰女这个名字还是礼九给取的呢，后来在老庄子上叫开了。

说这些的时候，闰女和礼九就待在瓦屋的院子里。礼九拿着一把秃笤帚，在闰女的身上来回扫着。被人议论的时候，他就像没听见一样，或者说的根本就不是他。闰女更是置身事外，只顾咀嚼簸箕里的草料。但我还是觉得，这样当着面指指戳戳是很不礼貌的。

一个身材瘦小但长相精明的老乡（后来知道是队上的会计为巧）指着闰女说："它还怪道呢，不生小牛，种倒是没有少配。以前配了生不下小牛，现在配了也是白配！"

我实在听不出这里面有什么区别。

另一个身强力壮的后生（后来知道是民兵排长仁军）走过去，用手扳住闰女头上的牛角。"你们瞅瞅，光溜得很呢，上面连一个坑儿都没有！"他说。

那双牛角的确扎眼醒目，光可鉴人，在阳光下就像两把刀子似的。如此年轻的角长在一头老牛的头上确实比较奇怪。

后来我们听礼九说起，母牛每生一胎牛角上都会留下一道凹槽，叫做角轮。有几圈角轮就生过几胎。闰女的角上一圈角轮都没有，可见是没有生育过。

## 2

礼贵又咳了几声说："咱们说说这瓦屋吧……"

于是老乡们丢下了闺女,说起了瓦屋。

这次礼贵没有领情,他大喊了一声:"大秃子!"一个头上结着亮亮的秃疤模样老相的孩子钻了出来。说他是孩子是因为他身体的比例,大秃子的头特别大,身体偏小,但那张脸并不年轻。只见大秃子稀溜一声将拖着的鼻涕吸进去,忙不迭地应道:"在呢。"

礼贵说:"钥匙从福爷爷家拿来了吗?"

"拿来了。"大秃子说着从裤腰里摸出一把钥匙,交给礼贵。

那钥匙既长又大,模样奇怪,光溜溜的一根铁杆,前面有一个扁头。礼贵取了钥匙,反身走向身后的主屋。主屋的大门门环上绕着一根半锈的铁链,铁链上挂了一把老式铜锁,也很巨大,看样子与那钥匙正相配。礼贵用手上的钥匙开了门上的锁,院子里除礼九之外的所有人都跟着他走了进去。

我以为会有一个村史展览什么的,结果大失所望。房子里面空荡荡的,除了一张破桌子(香案)和一把老掉牙的太师椅就什么都没有了。屋顶倒是高大异常,房子里也很宽敞。阴暗的空间仿佛具有震慑作用似的,刚才还吵嚷不已的老乡顿时都噤口不言了。

礼贵低下头,对着桌面吹了一口气。细如面粉的灰尘被吹开后,仍然看不出下面桌子的颜色。香案灰中泛白,就像是灰尘做的。除了大伙儿拖沓的脚步声,房子里只响彻了礼贵一个人的声音。他咳嗽、咯痰、嘟嘟囔囔的,弄得回声四起,最终还是什么也没有说出来。领着我们沿墙根走了一圈,又去两边耳房的门口张了张,礼贵就领着大伙儿出来了。

我们又回到了院子里,又看见闺女和礼九了。礼贵在身后稀里哗啦地锁门。经过刚才这一遭,老乡们远没有那么活跃了。我们的行李被搬下牛车,送进了瓦屋的东厢房里。直到这时,我才看清了形势,那东厢房是队上安排给我们的住处。与此相对的西厢房则是牛屋，属于礼九和闺女的地盘。主屋朝南，对面没有房子，只有一道院墙。墙上开了一个大门，就是瓦屋的大门。我们就是从那儿进来的。

我正在东张西望的时候，听见为巧说："瞧瞧那门楼子，还雕着花儿呢，值钱得很！"

仁军接口说："门槛高得吓死人，小伢子都爬不过来，以前还要高呢，都磨出个凹凹来了。"

他们就像在说别人家里的东西。也许是我们没有注意到这些细节，特地从我们的角度说的吧？

这时礼贵锁好了主屋的门，穿过院子走过来。经过我们身边的时候他没有停下，径直向院门走去。为巧说："跟上，跟上……"所有的人——除了礼九，都跟着礼贵走出了瓦屋。

院门外面是一块平整的硬地。阳光下，被石磙碾压过的地方反射着一块块发亮的圆疤。为巧跺跺脚，对我们说："这是队上的晒场。"

礼贵也没有在晒场上停留，而是领着大伙儿绕到了瓦屋后面。在瓦屋后面，他也没有停下的意思，继续领着我们绕墙而行，从另一边又绕回到了晒场上。然后礼贵站定了，面朝东方，从裤腰上解下旱烟袋，划着火柴慢条斯理地抽起来。村子上的男人们也都纷纷解下旱烟袋，抽了起来。

"瞧瞧咱们村……"礼贵说，又没有下文了。

村子的主体在瓦屋东边。从晒场的方向看过去，除了一些稀疏的树枝、树干就是一栋栋的草房，实在也没有什么好看的。当然了，对刚从南京下来的我们来说，草房也是新鲜事物，可这一路上也看得多了。那草房因修建的年代不同，屋草的颜色便深浅不一，有的金黄耀眼，有的发灰发黑。老庄子上的草房以灰黑居多，看来盖得有些年头了。这都是因为风霜雨雪的缘故。这些知识我们也是在路上刚学的。

直到礼贵吆喝一声"家去！"，大家眺望的姿势才松弛下来。

礼贵收起烟袋，也没有和我们打招呼，就出了晒场的桥口，向村子的方向，也就是那些草房走了过去。老乡们也都向村子的方向走过去。我们也准备跟过去，被为巧拦住了。他说："你们住瓦屋。"

看来活动已经结束。"家去"的意思就是解散，各自回家。

当天晚上，好歹用柴火在土灶上弄熟了一锅饭，就着从南京带下来的榨菜、午餐肉，几个人狼吞虎咽地吃起来。速度稍减以后，我们开始议论下午的"村史教育"。有一件事，我百思不得其解，礼贵为什么要让我们看村上的草房呢？大许说，那是在进行忆苦思甜教育，这我就更不能理解了。那些草房并不是旧社会的事物，老庄子上的人如今就住在里面。再说了，所谓的甜又是指什么呢？

这一问题在我的心里盘旋不去，直到几天以后我才恍然大悟。那天并没有发生什么特别的事，除了我突然开窍这一事实。看来一切都是水到渠成的，接受贫下中农再教育是一个渐进的过程。

进村那天，礼贵的确对我们进行了忆苦思甜教育，只不过是倒过来的，也可以叫做"忆甜思苦"。所谓的苦就是村子上的那些草房，而甜就是当时我们身后的瓦屋。礼贵采用的是对比法，让事实说话，我们怎么就没有看出来呢？那瓦屋在老庄子上可谓绝无仅有，矗立在那儿犹如鹤立鸡群。不仅老庄子，此地方圆十里，除了瓦屋就再也找不到砖墙瓦顶的房子了。

我赶紧去找其他几个知青，告诉他们我的发现。大家都深以为然，邵娜甚至多看了我两眼。大许总结说："真让人感动啊，贫下中农自己住草房，让我们住瓦房，自己苦，而让我们甜。"

吴刚说:"闺女住的也是瓦房。"

"这又有什么?说明贫下中农爱动物,爱集体的财产!"邵娜反驳道。

事后,大许代表大家去找礼贵,要求把我们换到草房里去。他说:"我们是来接受贫下中农的再教育的,教育者住草房,被教育者住瓦房,这样下去我们是要犯政治错误的。"

礼贵回答说:"你们下来得急,知青屋来不及盖。等知青屋盖好,草房子有你们住的呢!"

## 3

就这样,我们在瓦屋里住了下来。

那东厢房共有三间,我和大许、吴刚住南边那间,邵娜和顾圆圆住北边那间。中间是堂屋,墙角上砌了土灶,大家共用。

顾圆圆下来没几天就得了什么"草疾",说是稻草过敏。开始的时候起了几粒红疹,后来疹子变大变圆,连成一片后就开始流水了。当然这都是她自己说的,邵娜说她可以做证。我们几个男的却没有看见。无论是顾圆圆的双手还是她的那张圆脸——露出衣服的部分,都完好无损,看不出任何过敏的迹象。顾圆圆因为这不明不白的怪病回到南京治疗,以后再也没有回到老庄子上。

大许评论说:"她怎么不说是泥巴过敏呢?"的确,泥巴和稻草是农村最为常见的事物,也许泥巴比稻草还要常见一些,水稻毕竟是从农田里长出来的。

顾圆圆走后,北屋里就只剩下邵娜一个人了。

留下来的人还得干农活,学习务农。我们不就是为此而来的吗?

对我们男知青而言，开始的过程可以称之为由女变男。

队上的男子汉和妇道（男人和女人，当地人的叫法）记的工分是不一样的。男子汉最多可记十分工，至少也得记八分、七分。妇道最多记七分，最少是五分。开始的时候，所有的知青不论男女，队上一律给记六分工，干活也是和妇道在一起。也就是说村上的人把知青都当成了女人。因此下乡插队的首要目标（对我们男知青而言）就成了由女变男，变回去。

经过第一次双抢大忙，这一目标终于圆满实现，队上开始给我和大许、吴刚记七分工了。更关键的是，我们再也没有和妇道们一起干过活。出工的时候和村上的男子汉们肩并肩地走在一起，真是扬眉吐气啊！

回想和妇道一起出工的日子，不禁备受压抑。首先上厕所是一个重大的考验。我们没进妇女队以前，人家从来都是就地解决的。我们进妇女队以后，大姑娘小解要找一条干沟，跳进去，往下一蹲看不见人了才能方便。可那些结过婚的媳妇不管这一套，最多说一声："我要撒尿了。"完了蹲下就尿。

大范地处平原，四周无遮无挡，我们一时找不到地方回避，只有背过身去。那不无湍急的声音听得我们不免心惊肉跳，旁边还有妇道起哄："城里人不好意思了呢……脸皮薄啊……"

至于我们几个上厕所，只有跑回瓦屋去。往往，开始干活的时候一身轻，干着干着就沉重起来了，因为夹了一泡尿。这自然极大地影响了我们学习务农的进度，包括热情。于是互相告诫，早上别喝水，更不能喝稀饭。早上就吃干的，队上支的那点粮食也不够吃啊，那就什么都不吃，空着肚子去上工。

我们也曾经反省过，是不是小资产阶级的生活方式在作怪？干吗要这么讲究呢，不就是小便吗？属于正常的排泄活动。记得第一天上工，我问一位女贫下中农："厕所在哪里？"

对方用锄头砰砰地敲着田埂，举目四顾，然后说："我们农村就是一个大厕所！"

说得多么豪迈坦然，多么大无畏呵！

经过大约半个多月的锻炼，我们上厕所也不一定非回瓦屋不可了。走得离劳动现场稍远，找一个稻草垛，或者一棵较粗的树，站在后面。如果实在没有草垛或树，就只好像大姑娘那样跳进一条干沟，蹲下解决。对我们来说，的确是一种进步，尽管幅度不大，但在与贫下中农相结合的道路上毕竟没有止步不前。

再后来，事情的进展就有些出乎我们的意料了。队上的妇女和我们越来越熟，劳动间歇媳妇们竟然要扒我们的裤子，说是要看看城里人到底长得有啥不同的。大姑娘不动手，在旁边掩口而笑。我们被媳妇们追得在农田里乱跑，有一次，大许不幸被追上了。对方人多势众，将大许按倒在地，不仅扒了他的裤子，一个妇女还去河边掏了一把稀泥糊上去。她们开心坏了，个个笑得牙龈毕露。那大许不仅不恼，反而有些高兴。他大概以为和贫下中农的关系又进了一步，可以不分彼此地打闹了。

也是在这样的气氛下，下次媳妇们又要扒大许裤子时，后者反戈一击，扑上去，也要扒对方的裤子。结果被重重地打了一耳光。打他的是为好媳妇，老庄子上有名的泼妇。只听为好媳妇骂道："找死啊！毛还没有长齐呢，想占老娘的便宜！我都能把你给日弄出来……"

这件事使我们明白了一个道理，就是，贫下中农可以扒我们的裤子，但我们不能扒贫下中农的裤子。她们可以主动地和我们打成一片，反过来却不可以。

邵娜却没有我们这样的问题，她天生就是一个女人，不存在由女变男的困扰。尤其是收工回到瓦屋以后,她是女人这一点就更明确无疑了。

下来没多久,邵娜就学会了烧火做饭,学会了缝补浆洗以及拾掇院子,每天屋里屋外地忙个不停。和老庄子上的妇女相比,就差没有喂猪养鸡、带孩子和侍弄自留地了。自留地是因为知青屋还没有盖好,我们没有搬过去,暂时还没有分。鸡,后来邵娜在瓦屋的院子里也喂了几只。而我和大许、吴刚就像是她的三个孩子,每天回到瓦屋后干活的工具一撂,不免饭来张口,衣来伸手。侍候我们的时候,邵娜常常哼着一支小曲,有时候是《北京的金山上》,有时候是《大海航行靠舵手》,有时候则是《莫斯科郊外的晚上》。看得出来,她非常高兴。看来向贫下中农学习做家务的确比学习干农活更让邵娜开心。

自从顾圆圆病退回南京以后,邵娜就成了老庄子上唯一的女知青,当然也是瓦屋里唯一的女人。邵娜是唯一的,就像闺女一样,就像瓦屋一样。

一次大许对邵娜说:"以后,你干脆别去上工了,专门做家务,工分我们匀给你。"

邵娜眼睛一瞪:"把你美得不轻呢!你们挣的那几个工分还不够自己吃的。再说了,我又不是你们的什么人!"

大许说:"战友,战友,一条战壕里的革命战友。"

"谁跟你是战友啊!"邵娜说。

但总体说来,农村生活还是很无聊的。新鲜劲儿很快就过去了。除了下地干活,我们和村子上的人几乎没什么接触。有时候我会想,这都因为住瓦屋的缘故。如果当初我们住进村上的草房里,住到贫下中农家里,和他们吃住在一起,情况肯定就不一样了。村子上的人很少会来瓦屋串门,除了我们刚下来的那几天,那也是因为新鲜。在他们看来，我们模样长得新鲜，带下来的手电筒新鲜，高勒雨靴新鲜，半导体收音机新鲜。新鲜劲儿一过也就无所谓了。

我们也曾经去村上挨家挨户地走访，摊开一本塑料皮的小本子，煞有介事地在上面记着什么。后来，这一活动也不了了之。我们不写不画，也不看书（读书无用嘛）。自从带下来垫箱子用的几张旧报纸撕了擦屁股以后也再也没报纸可看了。

闲着没事的时候，几个人就在瓦屋的院子里转悠，东瞅西看。主屋的门终日紧锁，不过，院子里倒是有一口古井。那井不知道何时被老庄子上的人填平了，填土从井口漫上来，长着一些杂草，乍看就像是一个弃之不用的花坛。但实在也不是什么花坛。甚至连草叶也被闺女啃光了，只留下一些干枯的草根。那就看闺女和礼九吧。后者如此耐心、按部就班，每天围着前者忙个不停，还和对方说话。的确有点意思。但看得时间长了，也就兴味索然了。

礼九喜欢和闺女说话，对我们却越发懒得开口。他对我们说过的最多的话还是拉我们来瓦屋的路上说的。我有一种感觉，礼九和闺女是一伙的。他既不跟我们是一伙，也不和村子上的人是一伙。只有他和闺女，谁都别想插进去。

4

我们喜欢上了赶集，一有机会就往十里路外的成集街上跑。那儿是公社革委会的所在地，每月逢五、逢十的日子当地农民都会肩担手提地把自留地上的出产拿到集上去卖，再从供销社里买回油盐、布料之类的生活必需品。也有牵着母猪去配种站配种的，去食品公司割肉的，去农具厂门市部买铁锹、镰刀的。土街的两边店铺林立，屋檐下农民们席地而坐，前面放着箩筐、笆斗、篮子或者一条铺开的化肥口袋。陈列的各种土产，有自己家地里长的，也有自个儿动手做的。几张小板凳，或者是搓得均匀结实盘成一盘的草绳、麻绳。成集街上砖墙瓦顶的房子更是不缺，甚至还有一栋二层小楼。

我们赶集，一般不买什么，也不卖什么。只要在人群里挤一挤，到处看一看，就觉得非常快活了。大概是在生产队上闷久了的缘故。此外，我还有一种感觉，就是和农民的关系变得有些不同了。在下面的时候，他们是教育者，我们是被教育对象。而在赶集的时候，同样是贫下中农，在我们的眼里却变成了小商小贩。他们看我们的目光也变得胆怯，有点躲闪了。也许是因为他们蹲着，而我们站着。当然更可能的是我们不再那么孤单了。

不仅我和大许、吴刚，几乎所有大队的男知青都喜欢赶集。大伙儿聚在一起，不免形成了气候。其中不乏下来以前就彼此认识的，有的还是一个中学的，甚至同属于一个造反组织。即使完全不认识，在赶集的人群中，谁是知青谁是当地农民还是可以一眼认出。认出以后，说上两句南京话，就互相对上了暗号。因此赶集对我们来说，就是寻找组织，或者说是走亲戚也行。

知青以外，成集街上还活跃着另一伙人。和知青一样，他们也喜欢穿绿军装和白回力鞋，有的甚至戴着时髦的假领子。不同的只是他们的军装是真货色，不像我们大多是买绿咔叽布找裁缝做的。这帮人是当地的退伍军人，基干民兵骨干分子，被从下面的大队抽调上来，组成了一个叫"群众专政指挥部"的部门，负责成集的治安保卫。头头姓王，人称"王助理"，是梦安县公安局派下来的公安助理。只有此人是正式的国家干部，城镇户口，并且有工资可拿。其他的人则是"土八路"——"扒了那身绿皮就和村上的二哥没什么两样了，就是二哥!"

说这话的是岔河大队的知青老于,下来以前和我、大许、吴刚是一个学校的。当年老于是赫赫有名的造反组织"一片红"的头头,政治觉悟自然是高出了我们许多。下来后没多久,老于就把成集公社的历史和现状摸了个一清二楚。

这会儿他继续介绍说,实际上"群专部"如今也不存在了,那是"文革"初期的产物。如今的"群专部"叫做"人保组",意思是人民保卫或者保卫人民,但换汤不换药,还是原来那帮人。但由于习惯原因,当年的一些称呼被沿用至今,比如人保组的成员被称做"勤务员"。勤务员们一概被王助理编了号,从二号一直到十三号。

"为什么不设一号?"老于提出一个深奥的问题,无人能解。

停顿片刻后,老于自己回答说:"因为一号是王助理给自己留着的,后来发现南京人管厕所叫一号,他才放弃了这一美誉。群专部还在的时候,王助理自称王部长,成立人保组以后,他觉得叫组长官太小,就只好叫王助理了。"

说起人保组的所作所为,老于更是义愤填膺。"什么保卫人民?整个就是鱼肉乡民!我看人保组不如改名叫人肉组算了……"

那人保组的确是够横的,赶集的农民看见他们唯恐避之不及。就是我们这些知青,有时候在街上和他们擦身而过,也能感觉到对方的肩膀很硬,带着劲儿。完了还恶狠狠地瞪你一眼。我们瞧不上他们,他们也不服气我们。当时的形势不无严峻,大有一触即发之势。老于在工农饭店召集会议即是为此。他一再强调冲突的不可避免,但又反复告诫,只能智取,不可强攻。勤务员们自然无须多虑,但王助理的来头不小,据说还是县委卢书记的什么亲戚。

这天,机会终于被我们等来了。

一个农民在集上卖兔子,恰好二号勤务员上街买菜。他提起一只农民卖的兔子说:"这兔子怕是有病,看着不活泛。"

农民说:"活泛,活泛。"

二号说:"我看不健康。"

农民说:"健康,健康,永远健康。"

二号的脸色陡变,叭啦一声将兔子摔在地上。那兔子就是健康也变成不健康的了。"你说什么?竟敢讲反动话!"

农民吓得六神无主,抱着兔子苦苦央求二号放过自己。后者威胁道:"舍不得这病怏怏的兔子你就跟我去人保组,人和兔子总得去一个!"

农民舍不得兔子,又怕人保组,急得坐在地上大哭起来。

我们一帮知青正是这时挤过去看热闹的。见我们人多势众,二号也不禁心虚。只听老于大大咧咧地问:"咋回事儿啊?"

二号虽然结巴但添油加醋地把经过讲了一遍。如果放在平时,他自然不会有这份耐心。

老于问:"他讲反动话了?"不等二号回答,又转向了围观的农民,"谁听见了?你们谁听见卖兔子的讲反动话了?"

在场的人都说没有听见。我们知青更是大呼小叫:"没听见!没听见!狗日的听见了!"弄得就是听见的也不敢说自己听见了。

"你说他讲了反动话,那他到底讲了什么?"老于问二号。

"他,他说,兔子健康,永远健康。"二号说。

"好啊,你讲反动话了!"老于大喝一声,不等二号分辩,再次回顾围观的农民,"这孙子讲反动话了,你们听见没有?"

"听见了!我们听见了!"在场的人齐声大喊起来。

老于转向二号:"你看看,他讲反动话没有人听见,你讲反动话大家都听见了。"说完一招手,几个手脚麻利的知青扑上去,把二号掀翻在地。

老于对卖兔子的农民说:"借你担子上的麻绳用用。"

农民说:"还是算了吧,这兔子也没折……"

老于没有理会,让人解下担绳将二号捆了个结实。之后老于在前面开路,后面两个知青押着二号,其他知青负责维持秩序,一帮人在赶集农民的簇拥下浩浩荡荡地向公社革委会大院拥去。进了院子便直奔人保组所在的房子。那屋顶上的烟囱正冒着烟呢,大概是在等兔子下锅。老于熟门熟路,就像他每天在这里上班一样。

王助理是一个白胖子,脑袋上的头发已经歇光了,大概有两三缕头发横过来搭在脑门上,显得油光水滑的。他自备了一把小梳子,说话时不时地掏出来刮刮脑袋。

当时二号被两个知青按在地上,挣扎着想站起来。"王助理,王部长,我冤枉啊!"他说。

"这里没你说话的份儿!"王助理说,然后转向老于,"你们说他讲了反动话,他讲了什么反动话啊?说出来听听嘛。"

这一套是老于玩过的,他当然不会上当。"我们不说,我们说了,就是我们讲反动话了。"

"你倒是够精明的。"王助理说,"那又怎么证明他讲了反动话呢?"

老于说:"请问王助理,早请示晚汇报的时候应该怎么说?"

王助理马上站直了,右手握拳,挥动胳膊,同时大声地朗诵道:"敬祝我们心中最红最红的红太阳、伟大领袖毛主席万寿无疆!万寿无疆!万寿无疆!敬祝毛主席的亲密战友、林副统帅身体健康!永远健康!永远健康!"

说完，他下意识地看了一下自己的右手，大概发现握的不是《毛主席语录》，而是一把小梳子，神情略微紧张。老于也不追究，他指着地上的二号说："他把祝愿林副主席的话用到兔子身上去了……"

恰在此时，有人把那只兔子给扔了过来。兔子的前后腿绑上了绳子，但还是在地上蹦了几蹦，倒地后再也没有爬起来。肯定是某个知青从卖兔子的农民那里买下了兔子，以便造成"人赃俱获"的效果。王助理看着地上的兔子有些发愣。

老于追问说："把祝愿林副主席的话用到兔子身上算不算反动？"

只见王助理哼了一声，把小梳子往中山装的口袋里一塞，摘下手表，又是一塞。然后边捋袖子边向二号走过去。我们还没有反应过来，王助理已经抬起手，劈里啪啦地给了二号十几个耳光。巴掌挪开的时候，二号的半边脸上已是血红一片。

这次事件以后，成集街上再也没有人敢与知青争锋了。赶集的农民看见人保组的人仍然避之不及，人保组的勤务员见到知青也一样，唯恐避之不及。撞肩膀的事再也没有发生过。远远地看见我们过来，勤务员们将军帽压得低低的，最多从帽檐下面偷偷地看上一眼。

我们去成集街上赶集，通常去工农饭店吃饭。那是成集街上唯一的一家国营饭店，也是唯一的一家饭店，只卖饭菜、面条，不卖茶水。后来我们便自己带了茶叶，在饭店里要了开水，泡上一壶茶，一坐就是一天。泡茶的壶、喝茶的碗都是饭店无偿提供的。到后来工农饭店几乎都快变成茶馆了，当然来此喝茶的只有知青。知青喝茶不要钱，甚至可以不吃饭店里的饭。换了农民肯定不行。我们心安理得地享受着以上的优待，按老于的话说："咱知青为民除害，如许好处也是该得的！"

由于有了一个固定的落脚点，我和大许、吴刚更喜欢赶集了。

5

回到下面的生产队里，日子照旧。直到第二年的冬天，知青屋才总算盖好。它位于老庄子的东边，离村子的主体大概有一百多米，孤零零的一栋泥墙草顶的房子。屋顶上的麦草开始时倒是金黄耀眼的。

我们从村西搬到了村东，从瓦屋搬到了草房里。我说的"我们"是指我和大许、吴刚，不包括邵娜。后者没有搬过来。

住在瓦屋里的时候，就已经有了一些风言风语，说我和邵娜在谈对象。大概是为了避嫌，邵娜死活都不肯一起搬过来。实际上，当时我们只是有一点暧昧，最多不过是眉来眼去。连我们自己都不落实的事，村子上的人是怎么知道的？可见，群众的眼睛是雪亮的。

邵娜一个人留在瓦屋的东厢房里，晚上早早地就关上了房门。村子上的光棍经常前去骚扰，隔着院墙往里面扔沙姜，或者走到东边的窗户下，故意大声咳嗽。礼九自然没办法制止，他本人避嫌还来不及呢。由于邵娜的这一处境，我不得不每天晚上过去陪她。直到光棍们打熬不住，回家睡觉去了，我这才离开瓦屋。

第二天上工的时候，村上的人会问我："昨天吃过晚饭你去瓦屋了吧？估摸三更天才回。"

他们又是怎么知道的？后来我总算明白了，那是因为狗。每天晚饭以后狗吠声将我从村东送到村西，然后再一阵狗吠把我送回来。村上的人睡不着觉，等着听狗叫。由于影响了贫下中农正常的作息，我心里隐隐地有些不安。

每天晚上往瓦屋跑，事情反倒是挑明了。孤男寡女单独相处，不是那么回事也是那么回事了。反正，我和邵娜谈对象在老庄子上已是不争的事实。实际上我们并没有彼此表白过，顺水推舟的情况也许倒是有的。

礼九仍然和闺女相依为命。但此人有一个癖好，就是每年冬天要出门要饭，第二年春耕开始的时候才会回到村子上。我们下来以前，礼九离村的那几个月里，闺女是村上的人轮流喂养的。我们下来的第一年，仍照旧章。但那时我已经在积极要求喂养闺女了。直到第二年的冬天，这一光荣的任务才终于落到了我的肩上。条件是不记工分，队上的活照干。

我开始喂闺女的那个冬天正好是我们搬到知青屋里去的那个冬天，因此我更有理由往知青屋跑了，给闺女加水上料劈柴生火。可老庄子上的人不这么想。他们认为礼九离开是给我挪窝子，我喂闺女是钻空子。完全地无视历史事实。难道他们不知道礼九要饭不是从今年开始的，我要求喂养闺女也不是现在的事？

夜幕降临，古老的瓦屋里阴影重重。北风呼啸怒号，闺女窸窸窣窣地反刍着草料。门窗紧闭的主屋那边不时地会传出一些响动，像是有人在拄着拐棍走路。我不由得想起了村上人的说法，那瓦屋是姓范的第一代先人盖的，他们死了以后再也没有搬出来。村上人的意思是瓦屋后来成了老范家的祠堂，用来供奉祖先的牌位。明知道如此，我还是起了一身鸡皮疙瘩。

也是在这样的情形下，我不禁有了某种保护邵娜的冲动，她对我也有了明显的依赖之感。邵娜说她很后悔没有和我们一起搬到知青屋去，但看看又不像。总之邵娜既后悔又不后悔，心思比较地难以捉摸。

后来，我干脆连晚饭也去邵娜那里吃了。她每天做两个人的晚饭。吃饭的时候，邵娜一个劲地给我夹菜，自然不是每次都有菜特别是肉可夹。没菜可夹的时候,她就帮我拣饭里面的稗子、小石子,生怕磕了我的牙。邵娜还经常给我洗头,为我剪手指甲和脚指甲,帮我挤脸上的粉刺以及挖我两边的耳朵。总之她围着我忙个不停,我则听任她的摆布。做这些事的时候,我们甚至很少说话。这就是我和邵娜谈对象的一般性内容,说出来的确很难让人相信。

每次,我去邵娜那里的时候,大许总是酸溜溜地说:"快活去了。"回到知青屋以后,他又说,"快活回来了。"

我说事情不像他认为的那样,邵娜不过是为我做饭、洗衣服。她为我做的那些事,以前也为他大许和吴刚做过。只不过现在邵娜伺候的对象从三个人变成了一个人,如此而已。她仍然像以前那样忙里忙外,闲不下来,只不过没有为他们忙了。大许说:"打死我也不信!"

不要说是大许、吴刚,就是老庄子上的贫下中农也不相信我和邵娜之间什么事都没有。这时有人向队干部反映,说是我留在瓦屋过夜,天亮了才回知青屋。又说村上的狗可以做证。我诅咒发誓、向毛主席保证也无济于事,自然也无法指责那些乱叫的狗。这件事后来越发闹得沸沸扬扬,有鼻子有眼,最后还是福爷爷提议,让邵娜搬进他家东山墙那儿支的一间草披子里,风波才总算平息。

福爷爷是老庄子上的长辈,虽说成分是富农,但在村上极有威信。他家的东山墙接了一间草披子,里面放着一口红皮棺材,那是福爷爷的寿材,草披子是专门为此而盖的,里面除了寿材什么都没有。礼贵让人在墙角上砌了一个土灶,草披子的顶上竖了一截烟囱,邵娜就搬过去了。甚至连床都不用支,铺盖往寿材上一铺,就是现成的床。只不过那床有点奇怪,前高后低,比较狭窄。下面的红漆虽然被遮住了,但棺材的形状还是能看出来的。

我问邵娜:"睡在这样的床上你不觉得害怕吗?"

她回答:"不但不怕,反而觉得安心。谁敢碰福爷爷的寿材?"

的确如此,不仅村子上的光棍们不敢,我也不敢。

说这话的时候,邵娜半躺在福爷爷的寿材上,正在为我织一件毛线衣。我则坐在一只倒扣的笆斗上面,距离对方有两尺多远。织毛衣的线是邵娜从她的一件旧毛衣上拆的。她织了拆,拆了再织,已经反复多次了。因为打毛线不是一朝一夕能学会的。毛线有限,而时光无限。有时候需要绕毛线,我就伸直两条胳膊,抻住毛钱把,邵娜将其缠绕成球,我们之间就有了一线相连。古老而幽远的寂静中,隔壁传来了福爷爷咳嗽咯痰的声音。

实际上,福爷爷并不干涉我们谈对象。自从邵娜搬过来以后,村上人的议论便戛然而止了。就像我们的事得到了某种批准。我仍然每天晚上去邵娜那里吃饭,仍然是深更半夜地回知青屋,老庄子上的狗也准时吠叫。并没有任何不同,但就是大不一样了。

不仅邵娜觉得受到了福爷爷的庇护,我也有同样的感觉。我和邵娜来往再也不需要偷偷摸摸,找什么借口。有时候我甚至想,即使我在邵娜的草披里过夜,老庄子上的人也不会说什么的。之所以没有这样做,在我是因为害怕那口棺材。邵娜是怎么想的?我就不知道了。

6

每天晚上,我除了往邵娜那儿跑,还要去瓦屋喂闺女。好在福爷爷家的院子也在村西,和瓦屋只隔了一条小阳河。我一般是在邵娜那里吃完饭,待上一会儿,然后就去瓦屋。除了加水上料、打扫牛屋,有时候还要生火。队上专门预备了柴草,堆放在牛屋北边的房子里。

冬天给牛烤火是需要也是规矩，但一般来说，只有当村上的男子汉们在牛屋聚会时那火才会生起来。或者，当牛屋的窗户上映出火光，他们便纷纷前来了。大伙儿借牛的光，烤集体的火，传递着烟袋，拉个家常什么的。

去牛屋烤火最积极的是大许和吴刚。有时候，我还没有从福爷爷家的院子里出来，他们就已经去了牛屋，并生上了火。我隔河看见火光灼灼，不得不中止了和邵娜的约会。他俩也是走得最晚的。老庄子上的人熬不住困，纷纷撤离，大许和吴刚这才挟持着我，一起回到冰冷的知青屋去。

大许毫不掩饰对我的羡慕，他说："这村上唯一的女知青和唯一的母牛都让你给占了！"

我说："这是什么话呀。"

大许说："还是你讨女人喜欢。"

"闺女也是女人？"

"反正都是母的。"

我们说话的时候，那闺女正卧在火光的阴影里反刍，牛尾巴甩在稻草上啪啪声响。大许回头看了一眼说："你们说，那礼九和闺女干没干过？"

我问："你什么意思？"

大许说："礼九一辈子没娶媳妇，性欲问题是怎么解决的？"

我和吴刚都不知道该如何回答。

大许继续说道："听说新疆人的成人仪式就是干母驴，没干过母驴的就不能算是成人。"

吴刚问："那我们都不能算成人了？"

"那是，没和母的干过，只能算是童男子。他——"大许用手上拨火的树枝指了指我,"已经不是童男子了!"

我正要反驳,只听吴刚说:"就是想和母的干,这人和牲口也干不起来啊。"

"怎么干不起来?"大许说着站了起来,走到闺女前面,用树枝将它打了起来。

大许把闺女牵到火堆边上,抚摩着它的脖颈,使其安定。他对吴刚说:"站到牛后面去。"

于是吴刚就走到了闺女的屁股后面,凸出的牛尻骨几乎顶着了他的胃。

"是干不起来。"大许说,"去找两块土墼。"

吴刚便去墙根找来了两块土墼,放在闺女身后的地上。大许说:"站上去。"

吴刚站上去以后果然比刚才高了很多,牛屁股差不多齐到他的小腹了。"还差一块。"大许说。

吴刚去搬第三块土墼时,大许对我说:"我只需要一块土墼,你大概需要两块。"

然后吴刚就站在了三块摞起的土墼上。大许侧着头,端详了许久,就像是在欣赏一件艺术品。"正好,正正好。"他说。

"下面呢?"吴刚问。

"下面就是脱裤子。"

吴刚掀起棉袄,吸起肚子开始解皮带。如果他真的解了皮带、脱下裤子,我也不会感到任何意外的。事已至此,只有听天由命了。我自然不希望这样的事情发生,只是不知道该如何制止。紧张的气氛接近顶点时,大许突然爆发出一阵杨子荣般的大笑。吴刚在土墼上站立不稳,差点儿没有摔下来。

"你还真想干啊？哈哈哈哈……"大许指着吴刚说，"要是真干了闺女，那就是生活作风问题了！"

我总算明白了，大许是在开玩笑。吴刚也回过味儿来，尴尬地笑笑，系上了皮带。

这以后，"干闺女"就成了我们在牛屋烤火时的一个保留节目。当然没有真的干过，只是互相取乐而已。大许实验了不同的高度。正如他所言，吴刚需要三块土墼，我需要两块，而他只需要一块。这和我们不同的身高有关。大许和吴刚甚至还抓住牛尾巴，一只手撑着牛臀，做出夸张的碰撞动作。闺女被撞得不断地向前趔趄。但我可以做证，这么做的时候他们是穿着裤子的。

正如身高所示，大许在我们中间年龄也最大。他是六六级高中毕业生，我是高中六八级，吴刚是初中六七级。也就是说，大许比我大了两岁，比吴刚大四岁。因为年龄的原因，大许经常感叹，说是像他这么大老庄子上的人小孩都四五岁了，而他连女人是什么滋味都不知道。这么说的时候，他不像在开玩笑。

去成集赶集时，大许会去供销社里买上两瓶当地产的山芋干酒，带回知青屋里自斟自酌。喝到一定份上，他必定痛哭流涕。"这日子真不是人过的啊！"大许边哭边号。

然后招手让我和吴刚过去，陪他一起喝。这时两瓶山芋干酒已经被他干掉了一瓶半，只剩小半瓶了。小半瓶酒分倒在三只吃饭的碗里，只盖着一个碗底。

大许异常热烈地和我们碰杯，或者说碰碗。那碗沿早已经被他碰得满是缺口了。只听大许说："我比你们大了几岁，算是你们的哥哥，听哥一句话，保证没有错！"

我和吴刚愿闻其详。大许说:"千万,千万,别碰女人!"

吴刚说:"就是我想碰,也没有女人碰呀。"

大许回答:"就是有的碰,也千万不要碰,要碰就碰杯,不要碰女人。"

这时他已经喝到了一个境界,越发地妙语连珠起来。"碰杯加强友谊,碰女人就回不了南京了,就要在这鬼不生蛋的地方扎根一辈子了!"

他还说:"咱们下乡锻炼,炼(练)的就是这个啊,看谁能熬,憋得住,但话又说回来了,活人也不能让尿给憋死噢,那也得憋……"

当大许无法自圆其说的时候,就会将矛头指向我,说我不需要憋,因为有邵娜。邵娜也不需要憋,因为有我。他总结道:"只有和女知青在一起不需要憋,都是南京人,早晚是要回南京的。区别仅仅在于,是两个人一起回去,还是三个一起回去。"

"哪里来的三个人?"吴刚不解地问。

"晓飞和邵娜再生一个,不就是三个啦,哈哈哈……"

我诅咒发誓,说我和邵娜之间不像他们想的那样,连手都没有拉过。大许说:"那就是你的不是啦,能不憋,为什么还要憋呢?你不比我们。就是不为自己想,也要为邵娜想想,如果换了我,那还不……"就差说我占着茅坑不拉屎了。大许说出来的话是:"大范大队统共只有一个女知青,生产资料有限,被你这孙子浪费了!"

还是一个意思。

大许继续说道:"我们能怎么办?只有隔三岔五地在被窝里放个手铳,真枪实弹的也没个地方呀。"

我还不能表示赞同或理解。大许把自己贬得厉害,加上又喝了很多酒,变得非常敏感。他大概也意识到了这一点,转而自我吹嘘说:"村上的几个大姑娘看上了我,上工的时候扒我的裤子,你们也看见了。"

"是看见了。"我说。没好说那是猴年马月的事情了,并且扒他裤子的也不是什么大姑娘。

"没扒你们的裤子是不是?"

"是是。"

"是是。"吴刚也说。

大许说:"前几天大队范书记让人带话给我,意思是想招我当上门女婿,这你们就不知道了。"

我说:"这是好事情。"

大许大叫起来:"晓飞啊晓飞,你这不是把我往死路上指吗?要是我答应了范书记,还能回南京吗?这不是要害我吗!"

我无话可说。大许想怎么着就怎么着吧。

## 7

礼九回村以后,我就不需要去瓦屋喂闺女了,每天晚上在邵娜那里待的时间更长了。我依然无所事事,邵娜依然忙个不停。她为我织毛衣,或者钉衣服上的纽扣。有时候则以我为实验对象,在我的屁股上练习肌肉注射。届时我就得脱下裤子,自然不是一脱到底,露出后腰下面的部分即可。邵娜冰凉的指尖和湿答答的棉球弄得我心里痒痒的。正有点儿想入非非,突然一阵剧痛,邵娜下针的位置过高,差一点没扎在我的腰子上。即便如此,我还是很喜欢打针。

有时候我们也聊大许他们。自从男知青搬往知青屋以后,邵娜很少有机会见到他俩——平时男女出工是分开的。大许自轻自贱,借酒撒疯，吴刚则没心没肺，糊涂度日，两个人都够滑稽的。当然谈论他们的时候我有所保留，涉及到对邵娜的议论更是尽量省略。至于"干闺女"的事，根本没敢提。但在私下里，我觉得大许的说法还是有点道理的，没准我真的在浪费资源呢？或者说邵娜想进一步？否则的话，她为什么那么喜欢摆弄我，还让我脱了裤子让她打针？

一次，大许又喝多了。因为安抚他我去邵娜那里比平时要晚，邵娜已经吃完收拾过了。她躺在福爷爷的棺材上织毛衣，见我进来，马上抓起枕头边上的铝皮饭盒，那里面装着注射用的针管、针头。邵娜问我："要不要再打一针？"

我倒是很想打一针（反正是蒸馏水，没有大碍），可屁股上的肿块还没有消下去，于是我说："下次吧，让我的屁股歇歇。"

邵娜说："要不然我给你洗个头，汤罐里还有热水。"

不等我回答，她就走到灶前，将汤罐里的水舀到一只脸盆里，端过来放在一张长板凳上。邵娜让我坐在倒扣的笸斗上面，按下我的脑袋就开始给我洗头。边洗邵娜边吸鼻子："一股酒味儿，难闻死了！"

我说："今天大许请客，赶集的时候他买了三瓶山芋干酒，我们一人一瓶。他还把家里寄来的香肠煮了三根。"

邵娜嘟囔了句"太阳从西边出了"，就再也没说什么了。

我压根儿没闻见什么酒味儿，闻到的却是一阵似有若无的幽香，不知道是邵娜的身上还是洗头发的硫黄香皂发出的。"还是你好闻呀。"我说。

"你说什么哪！"邵娜道，同时用劲按了一下我的脑袋，脸盆里的水马上溢了出来。

邵娜撩起一些热水浇淋在我耳后的脖颈上，我感到她的整个胸脯都压了过来。完全是不自觉地，我伸出右手在邵娜的胸前抓了一下，她就像踏着弹簧似的跳了开去。"你想干吗!"邵娜厉声喝道。

我吃了一惊,倒不是因为邵娜躲闪,而是为自己的大胆感到惊讶。"不干吗,谈恋爱嘛。"我说。

邵娜骂道:"你这个流氓!"

突然间我觉得自己非常委屈。不知道为什么,眼前竟然浮现出大许他们站在闺女后面撞击的情形,声音不由得提高了。"我流氓?大许他们那才流氓呢!"

邵娜说:"你能不能小声点?福爷爷已经睡下了。"

"你成天福爷爷这福爷爷那的,他不过是一个富农分子,又不是你爷爷,不是你家长!"我说。

"他是大范所有贫下中农的长辈。"邵娜争辩道。

后来她走过来为我清洗头发,胸脯再也没有压在我的后背上了,胳膊伸得老长,身体后缩。我感到自己也浑身绷紧,紧咬着牙关,就像是一条随时会张嘴咬人的狗。

邵娜不无讨好地问:"刚才你说大许他们流氓,他们怎么流氓啦?"

我说:"你让我流氓一下,我就告诉你他们是怎么流氓的。"

我以为邵娜会再次发作,但我也管不了那么多了,豁出去了,没想到她什么都没说。用一件旧衣服默默地为我擦干头发,邵娜就走到了棺材前面。她将放在板条箱上的煤油灯调暗,暗到已看不见里面的火苗。"你过来。"邵娜柔声地说。

这时,我已经没有了那样的想法,只是觉得她坐在黑暗中,坐在那口棺材上,孤零零的很可怜。即便如此我还是不敢走过去。我说:"你过来。"邵娜说:"你过来。"就这样来回说了几次,邵娜站起身走了过来。

在草披子中间,我们抱在了一起。我觉得自己就像抱着一堆衣服,我的衣服和邵娜的衣服，足有七八件之多。渐渐地，我才有了一些感觉，转动着脑袋在对方的肩膀上磨来蹭去的，就像要在邵娜的衣服上进一步擦干头发。只听邵娜在我的耳边说："说啊，大许他们是怎么流氓的？像你这样？"

我深受鼓舞，不禁加大了力度，一面磨蹭，一面喃喃地说起了大许、吴刚"干闺女"的事。

开始的时候邵娜似乎没听明白，任凭我动作，好像还很陶醉。后来，她肯定是听明白了，突然一把就把我推开了。她的力气非常大，我后退时差点没撞翻了身后的板凳。邵娜气喘吁吁地说："你把我当成什么了？我是人，不是牲口！"

我说："我不是这个意思。"

"流氓！你们通通是流氓！"邵娜几乎喊了起来。

这时隔壁传来福爷爷的一阵咳嗽声，那条老嗓子听上去就像是有几千斤重。邵娜跺着脚说："还不快走，再不走我就喊人了！"

## 8

知识青年下放农村，其目的是为了接受贫下中农再教育。接受再教育的目的又是为了什么？并没有人告诉我们。但下放后不久，我都明白了，就是为了回城，也就是回到南京。我们下放是为了上调，离开是为了回去。听上去有点儿荒唐，但事实就是如此，所有的知青都是这样理解和努力的。问题仅仅在于，如何才能回去？

按大许的说法，就是看谁能熬，憋得住，下乡锻炼炼（练）的就是这个。但仅仅能熬、能憋显然是不够的，那不过是防止在回城的过程中可能会出现某些差错，比如和当地人结婚，生了孩子，就只有在农村扎根一辈子了。就算你熬得住，也憋得住，也不一定就能回去呵，还得积极表现。只有通过积极表现赢得贫下中农的信任，招工、上大学或者当兵才可能有被推荐的机会。

就说老庄子上的四名知青吧，除吴刚以外都在积极表现。吴刚是因为出身于工人阶级家庭，根红苗正，无须表现。他只要能熬能憋就功德圆满了。其他的人就不行了，除了在生产队的大田里摽着干活，还得各显其能，另辟蹊径。

比如我要求喂养闺女，就明显有讨好贫下中农的意思。那闺女是队上唯一的耕牛，虽然年老体衰，村上的人还是把它当成了宝贝，成天咱闺女长闺女短的。如果队上还有其他的牛，也不至于如此，闺女甚至连名字都不会有。就像村子上的那些狗，就没有名字。老庄子上的人叫它们狗，最多根据毛色的不同，称之为黑狗、白狗、黄狗或者花狗。

邵娜积极表现的方式就是给村上的人看病。她自制了一个小药箱，背着挨家挨户地串门，甚至下地劳动的时候也背着。治病用的药品是家里从南京寄来的，无非是红汞、消炎粉、土霉素、去痛片这样一些常见药。因为村上的人平时不吃药，因此一吃就管用。邵娜药到病除，竟然成了远近闻名的神医。在此成绩的鼓舞下，她戒骄戒躁，开始学习针灸和肌肉注射，也就是扎针和打针。扎针她在自己身上练习，打针就只能在我身上练了。往往是，邵娜的胳膊和手上扎满了针，而那只扎着的手正按着我屁股上的药棉，的确是够吓人的。邵娜练习扎针是为了治疗贫下中农的疑难杂症，而练习打针却是为了治疗贫下中农的猪。也就是说，我成了给猪治病的实验对象。

打针主要是打青霉素。老庄子上的猪和人一样，不免药到病除。后来，邵娜作为兽医的名声就远远地超过了她作为人医的名声，这自然与当地人的见识有关。他们认为，猪比人更重要。人生病了可以熬，猪生病了就不长膘。再说了，青霉素不仅价钱很贵，而且稀罕，轻易搞不到手。事情总该有个轻重缓急吧？考虑到所有这些情况，我作为给猪治病的实验对象就不应该感到委屈了。邵娜以兽医而闻名，也是在抬举她。这些道理我是逐渐才体会到的，从医人到医猪的道路邵娜也是在实践中慢慢摸索出来的。

再说大许。

他出身于一个典型的剥削阶级家庭，解放前家里是开工厂的。我父亲是走资本主义道路当权派，"文化大革命"开始后就被打翻在地，后来去了五七干校。邵娜的父母则是知识分子，属于臭老九。邵娜的父亲头上还顶着一顶右派分子的帽子。尽管如此，我们的父母都没有历史问题。因此大许每次喝多了，不仅哭他没有女人，还哭他没有一个好爸爸。我安慰他说："其实我们是一样的。"

"才不是呢，我需要付出双倍的努力，才能和你们站在同一条起跑线上！"大许说。

他不单嫉妒我和邵娜谈恋爱，还嫉妒我们的出身，这是我万万没有想到的。

但瘦死的骆驼比马大，大许的家里看来很有钱。隔三岔五地，他会收到一些南京寄来的包裹。不仅频率很高，就是在全公社的知青中，大许收到的包裹也是最大的。这些包裹里装的自然不会是药品，但到底是什么？我们也不是很清楚，大许从不当我和吴刚的面拆包裹。他的床边放着一只体积庞大的柳条箱，八个角上都包了铁，包裹里的东西被源源不断地输送进去。那箱子除了暗锁，外面还加上一把永固牌铁锁。只是在深更半夜的时候，柳条箱才会被打开。

吴刚住在大许隔壁，据他说，大许每天夜里会爬起来清点箱子里的东西。也不点灯，怪吓人的。一度我们怀疑大许是不是有梦游的毛病，但又觉得不像。吴刚说他听见大许偷偷地吃东西，就像耗子似的窸窸窣窣个不停。明明是自己的东西，却要偷着吃，也真是难为了大许。由此我和吴刚认定，大许的箱子里装的是吃的东西，包裹里寄来的也是吃的东西，各种各样好吃的东西。

不久以后，这一猜测就被部分地证实了，大许从箱子里拿出一大瓶鱼肝油胶囊。他坦言道，鱼肝油是家里寄来的，让他平时滋补身体的，但他许韶华需要滋补的不是身体，而是灵魂。滋补灵魂鱼肝油显然无用。大许说："贫下中农的教育滋养了我的灵魂，而你们风里来雨里去，身体倒是真正需要滋补的。"

这话自然不是在知青屋里对我和吴刚说的，而是在瓦屋召开社员大会时对老庄子上的人说的。那鱼肝油也不是给我们吃的，而是给村上的贫下中农吃的。

当时，那黄澄澄玉润珠圆的鱼肝油丸由礼贵分发给在场的人，每个人的手心里都定着一粒，自然四个知青除外。只听礼贵大叫一声："吃啊！"村子上的人将鱼肝油丸捧起，哧溜吸入口中。

大多数人是囫囵吞枣。有的人则说："一股腥气！"也有的人尝出了滋味儿，大声地说道："油，是油呢！"

老庄子上的人平时缺少油水，能有油吃显然是最高兴的事了。他们形容喜悦的心情时经常会说"像喝油一样快活"。鱼肝油是油，不是水，不禁引起了轰动。

礼贵将瓶子里的鱼肝油丸又每人分了一粒，还剩下三粒。大许建议说："正好队上的领导班子是三个人，一人一粒。"

礼贵没理会大许，他代表为巧、仁军说："不了。"随后叫过大秃子，把剩下的鱼肝油连同瓶子交给他，"给福爷爷送过去。"

大秃子接过玻璃瓶，一颠一颠地跑出门去了。

"队长，这可是你让送过去的啊。"大许强调说。

"是我让送过去的。"

大许此举就叫做"向贫下中农献鱼肝油"，结果竟然有三粒献到了富农分子那里。大许不免担心。回到知青屋后，他反复念叨着这件事。我和吴刚向他保证，他许韶华的确是把鱼肝油献给了贫下中农，最后三粒是献给队干部的，是队干部把鱼肝油献给了富农分子。大许总算是放下心来。

向贫下中农献鱼肝油可谓一举两得，既表达了大许和剥削阶级家庭划清界限的决心（不食鱼肝油），又答谢了社员群众的教育再造之恩（请他们吃鱼肝油）。因为这件事，大许作为可教育子女的代表被推荐参加了公社知识青年积极分子代表大会。他是代表中的代表，真的不容易呵。至此，大许不仅和我和邵娜站在了同一条起跑线上，甚至还超出了不少。

大许做的另一件事是布置活动室，也就是瓦屋的主屋。

那主屋平时大门紧锁，只是在开社员大会的时候才会被打开。一年中，这样的大会也开不了一两次。在大许的一再建议下，礼贵同意大许进去拾掇一番。后者用刷锅把子掸去香案和太师椅上的灰尘，又从村上人家里借来几张长板凳。当然最重要的工作是张贴领袖画像。大许别出心裁，不仅贴了毛主席画像（毛主席画像家家都贴，不稀奇），还贴了马克思、恩格斯、列宁和斯大林的画像。自然是毛主席像居中，马、恩、列、斯分列两边。五张画像一字排开，张贴在主屋的北墙上，对着大门，的确气势不凡。如果只贴毛主席像就不会有这样的效果了。画像的两边还贴了一副大许亲自书写的对联，左联是

"四海翻腾云水怒",右联为"五洲震荡风雷激"。

活动室布置好以后,老庄子上的人纷纷前往看个究竟,甚至福爷爷在他的儿子礼寿的搀扶下也来了。只听福爷爷追忆说:"以前这北墙上挂的中堂是一头斑斓猛虎下山,两边的对子是'守祖宗清白二字''教子孙耕读两行',横批'祭如在',下面的大桌上供的就是老范家先人的神位了。"

他捋着下巴上的白胡子,另一只手拿着一支拐棍指指戳戳的。幸好领袖们的画像贴得很高,不至于被福爷爷的拐棍戳到。

福爷爷说:"也罢,也罢,如今这画上的人就是咱的先人,不止是姓范的先人,也是赵钱孙李的先人。"

"我爹的意思是人民的先人。"礼寿在旁边解释道。

"还是福爷爷的觉悟高!"为巧拍马屁说。

"啥高不高的?"福爷爷说,"有先人总比没先人好,这屋里贴个画儿总比啥都没有要好!"

活动室的布置得到了福爷爷的肯定,大许不禁舒了一口气。但也有担心的地方。回到知青屋后,大许显得非常惶恐,他说:"福爷爷讲反动话了,你们听出来没有?"

吴刚问:"他讲什么反动话了?"

大许说:"他说画上的人是咱的先人。先人肯定是死人,马恩列斯不说,可毛主席万寿无疆啊。"

吴刚说:"他是讲反动话了。"

"再说了,姓范的先人怎么能和马恩列斯毛比?"大许说,"为巧还说福爷爷的觉悟高呢!"

吴刚说:"是不能比。"

我说:"福爷爷的觉悟是不高,但也不至于反动。"

其实大许是怕被人议论，说他把领袖画像贴到村上人祭祖搞迷信的地方去了，还得到了富农分子的支持。显然他是多虑了。活动室里的活动如期开展起来，每天晚上，大许准时来到瓦屋的主屋里，读《毛选》或者两报一刊社论给老庄子上的人听。伴随着他那不无别扭的方言（为和贫下中农打成一片，故意别出来的），村上的妇道纳鞋底、捻棉线，男子汉们则抽烟袋、下泥棋。说笑打闹声在空旷的房子里回荡不已，根本就没有人在听大许读报。

村上的人来活动室是因为新鲜。不出三天，妇道就不来了。她们说：有这闲工夫还不如回家困觉呢，队上又不记工分！男子汉们如果来瓦屋，也不去活动室了，说是房子大，不聚气，又没有火烤。他们更愿意来牛屋，张开十指，向火而坐，听着闺女在身后的阴影里反刍，顺便拉个家常什么的。

这就形成了强烈的对比。主屋的门大敞着，柱子的上方悬挂着一盏马灯，大许孤单一人坐在供桌后面，手上捏着一张报纸发愣。而牛屋里火光熊熊，人影晃动，起哄笑骂声更是此起彼伏。由于负责喂养闺女的是我，因此在这一轮的较量中大许不禁落了下风。

大概又过了三天，大许再也坚持不下去了。他关上了主屋的门，也来牛屋里烤火了。

## 9

我已经有三年没有回南京过年了。实际上，自从下放以后我就没有回去过。不仅我没有回去过，邵娜包括大许他们都没有回去过。这不免有点奇怪。

我没有回南京是因为南京的家已名存实亡。母亲早逝，父亲长年住在五七干校,哥哥、姐姐比我大了许多,早已经自立门户。邵娜没有回去据说是要陪我。大许有家不回,则进一步表明他和剥削阶级家庭划清界限的决心。吴刚大概是因为家里穷,凑不齐回家的路费。这些,都是可以说出口的原因,其实大家心知肚明,没有回去是因为需要看住对方。生怕一旦离开就会发生什么变故,或者出现什么机会,那样的话,不免让别人钻了空子,自己多年辛勤的努力就将前功尽弃、付之东流了。

要回去就一起回去,要不回去,那就一起不回去。

实际上,农村生活节奏缓慢,尤其是冬天农闲,地里无活可干,我们每天只吃两顿。拖着疲惫的脚步晃晃荡荡地出工,再晃晃荡荡地收工,无非是撂几锹河泥或者捡几坨野粪。日复一日。甚至连天空的颜色都是一成不变灰蒙蒙的。在这幅近乎永恒的图画中,又能有什么变故或是机会呢?

无聊的时候,我就和大许、吴刚去成集街上赶集,在工农饭店里一坐就是一天。和其他大队的知青说说南京话,用南京话交换一番当地新闻以及国际新闻,关心一把国家大事。日子就这么过着。

这天,我们几个又去了集上,大许有一个包裹要去邮电所里取。取了包裹以后,大许照例没有打开,而是夹在腋下,然后我们跟着一头农民牵在身后的山羊向土街中部走去。

进了工农饭店,老于等人已经在座了。只见两张大桌子拼在一起,七八个知青绕桌而坐,每个人的前面都放了一只大碗,碗里盛着颜色很淡的茶水。一把断了半截嘴的茶壶放在桌子中间,不时有人拖过去,给自己倒茶。这帮人抽着纸烟,嗑着瓜子儿,弄得烟蒂、瓜子皮到处都是。

我们进去的时候,老于正侃侃而谈。他看了我们一眼,并没有停下。老于聊的仍然是"兔子事件"。两三年过去了,他仍然醉心人保组和王助理,就像那件事发生在昨天一样。

"老于,又在吹嘘你的英雄事迹呀?"大许调侃说。

老于有点生气,转向大许:"这不是我的英雄事迹,是咱知青的,所以要年年讲,月月讲,天天讲,怎么讲都不为过!"

"那是,那是。"大许说。

老于一向有点瞧不上大许,这下总算是逮到了机会(谁让对方首先挑衅的呢?),他放下兔子不说,反过来挖苦大许:"你孙子近二年运气不错啊,又是出席知青积代会,又是递交入党申请书。听说你们大队书记还要招你当上门女婿?"

"哪里,哪里,没有的事儿。"

"说是书记大人是个麻子,他闺女的脸上没麻子吧?"

在场的人都哄笑起来。大许忙不迭地说:"没有,没有,完全是无稽之谈。"

老于紧逼不放:"什么没有?是他的闺女脸上没麻子,还是没有入赘这回事?"

大许来不及辩白,老于又伸过手去,捅了一下大许抱在胸前的包裹:"这里面装的莫不是鱼肝油吧?"

正闹得不可开交,一个戴着军帽的家伙走了进去,身后跟着一条呼哧呼哧喘气的大黄狗。所有人的目光都向门口看去,那家伙也看见了我们,似乎愣了一下。他低头走到小窗口前面买了菲子,再从另一个窗口里端出一碗面条。那人将面条一直端到离我们很远的墙角上的一张桌子上,背对我们吃了起来。大黄狗则蹲在桌腿边,抬着脑袋,眼巴巴地看着主人。

楚庄大队的知青李秦淮说:"这不是人保组的勤务员吗?"

老于说:"三号。"

李秦淮说:"阶级斗争新动向,肯定是王助理派来监视我们的。"

大许说:"你们说话要小心一点。"

突然,老于提高了音量,大叫一声:"王助理媳妇!"

在座的人不禁又向门口看去。那里并没有人,更不用说女人了。敞开的店门外面,赶集的农民挑箩担筐地走过去,但并没有人进来。"看什么哪?王助理媳妇就在这屋里!"老于说。

然后,他将一个空烟盒揉成一团,向大黄狗扔了过去。大黄狗一惊,站了起来。吃面的三号肩胛骨明显地一抖。老于看着他的后背说:"你们知道吗?王助理媳妇在梦安县城里,俗话说远水解不了近渴,一天王助理被人撞见,正把那大黄狗的头塞在灶洞里,他在后面干呢!你们说,那狗不是他媳妇又是什么?"

当真是天下奇闻,大伙儿不免议论纷纷。李秦淮问:"那大黄狗是谁家的?"

老于说:"人保组喂的,军犬。"

"不可能,狗那么小,和人也不配套啊。"大许说。

老于不乐意了:"你什么意思?难道是我造谣?"

大许说:"没有,没有,我的意思是要干也干大点儿的呀,比如牛啊驴啊什么的。"

"你干过?"

"没有,没有……"

"还是啊,没干过你说个鸟啊!"然后,老于就不再搭理大许了。

不知道大许是哪根筋搭错了,也许是想在老于他们面前改变一下自己的形象吧?当大家开始议论大黄狗乐不乐意时,我发现大许在那儿憋,似乎有话要说。最后,他像是自言自语地说道:"干我也是干过的。"

听闻此言，老于丢下众人："你干过什么？"

大许说："干过我们生产队上的母牛。"

喧闹声突然就平息下去了，甚至三号也停止了吃面。门外，赶集的人声嗡嗡地传了进来。气氛的改变让大许心虚起来，只听他说："我干过，晓飞、吴刚也干，我们都干过的。晓飞还是队上的饲养员……"边说大许边用眼睛看我，大概是向我求援。

我正不知道该如何表示，老于突然爆发出一阵杨子荣般的大笑（他们六六级都会这一套）。笑完之后，老于隔着桌子伸出两条胳膊，左手掐着我的肩膀，右手掐着大许的肩膀，使劲地摇晃。同时用眼睛看着吴刚。他说："真有你们的，不愧是咱知青啊！咱知青要干就干大家伙，比如水牛、骏马什么的，绝对不会干母狗！"

在座的所有人都松了一口气。既然老于给事情定了性，其他人也就再无异议了。

我说："别听大许瞎说，反正我没有干过。"但这会儿已经没人听我的了。

"你就别谦虚啦，咱知青有什么不敢干的？没有不敢干的，也没有不能干的！"老于说。

其他人也跟着起哄。

大许代表我和吴刚说："哪里，哪里，正常，正常……"

三号终于惶恐不安地吃完了那碗面，站起身，向饭店的门边蹭去。大黄狗边在水泥地上嗅着，边跟了过去。当他们跨出门槛一瞬间，老于扯着嗓子喊了起来："不送啊，王大嫂，给王大哥带个好！"

## 蜕变

### 10

我挑着秧把担子,紧跟在大许的身后。他的前面走着礼贵,他们的肩膀上也都挑着秧把担子。田埂狭窄,两边的水田就像是摊开来的烙饼。一边已经被耙平,镜子一样地反射着天光,依稀还有白云飘过。另一边的水田正在灌水。一架水车竖立在河边上,为巧领着吴刚和另一个男劳力猴在架子上,赤着脚拼命踩踏。木链上的刮板顺着水槽正把河水源源不断地运送到水田里。

我们挑着担子经过时,也没有和他们打招呼。这时节天忙地忙的,谁都没有说闲话的工夫。

桑木扁担在我的肩膀上吱吱嘎嘎地响着,富于弹性和节奏,整个人的身体不禁随之起起伏伏。如果不是脖子酸疼、体力不支的话,我还是很喜欢挑担子的。但如果你一天挑到晚,而且一星期来天天如此,恐怕就不会这么想了。

那田埂湿滑不已,我穿着雨靴,脚不巴地,为保持平衡因此消耗了更多的体力。到后来我已无心观赏四周春耕夏忙的大好景象,只是低头看地。视野里是大许晃动不已的小腿。他也穿着雨靴,卷着裤子,在靴筒和裤腿之间露出一截雪白的腿肚子,肌腱分明,显得尤其饱满。倒是礼贵小腿细鳞鳞的,但走得飞快。这时候礼贵已经脱掉了上衣,光着膀子，脖子后面有一块圆圆的担茧，像个扁柿子似的趴在那里。

礼贵把我们甩出去很远，已经走得没有了人影。开始的时候大许还想赶上去，后来也不指望了。他索性慢下来。他一慢，我也跟着慢了下来。

这时，眼前的水田里已不再是空无一物，依稀浮现出一层淡薄的绿色，老庄子上的人在田里插上了秧。再走一段，就看见那些插秧的人了。大多是妇女，也夹杂着几个半大的孩子，通通弯腰撅腚，一只手上攥着秧把，一只手抠出一小撮稻秧，向水田里栽去。边栽边退，秧苗条条行行，远远看去整齐得就像小学生的练习本。退得最远的那个人是邵娜。她插得最快，把其他的人远远地撂在了前面。以邵娜为界，她前面的水田一片云雾似的淡绿，身后的水田则如同镜面。我和大许挑着秧把担子过来时，看见邵娜正一阵猛插，就像鸡啄米似的。听见响动，她也没有抬头看我们一眼。

我和大许放下担子，提起秧把向水田里扔去，扔得七零八落的。既要尽量分散，又要分布均匀，送秧把的活儿技术难度最大的就是这一环节了。不单需要臂力，更重要的还在准头。由于没人监督（礼贵不在），我故意瞄准了邵娜，扬起手臂，秧把朝她飞了过去，差一点没砸在她身上。落下后顿时泥水飞溅，邵娜的衣裤被打湿了一大片。邵娜终于直起腰来，一只手叉腰，一只手上捏着稻秧，像老庄子上的妇道那样地破口大骂："你没长眼睛啊！"

我和大许笑得前仰后合，我太喜欢看见邵娜这个样子了。"不是我扔的，要骂你骂大许。"我说。

大许也不辩解，只是冲邵娜嘻嘻傻笑。邵娜说："你们没有一个好东西！"

我说："我来帮你插一路吧。"说着就要去脱雨靴。

"不承你的情！还是省点劲，挑你们的秧把去吧！"说完邵娜弯下腰去，又开始插秧。

她的屁股冲着我们，由于裤子湿了，紧贴着大腿，里面短裤的形状显露无遗。我不禁看了大许一眼，这家伙正盯着邵娜的屁股看呢。

正想喊醒大许，田埂上响起一阵脚步声，礼贵不知何时出现了，正急匆匆地向这边跑过来。他肩膀上的担子不见了，满头满脸的大汗，完全没有了挑秧把时的轻巧劲儿。离得很远，礼贵就冲我们大声吆喝："赶紧跟我回村上！"不等我们回答，他又转过身去，向来路上跑去。

我和大许挑着空担子紧随其后。没跑几步，礼贵又回头对我们说："把畚箕子撂下，只带扁担绳。"

我和大许连忙解下畚箕上的绳子，扔下畚箕，只拿了扁担和绳子，跟着礼贵又跑。路上礼贵告诉我们，这是让我们跟他回家抬凉车子。

凉车子是当地人家的一种卧具，由树棍钉框、中间穿编草绳而成，下面有腿。实际上就是一种原始简陋的床，但并不是乘凉用的，平时村上人就睡在这种床上。可眼下是大忙时节，又是白天，要这凉车子干什么用呢？它可是卧具，不是农具，况且要三个人抬，简直就是浪费劳动力。一路上我心里直犯嘀咕。

进了礼贵家园子的桥口，一条脏兮兮的土狗吠叫着扑上来，不知道是欢迎礼贵还是要咬我和大许，被礼贵一脚踢到旁边去了。礼贵冲进屋里，一直来到里屋，在一张凉车子前面站住。他抬手掀掉凉车子上的席子，指示我和大许将凉车子往外面抬。我们一人一头抬着凉车子向门外走去，礼贵一个鱼跃跳坐上来，我们的肩膀不禁向下一沉。只见礼贵磴了磴身子，又跳了下去。"不成，这凉车子不结实，经不住。"说着他又冲向另一张凉车子。

屋里有两张凉车子，另外还有几张凉车子在其他屋里。礼贵家的儿女多，因此凉车子也多。他领着我们在他家的四间草房里跑进跑出，掀掉了所有凉车子上的席子、稻草和破被子。每张凉车子礼贵都要求我和大许抬起来，然后他跳上去试一试，最后总算选定了一张结实的。我和大许把扁担绳放在上面，把凉车子抬了出来。

礼贵走在前面，因是空身，走得飞快。我和大许在后面紧赶慢赶。那凉车子虽然不重，但抬起来很不方便。前面的人甩不开腿，后面的人看不见脚下的路。后来我们干脆把凉车子举了起来，一直举过了头顶。

我和大许高举凉车子，紧跟礼贵，在田埂上面走了很久，最后来到老坟地旁边的一块水田前面。那块田已经灌了水，但还没有耙过，一条条的泥块、土垡凸起在水面上，整块水田看上去就像是花的。礼贵脱下脚上的布鞋，鞋底相对一合，夹在腋下就走了下去。我和大许来不及脱下雨靴，也跟着走了下去。稀里哗啦地在水田里蹚着，带起的泥水都灌到靴筒里去了。

然后我们就看见了闺女。它不是站着，而是卧在水田里。明明是一头黄牛，却像水牛那样大半个身子浮在水面上。闺女的脑袋下面垫着两只倒扣在一起的畚箕，否则的话鼻子就浸到水里去了。一些泡沫从它的嘴角冒出来，就像螃蟹吐泡泡似的。礼九一身泥水，正趴在闺女身上。他一会儿扒开闺女的眼睛瞧瞧，一会儿又伏下身去，将耳朵贴在后者的身上听。对我们的到来置若罔闻。

"你这是咋的啦？是老啦，还是病啦？"礼九对闺女说。

春耕生产开始以后，礼九就回到了老庄子上。这一阵，他更是起早贪黑地驾着闺女犁地耙田。此刻，一张笨重的木耙陷在水田里，由于自身的重量正逐渐下沉，已经快被泥水淹没了。在木耙和闺女之间拖着两根粗大的麻绳，也浸透了泥水，很难辨认了。

礼贵指挥我们将凉车子安放在水田里，四个人开始往上面抬闺女，礼贵、礼九抬前面，我和大许抬后面。终于，闺女被湿淋淋地掀上了凉车子。凉车子的四条腿向下陷去，木头框子看不见了，闺女就像是漂浮在水上。然后，在泥水中摸索着系上绳子，扁担穿入绳扣，仍然是礼贵、礼九在前，我和大许在后，把凉车子和上面的闺女担了起来。又黑又沉的牛身压得凉车子上的草绳向下兜去。

"闺女真重呀。"我说。

"有啥重的？"礼九说，"瘦成这样子，也就二百多斤，前两年少说也有四五百斤！"

大许接口说："二百多斤，平均一个人也就七十来斤，不重不重，轻巧得很！"

他这么说，自然是想在礼贵面前表现一番。实际上大许和我一样，被闺女压得龇牙咧嘴的，脚底下踉踉跄跄。幸好礼贵他们在前面，看不见大许的表情。只听礼贵说："不是轻巧活就不叫你们来了！"

把闺女抬上田头，稍事休息，我们就抬着它向老庄子的方向奔去。由于走田埂不方便，绕了不少路。一路上，水田里插秧的妇女纷纷直起腰来，手搭凉棚向这边瞭望。我在想，如果换成我也会觉得奇怪的：四个人抬着凉车子，上面卧着的却是一头牛，真可谓百年不遇。礼贵对大伙儿的好奇似乎很不满，一路上挥着手说："看什么看？有啥好看的？还不赶紧栽秧！偷懒耍滑的……"

终于到了瓦屋，跨过门槛进了院子。闺女被抬进牛屋里，凉车子落地。趁着最后一把力气，我们把闺女抬了下去，安置在一摊稻草上。礼九连忙扯过一把稻草，擦拭湿透了的牛身。他再次伏下身去，把耳朵贴在闺女身上。闺女发出很响的喘息声，就像刚才不是我们抬它进来的，而是它抬我们进来的。

礼九脑袋不离牛身,歪着头、翻着眼睛对礼贵说:"莫不是吃了发霉的山芋干,得了瘟病?歇几天瞧瞧。要是得了老病,就没有指望喽。"

礼贵跺着脚道:"这事情弄的,早不病晚不病,偏偏是这当口!还有四十亩水田没耙呢,等着栽秧,眼瞅着就要收麦了……"

"那也是没有办法的事,闺女站都站不起来了。"

大许在旁边插嘴说:"那就人当牛用,拉耙耙田。"

"人有人的活,要栽秧,要抽水,还要挑肥上粪、点稻头……"礼贵说,"再说了,四五个男子汉也抵不上一头牛的力气,人的力气短。"

这时礼九站了起来。他解开扎在腰上的草绳,紧了紧衣服,又重新扎上了。"那咋办呢?"他说。

礼贵解下烟荷包,装了一袋烟,边抽边琢磨着。

只听大许大声地说:"毛主席教导我们说,人定胜天!"

礼贵、礼九互相看了一眼,没有说话。我也不便多嘴。牛屋里此时只能听见闺女沉重的喘气声。过了一会儿,礼贵说:"回地里干活!"

我和大许跟着他走出牛屋,在瓦屋的院子里仍能听见闺女的喘息,呼噜呼噜的,像人一样。我不由得想起在邵娜的草披里听见的隔壁福爷爷的哮喘声。

## 11

第二天,我和大许就没再给秧田送秧把了,礼贵领着我们拉木耙。除了我们三个,礼贵还叫了为国,这是队上最强壮的男劳力,干起活来一个顶俩。四个人背着绳子,在水田里弓身向前,耙田时下巴颏儿离水面只有一尺来高。我觉得光是那根又粗又湿的绳子就分量不轻，何况后面还拉着木耙，木耙上面还站着礼九。后者的手上照例拿着一根带叶子的树枝，虽说没有抽在我们身上，但吆喝不止。习惯使然，礼九把我们当成闺女了。

最先耙的是闺女没有耙完的那块水田，来来回回地走了很多趟。礼九念叨着："人不如牛，牛不如闺女……"念叨得我们心烦意乱，步伐也因此乱了起来。后来礼贵领头喊起了号子："一——二！"

"哎哟——喂！"我和大许、为国接着喊。

"一——二！"

"哎哟——喂！"

总算团住了一股劲，把木耙拉得飞了起来。礼九站立不稳，差点没摔了下去。

站木耙是一项技术活儿，但毕竟比拉木耙轻松了许多。况且现在是人拉而不是牛拉，技术要求可有可无（除非人突然发力）。于是礼贵指示轮流站木耙，说这样大家可以轮换着休息。轮到大许站木耙时他不禁来了灵感，站在木耙上说："队长，喊哎哟喂不好听，我们喊下定决心吧。"

"咋个下定决心？"礼贵问。

大许说："就是我喊，下定决心，你们喊，不怕牺牲，我再喊，排除万难，你们喊，去争取胜利。"

礼贵说："那你起个头。"

于是大许扯开了嗓子，用力喊道："下——定——决心！"

我们接着喊："不——怕——牺牲！"

大许："排——除——万难！"

我们："去争——取——胜利！"

耙完老坟地边上的水田，礼贵指示转移。为国一个人就掀起了木耙，拖泥带水地往肩膀上一套，我和大许负责拿绳子，一帮人越过了田埂。为国肩膀一歪，卸下木耙。那木耙平平地落在另一边的水田上，几乎都没怎么溅起泥水。

中间歇息的时候，我们爬上田头，光秃秃的路边连一棵树都没有，太阳晒得人发蔫。但怎么的也比在水田里当牛强呀。礼九惦记闺女，去了一趟瓦屋，礼贵嘱咐他快去快回。剩下的人走向一只歪放在地上的木桶，桶里面有半桶水，上面浮着一只葫芦瓢。我们轮流抓起瓢，咕咚咕咚地往肚子里灌水。那河水清凉煞渴，沁人肺腑，只是喝到后来才感到了一股河泥的味道。水桶是大秃子挑来的，这几天他的任务就是往各处送水。

喝完水，礼贵和为国解下烟荷包，往烟锅里装烟丝。大许掏出一包纸烟，弹出一根递给礼贵，对方说："我抽不惯洋烟。"没有接。大许就把那根烟给了为国，后者连忙收起了烟荷包。他们三个蹲在地上抽烟的时候，我则守着水桶。桶里的水虽然喝干了，但桶边上到底还是要凉快一些。

为国蹲着移了两步，向礼贵靠近，有些扭捏地说："队长，我们家自留地上的麦子也要熟了，就这几天。"

礼贵看了他一眼，脸不禁挂了下来："不是让你们兄弟两个不要种麦子的吗？这是啥当口，不是和队上抢劳力吗？"

为国说："老大的事我不问，只要你放我一个工（一天假），木耙我一个人拉了。"

"说得轻巧！放你一个工，为好我能不放他一个工吗？"

"那让他来拉木耙试试。"为国说。

我总算听明白了，为国是在向礼贵请假，要收自留地上的麦子。

礼贵不乐意，因为队上也要收麦子。更关键的是，如果放为国一个工，为国的哥哥为好家的自留地上也种了麦子，也得放为好一个工。为好、为国两兄弟分家以后仍然住在一个园子里，自留地也彼此相邻。兄弟俩一向不和，总是比着对方过日子，这在老庄子上是尽人皆知的。一个种麦子，另一个也要种麦子，现在弟弟要队上放工收麦子，哥哥自然也会提出同样的要求。大忙的天，闺女又病趴窝了，一下子要放两个强劳力的两个工，的确让礼贵感到为难。

礼贵在地上磕了磕烟袋，又装了一袋烟，沉吟半晌后说：“那就先减一个人，你们几个拉着试试。说好了，他们换着站耙，你不换！”

为国"嗯哪"一声说："再减一个也没事。"

"你没事，人家有事，哪个像你，一身的牛劲！"礼贵没好气地说。

然后礼贵就站起身来，头也不回地走掉了。

这以后，就成了三个人拉木头耙，一个人站木耙。的确比以前费劲多了，那木耙就像钉在水田上似的，也像有一头牛在向后拉。我不免在心里抱怨为国，大许显然也不太高兴。礼贵不在，他就没有表现的必要了，甚至连号子也不喊了。大许不喊号子，其他人自然也不喊。倒是为国憋足了力气，弓身曲背，一往无前。后来我发现，即使自己不那么用力，那木耙也一样向前移动。并且为国说到做到，果然没有站木耙。我、大许、礼九轮流站上木耙，挺直身子，汗淋淋的经风一吹，真是说不出的快活惬意。

就这样，我们一共干了五天，剩下的水田基本上都耙平了。每天从田里上来，我的小腿肚子止不住地哆嗦，肩膀就像火烧一样的疼。幸亏有一副从南京带下来的帆布垫肩，围在脖子上，垫着钝刀一样的绳子，我才没有在水田里趴下。

一大早，天还没有亮，村子的西边就响起了礼贵的喊工声："下田啦，男子汉带扁担，妇道带镰刀……"

大约喊了三遍后，我才很不情愿地爬了起来。肩膀就像有记忆一样，马上疼痛不已，脚一落地，小腿肚子就开始颤抖。匆匆套上衣裤，我走进堂屋里，大许和吴刚正摇摇晃晃地从西边的屋子里出来。大许边系裤子边说："这是什么世道，天还黑着呢！"

吴刚说："简直就是半夜鸡叫。"

嘟囔了一番后，吴刚走到灶后面，开始烧火做饭。大许则在灶台上忙活。我从门背后找出三把镰刀和半块砖头，开了堂屋的门，然后就蹲在门口磨镰刀。门外天地清净，鸦雀无声，只有磨刀的声音喀嚓喀嚓的，传出去很远。屋内，拉风箱的声音空咚空咚。粮食下锅以后，大许走回自己的房间里，一阵翻箱倒柜。再出来的时候，他手上抓着一把什么东西，正往嘴巴里塞。大概是什么补品。大许一面干咽着一面踱了过来。"今天割麦？"他问。

我说："割麦，你可要好好表现呵。"

"你怎么知道的？"

"我就是知道。"

大许的怀疑并非没有道理。每天早上喊工，礼贵都是一样的喊法："男子汉带扁担，妇道带镰刀……"无论是什么季节，干什么农活，他都这么喊，也不管是不是真的需要扁担或者镰刀。老庄子上的人一般都不会带错农具。如果谁带错了，礼贵免不了会一通训斥。但作为知青，我们对带什么农具上工一向没有把握。八成是这几天耙田耙狠了，我一心想着麦收。只有麦收开始才是我们的解放之日，再不用赤脚下水田拉木耙了。都说麦收是弯腰头点地，但动用的毕竟不是同一块肌肉呀,"无数英雄竞折腰"的辛苦毕竟不在眼前。

因此这镰刀我越磨越有把握,今天一定收麦!看我如此坚定,大许和吴刚也都不再怀疑。由于他们不再怀疑,我就更坚定了自己的想法。三把镰刀磨得锋利无比,大拇指在刀刃上一抹,指肚子上的肉就像是要被吸进去一样。今天不收麦,镰刀可惜了。想到这里,我情不自禁地高兴起来。

大片大片的麦子被割倒了,一垄一垄地铺在地里,头归头,尾归尾,方向不一但无不整齐地排开远去。一些人在扎麦捆,更多的人正往前割。老人、孩子挎着篮子,散布在麦茬地里,撅着屁股捡麦穗。田边上插着一杆红旗,上面写着黄字"大范一队",旁边竖着的木牌上贴了一幅毛主席在天安门城楼上检阅红卫兵的半身像。这两件东西都是大许劳动之余制作的,之后被队上收藏,在麦收这样重要的日子里才拿了出来。

黄金铺地、老少弯腰的景象的确富饶。但干活干久了,并且身在其中,也就无所谓了。从天不亮开始到天黑地黑,我们已经割了整整三天的麦子,到这会儿不免腰酸背疼,大腿肿胀,手都抬不起来了。真的还不如在水田里拉木耙呢,那样至少能在站耙的时候休息片刻,就是拉耙也可以掂量着用劲……

天色越来越暗,礼贵仍然不喊"家去!"——收工的时候他总是这么喊,就像上工的时候他总是喊,"男子汉带扁担,妇道带镰刀……"

这时候眼睛已经不管用了,割麦全凭感觉。好在几天下来,动作已十分机械,既不需要眼睛,更不需要脑子。伸出镰刀兜住几棵麦子,左手拉住麦秆,右手连拉带割。到后来,镰刀也钝了,拉的劲就超过了割的劲,一次也割不了一把,只能割几棵了。视觉减弱之后,听觉和嗅觉明显地增强。一片昏黑之中，只听咯啦啦的割麦声，被太阳烘干的土味儿和麦秆断裂处的草味儿直冲鼻子。

直起身子擦汗的时候，我发现远处的田边移动着几条奇怪的人影。大腿以下被麦子挡住了，就像坐在一条船上似的。人影向老庄子的方向而去，我数了数，一共是五个人。一个人在前面，四个人跟在后面，其中的两个人肩膀上似乎还背着枪。我正在纳闷，旁边割麦的大许也直起腰来，"那不是王助理吗？"他说。

大许经常去公社革委会大院里串门，自然比我更熟悉王助理。由于他认出了王助理，后面跟着的那几个人肯定就是人保组的勤务员了。这帮人从田埂上拐上了一条小路，腿部以下露了出来。同时出现的还有一条大狗，一颠一颠地跟在后面，不用说，便是那条大黄狗了——"王助理媳妇"。他们此时此地出现在这里，是路过，还是专门冲我们村来的？

这时吴刚也站直了身子，"麦子熟了，鬼子进村喽。"他说。

大许说："嗯，看来是来骗吃骗喝的。"

我觉得事情没那么简单。麦收时节，社员偷队上麦子的事时有发生。看来是出了什么案子，公社人保组的人才会这会儿出动的。

队上的人这时也都不割麦了，在地里站成一大排，异常兴奋地议论着。礼贵也不加以制止，他好像也很莫名其妙，仰着脸向西边张望着。天际渐渐地暗淡下去，一缕淡薄的晚霞沿着地平线拉得很长。那队人马剪影似的映在上面，由于距离和时间关系越来越模糊了。黑乎乎的老庄子的上方，瓦屋的轮廓显示出来，线条格外分明。

礼贵终于喊了声："家去！"

**12**

我被一阵剧烈的敲门声惊醒，呼啦一下坐了起来，顿时感觉到身上酸疼难忍。我听见自己问："上工了？"没有人回答我。

砰砰的敲门声持续着，伴随着沙沙的声音，似乎门框上的土都被震落下来了。门外有人大声地吆喝说："许韶华开门，我们是工作组的！"

"就来，就来，马上就来。"大许的声音从西边的屋里传来。

许韶华是大许的学名，已经很久没人这么叫了，这会儿听上去十分怪异。还有"工作组"。这到底是怎么回事呢？难道大许偷队上的麦子了？

一阵磕磕绊绊的声音，大许到了堂屋里。系皮带的声音，拉门闩的声音，堂屋的门门轴转动的嘎吱声，一阵狗吠声涌了进来。脚步声响，大许走了出去，但他没有关上门。我听见大许怯生生地问："找我？"

一个操着当地方言的声音说："我们王组长让你去一趟。"

"王组长？"

"就是王助理。"

"哦，那好，那好。"

然后，脚步声杂沓，向桥口走去。听声音，对方不止一个人，至少也是两个人。狗吠声再度扬起，大概他们已经到了村道上。

我空囔一声倒在床上，打算接着再睡。吴刚只穿了一条大裤头，摸到我的屋里来。他紧张不安地问："到底是怎么回事？他们把大许带走了……"

我自然无可奉告，敷衍说："没准儿是好事，大许入党的事批下来了。"

吴刚说："不像，不像，我瞄了一眼，带他走的两个人手上都端着枪。"说着，竟然要往我的床上爬。

"睡觉，睡觉，明天还要割麦子呢！"说完我翻了个身，背对吴刚，就不再搭理他了。

我听见吴刚走回堂屋里，关上了堂屋的门，但没有插上门闩。然后他就回到了自己房间里。

过了很久很久，我都没有再睡着，但也没有想什么。或者说是想不动了。实在是太累了，脑袋似乎被卡住了。之后，我就满怀着某种忧患的情绪睡过去了，好像还做了两个噩梦。再次被惊醒的时候，屋子里仍然黑洞洞的。我完全不知道自己睡过去多久，可能只有两分钟，也可能天已经快亮了。

狗吠声这时又起，响成了一片。有人咚咚咚地走近知青屋，并且脚步不停，推门进来了。脚步声非常的熟悉，是大许。他进了吴刚的房间，我不禁从床上坐了起来，侧过耳朵细听。

"工作组让你去一趟。"只听大许说。

"到底什么事？"吴刚害怕地问。

"没什么大事，调查一下情况……兄弟，你听我说……"由于大许压低了声音，下面的话我没有听清楚。

突然，吴刚叫了起来："这怎么可能！"

大许"嘘"了一声，说："你小声点。"

说话声又低了下去，两个人叽叽咕咕地说了好一阵。我正准备爬起来去探个究竟，门外有人喊了起来："咋回事情啊？穿个裤子要这么长时间！建立攻守同盟是咋的？"

原来屋外有人，大许不是一个人回来的。只听大许忙不迭地说："就来，就来了……"

吴刚磨磨蹭蹭地往外面走，大许叮嘱他："听哥的话没错，记住了！"

吴刚答应一声，就拉开堂屋的门出去了。

脚步声向桥口而去，狗吠声又响了起来。而此刻的知青屋里却声息全无，格外安静。我以为大许会来我的房间里，说明情况，但等了半天，不见动静。难道说大许也跟了出去，不在知青屋里？或者正待在一个地方，一动不动？这屋里的寂静有点儿鬼魅了。我终于忍不住，冲堂屋的方向喊了起来："大许，大许，你在吗？"

"我在。"大许说。声音就在隔壁，就在堂屋里。

"这到底是咋回事儿，还让不让人睡觉啊？"

"也没什么大事，公社工作组来调查情况。"

"调查什么情况？"我问。

"大忙时节，怕阶级敌人搞破坏……"大许说，"主要是调查福爷爷，他不是富农吗？"

我说："吃饱了撑的！"

"睡觉，睡觉，明天还要割麦呢。"说完大许从堂屋里起身，回了自己的房间。

我再也睡不着了，躺在黑暗中莫名地紧张。心脏空咚空咚地跳着，似乎不在我的身体里，而是在这间房子里。我禁不住微微发起抖来，腰酸背疼的感觉反倒减弱了。我坚持着，或者等待着什么。

终于，狗吠声又响了起来，一串杂乱的脚步声奔知青屋而来。堂屋的门哐啷一声被撞开了，一伙人拥了进来，刹那间就到了我的房间里，到了床前。手电筒光柱乱晃，最后固定在我的脸上。眼皮感觉到光线刺入的疼痛，我什么都看不见了。有人抓住我的手臂，将我拽了起来。然后，两只手都被反剪到了身后，交错在一起，一个人在我的手腕上系上绳子。我试图挣扎，一根黝黑的枪管几乎戳在我仰起的脸上，把我吓了一跳。围着我忙活的人喘着粗气，我闻到一股难闻的大蒜气味，还有酒味儿。"大许！吴刚！"我拼命地大喊。

没有回答，他俩早就不见了踪影。我对抓我的人说："你们凭什么抓我？我犯了什么法？"

对方回答："你干的好事，自己知道！"

我说："我是知青，不是反革命！"

"老子抓的就是知青！"

然后，我的背上挨了一枪托，就被他们连拖带搡地押了出去。

我又听见狗叫了，如此真切，其间夹杂着零星的蛙鸣。那声音和在房子里听上去的完全不同，我想起来了，今天晚上已经是第六次了，第六次狗叫。就像你在读一个可怕的故事，读着读着突然就读了进去，发现自己已身在其中。此刻，狗叫声就像是来自四面八方，同时钻入两边的耳朵。空气新鲜得就像能用皮肤呼吸。脚下高低不平，实在得可怕。逼真的感觉让我久久地不能忘怀。

工作组的人推搡我，一帮人走过隐约发白的村道，最后来到了瓦屋前面。

我被他们带进瓦屋。从院子里经过时，我朝牛屋那边看了一眼，屋子里黑灯瞎火的，看来礼九已经睡死了。然后，我就被他们推进了正对院门的主屋里。

主屋的门敞开着，柱子上面挂了一盏马灯。王助理坐在供桌后面的那把太师椅上，一只手撑着秃脑门正在打瞌睡。硕大的影子投射在桌上的一叠材料上。

直到这会儿我才认出来，押我来的是二号勤务员和三号勤务员，另一个我没见过。王助理的身后还站了一个勤务员，也很面生。那条大黄狗卧在桌子下面的阴影里，我们进来的时候它发出几声威胁性的低鸣，但显得很疲惫。王助理被惊醒后喝止住大黄狗，他也显得非常疲惫，大概是折腾了一夜的缘故吧？

王助理有气无力地对我说："你是连夜交代呢，还是明天再说？"

我问他："我犯了什么法？你们凭什么抓我？"

王助理说："那好，明天再说。"

他站起身来，用手堵住了一个哈欠，就走出去了。大黄狗也站了起来，抖了抖身上毛，跟了出去。那个站在王助理身后的勤务员也跟出去了。

留下来的三个勤务员，一个将王助理刚才坐过的太师椅推向我，一个按着我坐了上去。我有点儿受宠若惊，刚想站起来，第三个勤务员已经绕到了椅子后面。他掏出一根麻绳，一头拴在我手腕上的绳子上，一头在椅子的背上捆了个结实。干完这件事以后，也不和我打招呼，三个人就相继出了主屋。他们从外面带上了主屋的门，并哗啦几声锁上了。

然后，我就一个人待在空旷的主屋里了，简直就像做梦一样。那马灯虽然挂得很高，但照出去的范围毕竟有限。墙上领袖们的画像位于黑暗中，只能看出大致的脸形，比完全看不见还要瘆人。一股古老的霉味儿从房子的深处缓缓地飘过来，让我觉得浑身的不自在。我很想站起来走一走，但绳子限制了我。现有的长度只能允许我站起来，却无法迈步。当然，我也可以拖着太师椅在这宽敞的地方散步，但如此一来势必会惊动工作组的人。于是我站起来又坐了下去，坐下去后又站了起来，如此五次三番。在这张坚硬硌人的椅子上我是无论如何也睡不着的。有时候脑袋不由自主地垂了下去，刚要睡着，手腕被绳子拉得一阵剧痛，我立刻就清醒了。

后半夜，我觉得自己已经有些癫狂了。浑身潮热，头脑也不那么清楚。不管三七二十一，我开始拖着身后的椅子在房子里奋力而行。不用说发出连连巨响，回声四起。工作组的人居然没有被吵醒，这就更让我愤怒了。我拖着那张太师椅不停地走着，弄出尽可能惊人的声音，可受到惊吓的只是我，并没有谁前来看个究竟，包括礼九。不知何时，在这轰然巨响的伴奏下我竟然睡过去了，甚至连礼贵喊工都没有听见。

## 13

醒来的时候，天已经大亮了。主屋的门大敞着。我发现自己滑落到太师椅的下面，双手背在后面，吊在椅背上。两条手臂已经麻木，一点知觉都没有。我小心翼翼地将自己从地砖上挪回椅子上，手臂开始有了感觉，立刻疼得钻心。

二号勤务员拄着一杆老掉牙的枪，蹲在门槛外面。他转过头，饶有兴趣地看着我。王助理站在东厢房的屋檐下，手上拿着一只搪瓷茶缸，正在刷牙。他仰起脖子，哈啦哈啦地漱着喉咙，完了一低头，将漱口水十分有力地喷在地上。我正是被这漱口的声音吵醒的。

大黄狗在瓦屋院子里溜达。它抬起一条后腿，将狗尿呲在废弃的井栏上，然后一颠一颠地跑到院门外面去了。

瓦屋院子的门也已经打开。由于主屋的房基较高，我通过两道门一直看见了前面的村道。人影晃动，大概是工作组的其他人在附近转悠，大约是在欣赏这乡村早晨清新的景象吧？牛屋那边则毫无动静，看来闰女仍然卧病不起。礼九不用说早去上工了。

突然我想到今天不用去上工了，不用弯腰割麦子了，不由得一阵高兴。但很快，这高兴的情绪就没有了。周身的疼痛和疲乏提醒了我，我为什么会以这样的姿势待在这里。唉，还真的不如去割麦呢，那至少说明没有什么可怕的事情发生在我身上。

提审在主屋里。麻绳的一头被从太师椅上解下，拴在了供桌的一条腿上。我被他们按在一条长板凳上，唯一的太师椅自然属于王助理。他正面而坐，对着主屋的大门。他的边上坐着一个瘦猴似的勤务员（就是昨天晚上去抓我的人中的一个），前面的桌上摊着几张稿纸。瘦猴不断用蘸水钢笔在墨水瓶的口上刮擦着。昨天晚上站在王助理身后的勤务员仍然站在王助理身后，抱着粗黑的膀子。审讯过程中，他不时地双手互掰，骨节发出喀吧喀吧的声音。二号、三号勤务员则待在屋外，背枪的身影偶尔在窗前晃一下。大黄狗自然待在桌下，在它和供桌之间也拴了一根绳子。不，不是绳子，是一根皮带，和我的待遇到底有些不同。

王助理问我想通了没有，是不是准备交代。我则反问他为什么抓我，我到底犯了什么罪。王助理说："你没犯什么事，我们为什么要抓你？"我说："我不知道啊，你们为什么要抓我？"我问王助理，王助理则问我，简直就像猜谜一样，来来去去好几个来回。到最后我也不知道他们为什么要抓我。

这年头，什么方面出问题都是可能的。昨天夜里一个人的时候，我已经反复思索过了，可能的方向有很多。当然最可能的是他们抓错人了。后来王助理不耐烦起来，拍着桌子大声说道："给你脸你不要！"

我吓了一跳。

"我认你狠，你不说，我说！"王助理说，"我问你，队上的牛是怎么趴窝的？"

原来如此，我多多少少放下心来。想必他们认为闺女趴窝是有人搞破坏，即使有人搞破坏，那也不可能是我啊。这么一想我就有了底气，微笑着对王助理说："牛趴窝八成是生病了。"

"生的什么病？"

"我怎么知道？我又不是兽医。"

王助理又是一拍桌子，这回动了真气，桌上的墨水瓶跳了起来。边上记录的瘦猴连忙用手按住。

"那我告诉你，是你日的！"王助理说。

没等我从惊愕中缓过神来，王助理再次一字一顿地说道："是你，罗晓飞，奸污了生产队上的母牛！"

我不禁笑了起来，只觉得两股气流从鼻孔中咻地泄出。"王助理，开什么国际玩笑，这牲口也是人干的？闺女生病是因为吃了发霉的山芋干，不信你去问礼九。"

王助理说："刚才你怎么不说？"

这时，我的心里已经乱成了一锅粥。正想着用什么话应对王助理，仁军端着一只脸盆进来了。脸盆上面冒着袅袅的热气，一股香味儿扑鼻而来。大秃子跟在仁军的身后，捧着一摞饭碗，一只手上抓着一把筷子。仁军对王助理说："王助理，队上穷，没有什么好东西，队长让下的挂面，新下来的麦子。"

"你先搁这儿。"王助理说。

仁军在供桌的一头放下脸盆，大秃子开始摆放碗筷。我数了数，桌上一共是六只碗。仁军拿着一双筷子，将脸盆里的面条分挑到六只碗里。他们进来的时候,二号和三号也跟了进来。在场所有的人都眼巴巴地盯着仁军分面条,房子里一时只听见挑起放下面条的啪嗒声。

突然王助理说:"多一碗。"

仁军转过脸,看了看拴在桌子腿上的我。

王助理说:"他不吃,问题还没有交代清楚呢!"

听闻此言,大秃子飞快地伸出一只脏兮兮的手,手指扎进一碗面条里,搅了搅,挑起一根面条吸进嘴里。动作之快,简直就像食蚁兽一样。仁军在他的后脑勺上重重地拍了一巴掌,骂道:"你这个嘴尖皮厚的东西!"

大秃子也不护疼,去抢那碗面条。仁军伸出胳膊向外一挡,大秃子没有得手。王助理说:"倒一半给警犬,剩下的让他端走!"

警犬?突然我反应过来,就是那条大黄狗。那大黄狗不过是一条普通的土狗,只不过吃喝不愁(据说有专门的口粮供应),长得比老庄子上的土狗肥壮一些罢了。

只见仁军端起那碗面条,倒了大半碗在门口的地砖上。二号解开拴狗的皮带,大黄狗从桌肚里窜了出来。它在面条前面刹住,伸出狗嘴,吧嗒吧嗒地吃了起来。

仁军将剩下的面条,连同装面条的碗塞给大秃子。大秃子接过,那碗几乎都扣到脸上去了,他就这么边吸面条边跑了出去。仁军拿起空脸盆,说了句:"王助理慢用。"也跟了出去。

屋子里一片稀稀哗哗吃面条的声音。王助理、勤务员,包括大黄狗个个吃得不亦乐乎。我眼睁睁地看着,肠胃不禁一阵响动,之后噗噗地放了两个空屁。

王助理挑起一筷子面条,边用嘴吹着边说:"不要以为我对你们队上的情况不了解,范礼九每年冬天都要出门要饭,他不在的时候牛是你喂的。"

我说："是我喂的没错，但我没干那种事。"

王助理吸入面条。"监守自盗也是说得通的。"

我说："我可没有盗窃队上的牛，闺女不是在牛屋里待着吗？"

"我打个比方。"王助理喝了一口面汤，"看来，你是不肯认账了？"

"没有干过的事怎么认账？"

"你没干过，那许韶华干没干过？"

"他也没干过。"

"那吴刚呢？他干没有干过？"

"吴刚也没有干过。"

这时王助理吃好了，把碗一推，然后将两根粗短的手指伸进嘴巴里，开始抠牙。他呸呸地向空中吐着看不见的肉丝或者菜梗。瘦猴及时地递过去一支烟，那个黑壮的勤务员划着火柴，为王助理点上。王助理这才开口说道："你说他们没干过，但他们说你干过。"

"什么？"我怀疑自己听错了，"他们说我干过什么？"

"奸污生产队的母牛啊。"

"是大许、吴刚说的？"

"总不能是牛说的吧？"

我不明白事情怎么会变成这样的，不禁想起昨天晚上不祥的狗叫声以及大许他们进进出出的情景。继而我想到，干牛的事的确是没有的，但作为游戏也确实是存在的。但那也是大许和吴刚的游戏呀。为什么干过的人会说没干过的干过呢，没干过的又要说干过的压根儿没干过呢？一时间我思绪纷飞，心情恶劣到了极点，脑子也转不动了。我听见自己说："王助理，我冤枉啊……"

王助理来了精神："说啊，你怎么冤枉啦？"完了从口袋里掏出小梳子，开始梳他的秃头。

我说："报告王助理，干母牛的事是有的，但不是我。"

"不是你，那会是谁呢？"

"是大许、吴刚，他们干过，我没有干过。"

"你不是说他们没有干过吗？"王助理不无嘲弄地说。

我无言以对，只是嘟囔着"恶人先告状"之类的自己都不能理解的话。

王助理也不以为意，他清了清嗓子，总结道："看来，这奸污母牛的事的确是有的，不是假的，铁板钉钉，你们三个都认账。下面的问题是，到底是谁干的？是不是这样啊？"

我说："反正我没有干过，是他们干的。"

"你说他们干的，他们说你干的，这就扯球不清了！"

"反正我没干过。"

"他们是两个人，你是一个人，你说我到底听谁的？要不你们三个都干过？"

"我没干过。"

"那我只有少数服从多数，听他们的了，你说呢？"

"我没干过。"

## 14

下午的提审没什么进展，我始终不承认闺女是我干的。王助理也显得无精打采。按他的话说，初战告捷，下面的事就慢慢来吧，反正他们有的是时间，看哪个磨得过哪个。

天还没有黑，审问就结束了。我被工作组的人带到牛屋靠北的那间房子里，扔在一堆刚割下来的麦秸上。终于可以把身体放平了，鼻子里闻着好闻的麦草气味，虽说饥饿难当，双手仍然反剪着，但我已经快活得热泪盈眶了。然后一阵睡意袭来，我就睡死过去了。

等我醒来的时候，屋子里已经完全黑了。东边的墙上有一扇窗户，透露出青白的天幕，几根窗棂映现其上，看上去就像牢房的窗户。隔壁的堂屋里传来窸窸窣窣的声音，想必是闺女。它和我一样，想来也卧在一堆麦草上。一墙之隔，一人一畜，一个在生病，一个被折磨得奄奄一息。这么想的时候，我不禁有了某种同病相怜的感受，觉得人和牛亲近，甚至交配繁衍也不是那么不可想象和大逆不道的。自然，我的思绪又开始混乱了。

这时，院子里有人喊吃饭，当然不是喊我吃饭。脚步声杂沓。一个人问："去哪儿吃饭？"

一个人回答："去会计范为巧家。"

一个人说："要留人看守奸牛犯。"

一个人说："我们吃完了来换你们。"

然后，院子里又恢复了安静。东边墙上的窗户完全黑了下来，就像一只盒子被人关上了。

我再次醒来的时候，堂屋里已经亮起了灯。灯光昏黄，从门框那儿照了进来。礼九正在和什么人说话。我听了一会儿，这才反应过来，他是在和闺女说话。礼九说："农以田为本，田以牛为力，你是牛，就要出力啊，总归不能就这么卧着，偷懒耍滑啊。牛通人性，会六国的话，不要装听不懂，只要你爬起来，赶明儿我就去牛王庙烧高香。看什么看啊，礼九这辈子没吃过牛肉，吃过牛肉我不得好死，下辈子变牛……"

夹七夹八的，礼九说了很久，充满了迷信的内容。闺女自然没有回答。

这时有人在北屋的窗户下面说话,我的注意力转移过去。听声音好像是二号和三号。只听他们中的一个说:"这牛有什么好日的?又不是狗。"

另一个说:"狗逼有锁,猫逼有火。"

第一个声音:"牛逼那么大,怎么日啊?"

另一个声音:"尽一边嘛。"

两个人不无猥亵地笑了起来。

这两边的谈话都很奇怪,我闻所未闻。更奇怪的是,没有人提到我,提到这个案子。我就像是被他们遗忘了。躺在这一片昏黑之中,只有麦草相伴,我在想,也许一直躺到死也不会被人想起来。如果事情真是这样的,那倒也不错呀。

过了一会儿,二号、三号离开了窗下,走到一边去了。通向堂屋的门外突然扔进来一个东西,落在麦秸上。由于我的手上拴着绳子,不方便去取,只好将脸伸了过去。原来是一只黑馒头(没去麦麸的面蒸的)。我朝堂屋里喊了一声:"礼九……"

礼九没有出现,只有声音:"莫做声,赶紧吃。"

于是我叼住馒头,大口地吞咽起来。从嗓子眼一直到心口,再到肚子里,那馒头就像没经过嘴巴似的一路下去了。

刚咽完,又一只馒头扔了过来。只听礼九说:"慢点个,莫噎着。"

这两只馒头吃得我鼻涕眼泪都出来了,但丝毫没有伤感的意思。

## 15

第二天,仍然是早饭以前开始提审。王助理的开场白是"坦白从宽，抗拒从严"，我则强调自己"相信群众，相信党"。于是王助理说我是"死猪不怕开水烫"，还说我"拖得过初一，拖不过十五"。

他说："赶紧交代，不要废话啰唆的，否则就是自掘坟墓！"

我说："我没有什么可交代的。"

正僵持着，仁军端着脸盆进来了。脸盆上面依然冒着热气，只是香味儿有所不同。大秃子跟在后面，拿着碗筷。

仁军对王助理说："队上穷，没有什么好东西，队长让做的疙瘩汤，新下来的麦子。"

"你先搁这儿。"王助理说。

仁军放下脸盆，大秃子摆放碗筷。和昨天不同，大秃子只拿来了五只碗，因此放在桌子上的也是五只碗。仁军用一把铜勺在脸盆里搅了搅，将疙瘩汤分装在五只碗里。那疙瘩汤做得很稠，里面尽是面疙瘩，绿菜叶子也不少。

王助理突然说："少一碗。"

我心里一惊，难道说王助理也想分我一点疙瘩汤？仁军大概也是这么想的，他回头看了看我。

"警犬不吃吗？"王助理说。

仁军反应过来，用手拍着自己的脑袋说，"对对，我咋给忘了呢。"他推了大秃子一把，说，"快去拿个碗来。"

大秃子奔出门去，跑向东厢房。王助理和勤务员们这几天就住东厢房，早中两顿饭都是在那儿的灶上做的。

旋即，大秃子跑了回来，手上拿着一只空碗。仁军接过，装了一碗疙瘩汤，让大秃子放在门边的地上。大黄狗走过去，伸出鼻子不停地嗅着。大秃子看得出神。仁军吆喝一声："看什么看？还不快走！"然后就拿起空脸盆，推搡着大秃子出去了。

主屋里响起一片稀稀呼呼吃疙瘩汤的声音。王助理故意把嘴巴咂得吧唧响，边吃边说："香，真香，新下来的粮食就是香！"

所有的勤务员都跟着喊香。

"香，真香！"

"都要赶上吃肉了！"

"吃肉也没有这么香！"

我也觉得非常香。不过那是嗅觉而不是味觉，并且也没有机会说出来。

王助理停下筷子，叮叮当当地敲着碗沿，对我说："老子有的是工夫，一天三顿饭，有鱼有肉，队上还给换花样……你要不要也尝尝？"

不等我回答，他转过脸去对瘦猴说："小七子，把地上的那碗端给他。"

地上的那碗也就是大黄狗的那碗了。由于疙瘩汤很烫，大黄狗边吃边甩头，还没有完全吃完。小七子，也就是瘦猴走过去的时候，大黄狗龇出犬牙，发出护食声。小七子吓得手缩了回去。

我说："我不吃。"

王助理说："你想吃，警犬还不肯呢！"

勤务员们发出一片哄笑声。

"狗吃过的东西人哪能吃啊。"我说。

"你什么时候讲究起来了？"王助理说，"连牛都日的人，狗吃过的东西就不吃了？谁相信哪！"

我说："我又没有日过狗。"

王助理不说话了，用眼睛死死地盯着我，勤务员们也都停下来不吃了。我心里想，这下坏了，闯大祸了。可转念一想，事到如今还有什么祸可闯呢？正一惊一乍的时候，一阵脚步声响，邵娜急匆匆地走了进来。

她卷着衬衫袖子,手上提了一把镰刀,头发上粘着几片麦草屑子,显然是直接从麦地里过来的。我自然吃了一惊,王助理他们也很惊诧。房子里所有的人都转向了邵娜,谁也不说话。几天不见,邵娜的脸晒得更红了。由于喘息,单薄的衣服下面胸脯起伏不定。

邵娜并没有看我,她大声地说:"我找王助理。"

王助理身体向后仰了仰,"你是什么人?"他问。

邵娜说:"大范一队的知识青年,我叫邵娜。"

"你有什么事?"

"找王助理证明罗晓飞的清白。"

王助理没说话,盯着邵娜开始上上下下地打量。后者突然意识到什么,当啷一声扔掉了手上的镰刀。

"你怎么证明?"王助理问。

"我,我,我是罗晓飞的女朋友。"邵娜说,"我们是恋爱关系。"

王助理"哦"的一声,来了兴致。他把装疙瘩汤的碗往旁边一推,说:"说说看!"

邵娜于是说:"罗晓飞曾经对我说过,他没有干过你们说的那些事。"

"我们说的哪些事?"

"就是,就是和母牛的事。"

邵娜的脸色越发地红润起来,显然不完全是割麦的时候太阳晒的。

王助理紧追不放:"和母牛的什么事?"

"就是,就是……"邵娜说,她在选择词汇,也可能是在下定决心。

"就是什么呀?要说也说说清楚!"

"就是,就是,就是和母牛交配的事!"邵娜说,毫无必要地提高了音量。

王助理大笑起来:"交配,哈哈哈哈……你一个大姑娘,怎么说得出口的!"

勤务员们也跟着大笑起来,捶胸顿足,拍着桌子。装疙瘩汤的碗被震得当啷直响。

我喊了声"邵娜!",大概是想制止邵娜,但自从她走进这间房子就没有看过我一眼,这会儿也没打算朝我看。

之后邵娜就安静下来了,就像是从众人的嘲笑声中获得了某种奇怪的镇定。王助理他们笑完以后,邵娜淡然说道:"反正他没有干过。"

王助理喘着粗气,由于刚刚笑过,脸上线条柔和了许多。他说:"既然没有干过,又怎么会对你说起干过……不对,是交配,又怎么会对你说起交配的事呢?这不是此地无银三百两吗?"

邵娜说:"他告诉我是大许他们干的,他没干。"

"你看见大许他们干的?"

"我没看见,是罗晓飞告诉我的。"

"还是的呀,"王助理说,"你和罗晓飞是一对儿,当然帮着他说话啦!"

王助理招了招手,小七子连忙递过去一支烟,那个长相粗黑的勤务员划着火,为其点上。王助理闭起眼睛深深地吸了一口,睁开眼睛后又开始打量邵娜,目光十分的不怀好意。他让小七子去喊人,把桌子上的碗筷收拾掉。后者走到门边,冲外面大喊:"来人,来人,吃好了!"

只见大秃子带着一块脏抹布跑了进来,撂起空碗,把桌子抹了一遍。动作竟然十分的麻利。然后他便捧着一摞碗康啷康啷地出去了。整个过程中，邵娜一直被晾在那儿。她姿势不变，也不说话，就像是一尊英勇不屈的雕像。

一阵忙乱过后，王助理这才若有所思地说："其实，你要救罗晓飞也不难，我问你，你们交配过吗？"

他故意把"交配"两字念得很重，怪腔怪调的，显然是在模仿邵娜。勤务员们很配合地笑了起来。我实在有点看不下去了，坐直了身子，冲王助理喊道："王助理，你不要欺人太甚！"

王助理转过脸来看看我："你不要不识好人心，我这都是为你好！"说完又转过脸去，不无淫荡地看着邵娜。

"你什么意思？"邵娜问。

王助理说："要是你和罗晓飞交配过，罗晓飞自然就不会和母牛交配了，守着这么一个细皮嫩肉的大姑娘，换了我也不会啊。要是你没有……"

邵娜打断对方，异常干脆地说："我们交配过。"

这一次她没有气喘，也没有脸红，居然十分的平静。王助理和勤务员们爆发出歇斯底里般的狂笑，简直高兴坏了。王助理一个劲地"我的妈呀，我的妈呀"的叫唤着，同时用手拍着他的秃脑门。我绝望地叫道："邵娜，你胡说什么啊！"

一片喧闹声中，只有邵娜安静如故。

终于笑完了，只听王助理说："怎么交配的？你要是能说得让我相信，我就放了罗晓飞。我说话算数。"

邵娜欲言又止。看得出来，她不是不好意思说，而是不知道怎么说。毕竟，我们没有"交配"过呀。

"我，我们……"邵娜抬着头，谁也不看，眼睛盯着主屋顶上发黑的望砖，就像那儿写着答案似的，"我，我们，在福爷爷的棺材上……"

王助理说："你要是不好意思说，演给我们看看也行啊。"说着他从太师椅上站了起来，绕过供桌，向邵娜走过去。勤务员们纷纷后退，让开了一条路。

"你就把我当成罗晓飞，这桌子就是，就是那个什么福，福爷爷的棺材……"

邵娜显然害怕了，躲闪着王助理的目光，但她却没有退缩。突然邵娜看了我一眼。这是她进来以后第一次看我，意义异常明确，在向我求援。但这会儿我被拴在桌子腿上，又怎么可能救她呢？正因为我被拴在这儿，她才会跑来救我的。这一点邵娜自然是清楚的，只是危险突至，她有点儿不假思索了。可见在邵娜的内心深处，我一直是她的依靠。

但邵娜马上就认清了形势，迅速地收回了看我的目光。但那出于本能的信任已经像闪电一样地击中了我，使我不禁颤抖起来。

王助理一把搂住邵娜，在她的身上乱摸起来。后者无声地抵抗着，目光在屋顶上的房梁、椽子间来回地移动着。我听见自己吼了一声："王助理，我操你妈！"身体跟着向前蹿了出去。

笨重的供桌居然被我拉得吱的一声，移动了几寸。然后，我又被桌子拉回到长板凳上去了。手腕剧痛，显然是受伤了。我回头看了一眼，那麻绳绷得直直的，像琴弦似的颤动不已。二号、三号扑了上来，按住我的肩膀，手指像铁钩一样，抠进了我肩颈附近的皮肉里。

二号还不解气，拿过靠在墙上的枪，用枪托在我的腰上狠狠地砸了两下。于是我在板凳上坐不直了，靠着供桌才没有瘫下去。

王助理总算停止了动作，回过头来问我："你喊什么喊啊！"

援救邵娜居然成功，虽说遭到了重创，我心里还是高兴。但接下来呢？事情不是还得继续？

邵娜愣在那里，也不往外面跑，像个头号大傻瓜似的。我不禁暗自骂道：你这个蠢女人，真是让我颜面扫地呀！难道你不是我的女朋友吗？不知道我现在没办法保护你吗？都什么时候了，还要来这儿给我添乱！

喘了几口气后，我尽量缓和地对王助理说："王助理，你别听这女的胡说，我根本就没有和她交配过。队上的母牛是我干的。"

王助理放了邵娜，抬起手，将一缕垂挂下来的头发搭上秃脑门。"你承认啦？"他说，"真正是不见棺材不掉泪！"

我说："是是，我承认。"

这时候邵娜大叫起来："晓飞，你没有和队上的牛干过！"

"我干过的，以前没有对你说实话，谁让你不愿意和我干呢。"

"你骗人！"

"我没有骗你。都什么时候了，我骗你干什么？"

"你，你……你这个流氓！"邵娜哭了起来。她捂着脸，边哭边跑了出去。

## 16

下午，审讯继续。手腕上的绳子被解了下来，大概是对我认罪的某种奖励吧？那被绳子勒过的双手手腕不仅皮开肉绽，而且已经化脓。细麻绳镶嵌在红肿的皮肉里，被他们硬生生地扯了下来，之后二号便将严重污染的绳子盘成几圈，挂在腰后的皮带上，以备后用。

接下来是交代细节。怎么干的母牛，以及干了几次，具体的时间、地点，我的感受，以及对方（母牛）的反应。这自然是审问最精彩的部分，从工作组成员兴奋的神情里即可以看出。

王助理在房子里来来回回地踱着步子，晃得人眼花。小七子更加频繁地用蘸水钢笔刮擦着墨水瓶瓶口。二号、三号也擅离职守，不去门外站岗了。王助理也没有轰他们出去。期待如此强烈，让我觉得很对不住他们。承认干过母牛容易，但杜撰细节却需要极大的想象力，尤其是热情。问题在于，对于编造如此不着边际的事我一点热情都没有。此刻，我全部的注意力都集中在自己的双手上。已经两天两夜我没有看见过它们了，这还是我的手吗？

见我神思恍惚，语焉不详，王助理说："罗晓飞，我警告你，不要抱有任何侥幸心理，你的问题非常严重！"

这个问题我倒是很愿意谈谈的。

"能严重到什么程度？"我问。

"奸污生产队的母牛，破坏春耕生产，枪毙都够了！"王助理说。

这我就不能理解了。"就算我奸污了生产队的母牛，和春耕生产又有什么关系？"我说。

我是这样想的，如果他们不能证明奸污母牛和春耕生产的关系，我最多也就是个生活作风问题。传扬出去，名声自然不好，也许还会因此坐牢（这年头，因为作风问题坐牢的很多），但枪毙总不至于。即使是那些和人干的强奸犯或者破坏军婚的家伙也不至于会被拉出去枪毙。王助理显然是在吓唬我。

只听他说："你把牛干趴窝了，不就耽误春耕生产了吗？"

我说："那你又怎么证明闺女趴窝不是因为生病，而是我干的呢？"

"你没有干它，干大发了，它又怎么会趴窝呢？"

此路不通。就像昨天我问王助理"你们为什么抓我？我到底犯了什么罪？"他回答"你没犯什么事，我们为什么要抓你？"一样，进入了一个逻辑上的死胡同，必须另辟蹊径。于是我说（尽量有理有节地）："我喂牛是冬天的事，而闺女趴窝是一个星期以前，总不能说我冬天干了它，到了夏天它才有反应，要趴窝那还不早趴下了？"

王助理不禁语塞，噎了半天。"好啊，死到临头，你还嘴硬！"说着他走回到供桌后面，坐了下来，开始到处找他的小梳子。最后终于在插钢笔的口袋里找到了。

"就奸污生产队母牛一条，就够判你十年八年的了……"他说。

一下子我就被从枪毙减刑到了十年八年，信心不禁大增。可王助理的话还没有说完呢。他边说边想边梳着他的秃头，整理着那匪夷所思的思路。

王助理说："奸污母牛，和畜生配对，是资产阶级腐朽的生活方式……你有对象，为什么还要奸污生产队上的母牛？这不是故意的吗？这是出于阶级仇恨的故意报复！报复到贫下中农的牛身上去了……你们队上统共只有这一头牛，还是土改的时候分给贫下中农的，当年的小牛犊子也有二十多岁了吧？牛二十多就等于人七八十，你一个二十几岁的小伙子干一头七八十岁的老牛，老黄牛，能背得住你干吗？冬天受的内伤，春天才发作，也是正常的……贫下中农的老黄牛啊，你怎么下得了手的？真正是心如蛇蝎、罪大恶极！"

王助理明显在搜肠刮肚，但居然这事儿被他说通了。我真的觉得奸污母牛的人应该被枪毙。即使没有影响春耕生产，也最好枪毙掉。让我不能接受的只是，这个人恰好就是我。那么，我应不应该或者会不会被枪毙掉呢？

晚上，我仍然被他们带回到牛屋的北屋，扔在那堆麦秸上。工作组的人轮流去队干部家吃饭，留下来的勤务员背着枪，守在牛屋门口。

礼九趁他们不备，又扔给我两个黑乎乎的馒头。我连忙从麦草上捡起来，吞咽进肚子里。所不同的是，这次我是用手捡的，然后用手送进了嘴巴里。我不禁真切地感受到，人有手真是好啊，真是方便，哪怕是一双流着脓血的烂手呢。

虽然很疲倦，但我完全睡不着，脑子里思绪纷飞。我想起了死去的母亲，用自行车推着我，后面跟着我的哥哥和姐姐，我们去南京唯一的胜利西餐厅吃西餐。那是很久很久以前的事情了，那面包上的黄油也像此刻粘在馒头上的脓血一样，味道咸咸的。

自然我还想起了邵娜，想起了隔壁的闺女，以及老庄子上的闺女、媳妇们。总之我想起了所有我认识的女性或者雌性。也难怪，我还没有结过婚，就像大许说的那样，没有尝过女人味儿。难道说我真的就要这么死去、被人枪毙了吗？

当然啦，王助理是在吓唬我。他的说法牵强附会，逻辑上漏洞百出。但在这荒谬的逻辑中却包含着铁一样的必然，就是要置我于死地。有了这一目标，他们什么事办不到呢？就像我没有干过闺女，但他们要证明我干过，于是就真的证明了。现在他们要我死，也一样的不成问题，是可以办到的。

我心里想，既然睡不着那就睡不着吧，反正以后睡觉——长睡不醒的日子多着呢。

## 17

第三天的提审中午以后才开始。就像工作组的人知道我彻夜未眠，要让我睡个懒觉似的。

迷糊蒙眬之中，我听见外面的院子里响起一些脚步声，有人出去了,又有人进来了。我甚至听见了大许和吴刚的声音。他俩不是一起来的,一前一后。大许的声音压得低低的,几乎不像是他在说话。但即使他正常说话,我也不可能听清楚。

他们似乎去了主屋,只是在进去和出来的时候我听见他们和工作组的人打招呼的声音。按理说,他们应该拐进牛屋里来看看我,但是没有。为此我有一点生气,毕竟是在一个屋檐下住了两年多的人,如今我不幸落难……当然了,我之所以落难和他俩不无关系,愧于见我,也是可以理解的。

午饭后——当然是王助理他们的午饭后,我被带进了主屋。奇怪的是,王助理并没有再提母牛和春耕生产的事。因此我想了一夜的驳辞毫无用场,甚至连翻供的机会都没有。就像奸污生产队的母牛的事压根儿就不存在(也的确不存在)。那么,这几天我被关在这里又是为了什么呢?

他们不提母牛,我自然也不好提。王助理只是问我平时是怎么生活的,读些什么书,关心和谈论些什么。他的样子就像和我拉家常。越是这样,我的神经就越是高度紧张。

王助理问我是不是经常学习《毛主席语录》,我说是。这可是思想要求进步的表示,不可以说不。王助理话锋一转,问我是否说过《毛主席语录》里有矛盾,我心里不由得咯噔一下,原来他们是冲这个来的呀。

"什么矛盾?"我故意装傻。

王助理坐直上身,抬起双手,将衣领上的风纪扣扣好。他说:"他老人家说,知识青年到农村去接受贫下中农再教育,很有必要。他老人家还说,严重的问题是教育农民。你,罗晓飞,是不是说过,让知识青年去接受需要教育的农民的教育,是非常矛盾的?"

这话我的确说过,并且还不止一次。我很想问问王助理,在他看来这两句话是不是非常矛盾。一来我不敢得罪王助理,二来,王助理也不在乎是不是矛盾,他只是问我说没有说过毛主席的话里有矛盾。所以我什么都没有说。

王助理说:"你不说话,那就是默认了,咱们接着来。你有没有说过,希特勒的闪电战术很厉害?"

……

"不吱声就是说过了,小七子,记下来。咱们再来。你有没有说过,江青同志只能算毛主席的小老婆?"

……

"你有没有说过,我国人造地球卫星上天没什么了不得的,人家美国已经登上月球了?"

……

"你有没有说过,人家美国人的日子比我们好多了,你宁愿去美国扫大街,说就是要饭也比在中国强?"

……

"你有没有说过,知识青年割麦子是无数英雄竞折腰?"

……

"你有没有说过,下乡锻炼就是看谁能熬,憋得住,练的就是不跑马?"

我说:"我没有说过!"

我总算是有了一些底气,因为这话的确不是我说的,而是大许说的。如果王助理追问下去,我还可以说出具体的时间、地点,吴刚可以做证。我在心里反复念叨着"你不仁,我也不义",打算死死地咬住大许不放。可惜的是王助理存而不论,他问我:"那么,上面的那些话是你说的了？"

顿时我又哑口无言了。

这以后，王助理就再也没有问"你有没有说过"了。他另外起了一个头："你有没有做过……"

"你有没有做过用《毛泽东选集》垫煤油灯的事，为的照见桌子上的菜碗？"

这事也是大许干的。那次他买了三瓶山芋干酒，请我和吴刚，还特地蒸了几截从家里寄来的香肠。但我已经不想再反驳王助理了，因为没有作用。我没干而大许他们干的事之所以会拿出来说，还不都是因为大许他们栽赃吗？连干闺女的事都栽到我头上了，遑论其他？他们和我毕竟是二比一，按照王助理的说法，只有少数服从多数了。

王助理又问了我几件我"有没有做过"的事，其中有我做的，也有大许他们做的，反正都不是什么好事。我一概没有辩驳。坐在长板凳上，我只是觉得气闷，一个劲地冒虚汗。

突然，王助理像变戏法一样变出一台半导体收音机，问我说："这是你的吧？"

我说："是我的。"

王助理拧开开关，故作悠闲地慢慢拔出天线，调试着。收音机里传出叽叽喳喳的干扰声。"根据群众反映，你经常收听敌台，散布美国之音以及苏修的反华言论。"

"听美国之音的事是有的。"我说，"但我只是听音乐，那些音乐大多是黑人演奏的，黑人在美国也属于被压迫阶级。"

王助理啪的一声将收音机拍在桌子上，说道："我看你嘴头够利索的！"收音机顿时就不响了。

我不明白王助理为什么如此恼怒，是因为我的狡辩，还是左调右调没有调出节目来？

最后，我实在是绷不住了，问王助理道："王助理，你们怎么不问牛的事呀？"

王助理冷笑一声。"问牛的事？那不是便宜你了？我告诉你，罗晓飞，你奸污生产队的母牛不仅仅是一个生活作风问题，精满则溢，憋不住了，那是阶级报复！从你的一贯言行看，是蓄谋已久的。像你这样的反革命分子，不奸污母牛那才叫奇怪呢，问谁谁也不信！"

18

天色将晚的时候，仁军领着礼九、大秃子进来了。仁军的手上拿着一把奇怪的大刀，看上去沉甸甸的，刀头上满是黄锈。礼九则拿着一把挖地的三股铁叉，叉头冲上。大秃子提了一根剥了皮的树棍子。三个人十分唐突地走了进来，王助理不由得一愣。他问仁军："你们这是干什么？唱的哪一出啊？"

仁军说："队长请王助理去他家吃晚饭，说是割了十斤肉，打了五斤酒。"

王助理顿时换成了笑脸，"我一个人，哪吃得了那么多呀。"他说。

"队长让把工作组的同志都叫上，说是慰劳一下。"

"他们轮流吃饭，要留人看守反革命。"

仁军说："队长说，看守罗晓飞的任务就交给我们。"

王助理打量着眼前的三个人。这时，勤务员们已经按耐不住了。小七子合上了材料，二号、三号从肩膀上卸下步枪，在找地方放。模样粗黑的勤务员则寸步不离王助理。王助理打量完仁军他们又看了看我，最后目光再次落实在仁军的身上。

"会使枪不？"他问。

"咋不会？我是队上的民兵排长，以前在公社上打过靶。"

王助理招了招手，二号、三号争着把枪递过去。王助理接过其中的一杆，扔给仁军。后者看似木讷，接枪时却不无敏捷。只听当啷一声大刀落在地上，那杆三尺来长的钢枪已到了仁军手上。王助理看在眼里，不禁赞许地点了点头。

仁军将枪口冲下，拉了拉枪栓。王助理提醒说："里面有子弹，要是狗日的想跑，就一枪给我崩了！"

仁军"嗯哪"了一声。

我心里不禁一凛，没想到那柴火似的破枪里真有子弹，一直装着子弹。枪毙，再也不是一个抽象的概念。我仿佛看见自己拔足狂奔，一颗子弹如花生米般地飞出枪膛，旋转着射入我的脑后，掀去了半个天灵盖，脑浆顿时飞溅。

这时大秃子说："还有一杆枪，把给我。"我心里又是一紧。

仁军瞪了大秃子一眼，"王助理的警卫员不能没有枪。"他说。

王助理说："我看你是个明白人，什么时候我跟你们大队书记说一下，把你抽到公社人保组来，跟着我。"

仁军说："王助理看得起。"

总算，那杆枪没有落到大秃子的手上。这家伙不比仁军，没心没肺的，什么事情干不出来呀？

临走前，王助理让勤务员又给我绑上了绳子。他恐吓说："老子吃酒去了，你小子放明白点儿，要是不老实、想逃跑的话，后果自负！"说完就大踏步地跨出门去了。

勤务员们紧随其后。跟得最紧的是二号，他背着枪，充当王助理的临时警卫员。大黄狗也一路小跑地窜到前面去了。它也不是普通的狗，而是警犬。

礼九点了马灯，将它高挂在柱子上方的铁钉上。他将灯焰调到最小，主屋里更加昏暗了，比没有点灯的时候还要昏暗。挂完灯，礼九捡起地上的大刀，双手紧握着，然后就不动了。礼九原先手上拿着的那把三股叉，这时已到了大秃子的手上。仁军则端着枪。三个人围绕我站着，一概只有造型，没有动作，就像泥塑木雕一般。

包括我在内的所有的人都看着门外。由于天光的原因，外面比房子里要亮。瓦屋的院子里稍暗一些，昏黑之中，古井的井口上似乎正冒出袅袅的黑气。

没有人和我说话，仁军他们也不互相说话。我觉得有些尴尬，于是磨了磨屁股，坐下的板凳腿擦着地砖嘎唧响了一声。马灯里的火苗跳了跳，就像是要熄灭了。

"都是一个村子上的，不要那么严肃嘛。"我说。

礼九最先响应，冲我笑了笑。我看见他的白牙一闪。平时礼九的牙不免黑黢黢的，那是抽旱烟抽的。难得呀。

我没话找话，对礼九说："这刀挺漂亮的，就像以前唱戏用的。"

"不是唱戏用的，是真家什。"礼九说，"我们姓范的先人留下来的，前二年就供在这瓦屋里。"

"这二年呢？"

"这二年福爷爷收起来了，是他让我们拿上的。"

我"哦"了一声，就又没话说了。

过了一会儿我说："队上的麦子都收得差不多了吧？好在这几天天晴，没下雨。"

没想到礼九长叹一声，手上的刀也垂了下来。"天帮忙也没得用，人自己作啊！"

"怎么啦？"我问。

"你关在这里是不晓得，为国被他哥为好用草叉给戳死了！"

我大吃一惊，连忙问道："为国死了？是什么时候的事？"

"今儿晌午的事，一个活蹦乱跳的大活人，唉——"礼九说着蹲下身去，用手拄着大刀的刀柄。

我的眼睛不禁浮现出为国异常壮实的身影，他那宽大强健牛一样的脊背，背着拉木耙的绳子。还有那双脱在田埂上前面顶出了两个窟窿的解放鞋，散发出浓烈的脚汗味儿。那股气味绝不可能是死人发出来，此刻我似乎已经闻到了……

礼九像是在自言自语地唠叨着："兄弟两个的自留地上种的都是麦子，前几天收了，今儿晌午为国在家门口扬麦子，也是风头不对，麦皮子扬到为好家的地界上去了，兄弟俩就动了手。那老大哪是老二的对手啊，被老二一把推了个跟头，老大爬起来，不让了，顺手拿过来一把草叉子，想吓唬老二一下，没承想戳到为国的太阳穴上去了。为国当时就瘫掉了，跌在地上腿蹬了几下就不动了，吐了一大摊血沫子，吓死人了……"

我说："太、太不幸了。"除此之外就不知道说什么好了。

礼九用手抹了一把脸，黑暗中看不出他是不是在擦眼泪。这老庄子上的人都姓范，一个祖宗传下来的，彼此都是亲戚，只是远近不同而已。不知道礼九和为国到底有多近，或者有多远。

"大忙的天，闺女趴窝了，你又被关在这里，唉，眼下又折了为国，再把为好抓去抵命……我们队上统共只有三四十个男子汉，你说礼贵他能不急吗？"

我心里一动，问礼九："队长请王助理他们喝酒，莫不是为了这件事?"

"是,也不全是……"

礼九正要说点什么,只见仁军将手里的枪一抖,大声地呵斥道:"礼九,不要胡说,我看你是人老话多!"

仁军比礼九小了两辈,按说这样直呼其名是不合规矩的。当然了,老庄子上的大人、孩子一向都是这么叫的,"礼九,礼九……",谁让礼九没有娶过媳妇,无儿无女呢?就是活到八十岁也还是个老小伙子。

在仁军的呵斥下,礼九不做声了。他从地上站了起来,恢复了原来肩扛大刀的姿势。直到为巧走进来,这三个人都没有再挪动过,更没有开口说过话。

为巧匆匆而来,身上带着一股酒气。他披着一件蓝布褂子,胳膊没有穿进袖子里。大范的大小队干部平时都是这副打扮,只是披的衣服不尽相同。像礼贵,经常披的是一件中山装。大队范书记则披军大衣,连三伏天都披,也不觉得热……

仁军他们招呼道:"会计来啦。"

为巧不答,直奔我就过来了。在距离我大概一步远的地方他停了下来,肩膀一耸,蓝布褂子从背上滑落,仁军早已接在手上。我也说了句:"会计来啦。"

为巧的一双醉眼看着我,里面血丝密布,说不出是急还是忧。他说:"晓飞,晓飞,你这犯的可是死罪啊!"

听他这么说,我真的很想哭。"为巧,会计,我冤枉啊!大许他们……"

为巧打断了我,语速甚是急切,就像有什么追着他似的。"晓飞,往后你打算怎么办?"他说。

"我能怎么办？王助理他们把我往死里整。"

为巧问："你家里还有什么人吗？"

"我妈在我上小学的时候就死了，只有我父亲。"

为巧也不问我妈是怎么死的，他只是问："有兄弟姊妹吗？"

"有一个哥哥，一个姐姐，他们比我大很多，早就去外地工作了。"

我的意思是，虽然我有哥哥、姐姐，但等于没有。我还想说，我父亲也已经老迈，虽然最近从五七干校里回了南京，但问题并没有得到解决，自身难保。也就是说，我虽然有父亲，但还是等于没有。我罗晓飞就是一个孤儿，只有队上为我做主了。

为巧不给我说这些的机会，沉吟片刻后他说："兄弟两个，你爹不愁没人送终了。"

这是什么意思？我正在琢磨，听见为巧说："把晓飞的绳子解下来。"

仁军、礼九放下手上的家伙，跑过来帮我解绳子。一个解我手腕上的绳子，一个钻到供桌下面，解桌腿上的绳子。由于打的是死结，解了半天没有解开。为巧提醒说："解一头就行了。"于是两个人又凑到一头，四只皮厚肉糙的大手在我溃烂的手腕上又捏又拉，疼得我差点没背过气去。真是越忙越乱。

之后礼九站上板凳，去取柱子上的马灯，那马灯亮了一下竟然熄灭了。为巧骂道："真正是蠢货！"

一片黑暗之中，仁军、礼九继续解着那似乎永远也解不开的绳子。

我心里十分惶惑不安，人也变得极度敏感。突然我发现，大秃子的影子在地上摸索着，不禁大喊了一声："别让他拿枪！"

为巧冲大秃子吼道："听见没有，放地上，你手作痒啊！"

大秃子钢啷一声放下了枪。

绳子终于解开了。为巧将一只手按在我的肩膀上,黑乎乎的脸伸了过来,眼白隐隐闪光。呼吸相闻之际,我感到那手力有千钧,为巧的话语也无比郑重。他说:"我问你,你是想死还是想活?"

"想活。"我说。

"想活你就跟我走。"

"为巧,会计……"

"啥都不要说,就当你爹妈没生你这个儿子!"

听为巧这么说,我就更不敢走了。我不禁想起王助理临走时对仁军的嘱咐,连忙用眼睛去看仁军。这时,那条枪已经回到了他的手上,虽然枪口低垂,我还是放心不下。心想,一旦我跨出门槛,仁军就会……

为巧催促我说:"快点个,再不走王助理他们就回来了!"

我还在犹豫,为巧用劲一拽,把我拽离了板凳。还没有站直,为巧就转到了我的身后。他用手推着我,就这么连推带揉地把我拉出了主屋。

## 19

瓦屋在村西,知青屋在村东,各踞一头。这会儿我们是向村东走的,莫非是要去知青屋?那样也顺理成章,知青屋可是我的家啊,我就是被他们从那儿带到瓦屋里来的。但知青屋也不是一个可以藏身的地方,既然他们能从那里把我抓走一次,就能抓走第二次。

我心里疑惑不已,脚下却没有停留。为巧紧紧地攥着我的胳膊,不断地催促说:"快走!快走!"

老庄子上的狗已经叫成了一片,我走得跟跟跄跄的。也许是好几天没有走这村道了吧？好几天没有走路了。脚底下不听使唤，两条腿软绵绵的。空气倒是无比新鲜。四周黑乎乎的一片，但却没有瓦屋里的窒息之感。路边的小河不时地会闪过星星点点的亮光，我竟然听见了鱼吐泡泡的声音。水泡轻轻地破裂，也许是幻觉吧？一只青蛙呱呱地叫着，声音不无凄切，大概是被水蛇缠住了。

和春天相比，路边的树木长出了更多的枝叶，树影更加浓重了。没有被树木挡住的天空形成窄窄的一条，就像是顺着村道挖出的又一条小河，深蓝而透明。一缕淡白色的云朵像鱼一样地游了过去。

我问为巧："会计，我们这是去哪儿呀？"

为巧说："到地方你就知道了。"

越往村子中间走，树木的阴影就越浓重。离知青屋还很远，为巧将我的肩膀一扳，我们拐进了一个桥口，走进一个园子。按距离估计，那园子应该位于村子的中部，但具体是哪家的园子我没有认出来。园子的深处是一栋草房，朝向桥口。那栋草房的西边还接了一栋房子，两栋草房呈"厂"字形。西边的那栋房子里亮着灯，门口聚集了很多人。听见我们的脚步声，有人说："来了，来了。"

这时为巧更加用劲地推我，一直把我推进了人群里。我看见了一张张熟悉的面孔，有的布满皱纹，有的稚气未脱。门里射出的光线下，那些没牙的嘴、毕露的牙花、拖着鼻涕的上唇不断闪过。看来聚集在此的大多是村子上的老人和妇女儿童。他们看见我就像看见贵客一样，纷纷地后退，让出了一条走道。

然后我看见了大许和吴刚，一人一边，守在房子门口。大许将一个穿开裆裤的孩子从门里面提溜出来。孩子叫嚷着，大许推了一把，把他推向旁边的一个妇女——大概是孩子他妈。

大许冲人群吆喝着："谁也不让进！"完了抬起头，就像刚刚看见我一样，脸上浮现出一个暧昧的笑容。吴刚也跟着笑起来。吴刚张了张嘴，似乎想和我说什么，为巧猛的一把把我推进房子里去了。

这家我肯定是没有来过。方桌上面放了一盏墨水瓶做的柴油灯，灯焰如豆，冒着黑烟。一个小老头模样的人正坐在桌子边上抽旱烟。见我们进来，他站了起来。

"会计，来啦。"他和为巧打招呼。然后，看了我一眼，咧嘴笑了笑。我认出来了，这是为好，看来这儿是为好的家了。

那油灯只照着桌面上不大的一块地方。桌子下面以及屋里的地上则一团漆黑。墙边的阴影里放着一件什么东西。我凝神一看，原来是一块门板，上面躺着一个人。那人一动不动，脸上盖了一张草纸或者是一手帕。双脚向前伸着，恰好没有在影子里。大脚丫子张开，脚底板黄苍苍的，不免有点瘆人。我突然明白过来了，那是为国。也就是说，墙边上躺着的是一个死人。

为国真的死了，礼九没有说谎。傍晚，礼九在瓦屋里对我说的时候我并没有怀疑，完全相信，但那种相信和这会儿的相信是两回事。

为巧带我来这里，难道是为了和遗体告别？毕竟是一个村子上住了很久的人，我们还一起拉过木耙呢。

为好和为巧打过招呼后，就再也没有开过口。为巧的一只手按在我的肩膀上，也始终没有放下来。这时只听为巧问："人呢？"

为好回答："在呢。"

然后为巧就又扳了一下我的肩膀，迫使我转了一个方向。为巧上身向前一探，伸出一只手，撩开了里屋门上的草帘，一把把我推了进去。

里屋里也点着一盏墨水瓶做的油灯，搁在泥柜上面的木板上。凉车子的沿上坐着一个年轻的女人,头垂得很低,脸埋在阴影里。她穿着阴丹士林布的大襟上衣,头发上别了一支翠绿的塑料发卡,一双大手放在膝盖上,正搓揉着一块花手帕。浑身上下,收拾得不无利索,看来经过了一番打扮。

为巧拖过一张长板凳,对我说:"坐,坐,快坐。"

我惊异不定地坐了下来,一面打量着眼前的女人。

"这是继芳,我们村上最俊的媳妇了。"为巧说。

我依稀记得,为国的媳妇叫继芳。老庄子上的人都说,为国娶了一个美人胎子,模样儿不输城里人,都快赶上邵娜了。以前上工的时候,我也曾见过继芳,但从来没觉得她长得有多漂亮,这时更是想不起来了。

为巧没有坐下,他走到泥柜前面,端起上面的柴油灯。灯焰摇曳,拉出一道黑烟。为巧将油灯凑近继芳,那意思是让我瞅瞅,他没有说假话。

眼看油灯就要点着继芳的头发了,对方这才抬了一下头,同时冲我龇牙一笑。那笑容奇怪极了,眼睛肿得像两个桃子,睫毛上面还挂着泪水。一瞬之间,那张脸上又哭又笑的模样不禁让我起了一身鸡皮疙瘩。我说:"会计……"

想问为巧到底是怎么回事,他到底打的什么主意,这都什么时候了,带我来见一个刚刚死了丈夫的守寡的女人。

为巧打断我。"时候不早了,有什么话明天再说。"说着端起油灯就往外面走,土墙上的影子晃动起来。

我赶紧从板凳上站起身,向门口追过去。这时为巧已经掀开草帘子出去了。我伸出一只手,拽住为巧的衣服。为巧一面护着灯,一面堵着门,头也不回地大喊道:"继芳!继芳!"我也大喊着:"会计!

为巧!……"

只听身后一阵响动,一股头油的气味袭到,继芳已经从后面把我死死地抱住了。她的力气非常之大,身体烤得我的后背一阵发烫。我一面挣扎着,一面觉得自己变小了,就像一个孩子似的,被继芳结结实实地抱在了怀里。草帘子垂了下来,屋子里黑得不见五指。我使劲地掰着继芳的手指头,一面说:"你放手!"

"我不放,我就不放!"继芳说,呼出热气吹得我后脖颈一阵发痒。

凭我的力气,再怎么不济,也是能挣脱继芳的,她毕竟是一个女人。但如果拼命硬来,肯定会弄出更大的响动。这时候屋子里已是漆黑一团,我们又抱在一起,屋外人声嘈杂,显然村子上的人还没有散去。因此我不免心存忌惮。我只是使劲掰着继芳的手。每掰开一次,她又抱了上来。

开始的时候我还低声央求,说:"求你了,赶紧放手。"后来干脆就不说话了,只是掰手。我不说话,继芳也不说话,我们就这么无声地搏斗着。

渐渐地,我有了某种异样的感觉,主要是觉得非常疲惫,握着继芳从两胁伸过来的手,停下来喘气。我不动的时候,继芳也不动,就这么从后面抱着。然后我听见为巧拉开堂屋的门,走了出去。房子外面传来了他的声音:"散了,散了,都回家睡觉去,明天还要起大早下田呢!"

人声嗡嗡,老庄子上的人说着什么,然后脚步声杂沓,向桥口走过去。村子上的狗又叫了起来。过了好一会儿,狗叫声开始寥落。只有一只狗,叫叫停停,之后就完全安静了。为国家(我终于弄明白了,这儿是为国家而不是为好家)也是一片沉寂,我觉得自己就像是掉进了一个深深的洞里。

继芳仍然抱着我,但已经不再用力,松松地揽着我的腰。我稍一用力,就摆脱出来了。继芳往后面一坐,瘫在了地上。我掀开草帘奔进外面的堂屋里,草帘后面传来继芳的哭嚎声:"我的命怎么就这么苦啊……"

## 20

我原以为堂屋里已经没有人了,没想到为好坐在桌子边上。他仍然在抽旱烟,桌上的柴油灯多出了一盏。两盏灯照得屋子里亮堂多了。墙根那儿,为国的尸体犹在,更加的分明了。

见我出来,为好站了起来。他挡在堂屋的门口,不让我出去。堂屋的门此刻是关着的,门闩已经插上了。

我推开为好去拔门闩。门闩拔开后,为好继续用脊背抵着门。他的眼睛红红的,浑身上下散发出难闻的烟味儿。为好说:"你不能走……"

我没有理他,只是拉门。为好的抵抗也不是十分强烈,一副显得理亏的样子。然后,堂屋的门就被我拉开了一扇。我正准备跨出门去,为好突然空咚一声跪下了。他拉着我的裤腿说:"我们一家老小就指望你了,我给你磕头了!"

说完额头触地,咚咚咚地磕了起来。一面磕一面喘着粗气,手上还抓着那杆旱烟袋。铜做的烟锅发出点点滴滴的亮光。

我赶紧挪开身体,转到为好的侧面去,不让他对着我。为好竟然手脚并用,像一条狗似的在地上转着圈,坚持要将脑袋对着我的鞋子。于是我只好弯下腰,拉住了为好的胳膊。"别,别,快别这样,有什么话起来说。"

"你不答应我,我就不起来。"为好说。

我只得也蹲下身去,"那行,你就说完再起来吧。"我说。

为好说:"她男人死了,你这一走,我就要被抓去抵命,这家里老的老,小的小,没个男子汉可怎么活啊……"

说得凄切,也的确可怜。但此刻,我的心里只有厌恶。我提醒自己说:这个跪在地上求我的人可是杀害自己弟弟的凶手,为国的尸体还在这屋里晾着呢!为国正在旁边听着呢!

我冷冷地问:"我能做什么?"

"当她的男人,我的兄弟。"

听闻此言,我勃然大怒,腾地就站了起来,就像是被一股热气顶起来的。

"不行!"我断然说道,"简直是胡说八道!我救不了你,我自身难保!"

然后我就跑出门去了。外面一片漆黑,我跌跌撞撞地走着,一面扯开嗓子大叫起来:"为巧!为巧!……"

是这家伙把我弄到这里来的,演了出戏,现在却不见了踪影。身后的房子传出为好带哭腔的声音,"你能救得了我们的……"继芳又开始哭嚎,"我的命怎么就这么苦呢……"刚才,为好求我的时候,她始终没吭一声。看来这帮人是串通好的。

我一面向桥口的方向疾奔,一面愤怒不已地想:难道,我的命就不苦吗?难道有人能救得了我吗?难道,命苦又没人救的人只有你们?谁又来救我?我可是完全无辜的,被人陷害的,没有杀人,也没有犯法!

我不顾一切地呼喊着为巧:"为巧!为巧!"也不怕被别人听见,

不怕被王助理他们听见。就是听见又能怎么样呢？我已经豁出去了。

通向桥口的小路两边是收割后的麦茬地，一只蟋蟀发出唧唧的鸣叫声。这时候，月亮出来了，月光照耀着地里一丛丛的麦茬。右边的地里堆放着麦捆，麦子尚未脱粒。看来是为好家的自留地。他的动作一向要比为国慢，难怪要忌妒弟弟了。

这时从麦捆后面转出了两个人影。我正在大喊"为巧！"，一个不无苍老的声音飘了过来："为巧家去了。"我不禁吓了一跳。

我收住脚步，那两个人走到小路上来。原来是福爷爷。他穿着一件白布大褂，拄着拐棍，胸前的白胡子也如霜似雪。搀着福爷爷的是他的儿子礼寿，身材高大，却显得畏畏缩缩的。难怪老庄子上的人说，礼寿不像是福爷爷的儿子。

那福爷爷平时深居简出，难得看见他老人家。我也是因为经常往邵娜那儿跑，才有幸多见过他几面。但也没有说过话。想不到黑天黑地的，他们父子跑到这园子里闲逛来了。

我叫了声："福爷爷。"

福爷爷哈哈一笑，说："是晓飞吧？邵娜的对象，人才不错啊！"

我说："是我。"

福爷爷上上下下地打量着我，然后长叹一声。"你们城里的伢子来到我们这个穷地方，也真够不易的。二十几啦？二十三，按我们农村人的说法就是二十四。二十四了，还没有娶媳妇生伢子，唉——"

福爷爷摇着头，突然话锋一转，说："这牲口有什么好弄的？作孽不说，也太难为人了。"

我懒得辩白，人老话多，和福爷爷一时半会儿也扯不清楚。"福爷爷，我还有事。"我说，想马上抽身。

福爷爷就像没有听见一样，继续说道："我们姓范的虽然穷，先人好歹也读过书，进士及第，在朝廷里做过大官。说来话长，清朝雍正年间，姓范的两兄弟遭仇家暗算，隐姓埋名来到这大范的地界上。以前不叫大范的，范家兄弟传了这一支，人家才这么叫的。咱这大范一队又叫老庄子，住的都是给老范家看祖坟的，嫡亲的子孙，就是那瓦屋也是兄弟俩亲手盖的，人活着的时候住在里面，死了也没有搬出来——我说笑话呢。也是子孙没得出息，住不上瓦房，就只有住这泥墙草顶的草房子了。那瓦屋虽老，四乡八里的也就这么一处呵……"

福爷爷痛说革命家史。他说得夹七夹八的，我也听得稀里糊涂。突然我发现，老头儿边说边走，方向是往园子里，而不是桥口。我竟然不知不觉地跟着，已经快到为国家朝南的山墙了。我停下脚步，再次对福爷爷说："我真的有事……"

福爷爷提高了音量："你不晓得的事，我说给你听，虽然你是城里的伢子，爹妈尊贵，如今落难了，做我们姓范的子孙也不算是辱没你！"

"福爷爷，我不能……"

"邵娜那头我去说，凭我这张老脸。"福爷爷就像没有听见。

"我真的要走了。"

说完我转身就走。福爷爷突然向前一跃，摆脱了礼寿的搀扶。我以为他要拦住我，走得更快，一面还在惊奇老头儿的身手竟如此敏捷。没想到福爷爷举起拐棍，就地一扫，那拐棍狠狠地砸在我的脚踝上，疼得我"哎呀"一声叫出声来。

"叫你不听老人言，吃苦在眼前！"福爷爷喘着粗气说。

我一瘸一拐地向桥口跑去，生怕福爷爷会追过来。自然我是多虑了。园子深处传来一阵猛烈的咳嗽声，以及嘭嘭的捶打声，礼寿在给他爹捶背呢。

出了为好、为国兄弟俩家的园子，我来到前面的村道上，不禁犹豫起来。我当然不是后悔了，而是不知道该往什么地方去。

向西是瓦屋，没准这会儿王助理他们已经吃好回来了。一番折磨是免不了的，说不定真的会一枪把我给崩了。就算他们没有回来，或者回来了没有一枪崩了我，按他们给我定的罪，也得被关进大牢，永世不得翻身。这辈子就算完了。

向东是知青屋。我真的很想回到那儿去，躺在那张木板搭的破床上睡上一大觉，永远不醒，或者醒来的时候发现一切不过是一个梦。否则的话，王助理他们还是不会轻饶我。

第三条路就是笔直向前，蹚水过河，跑得离老庄子远远的。从此隐姓埋名，做一个黑户，也就是说踏上逃亡之旅。但就算我有这个胆，也缺乏客观条件呀。这里是平原地区，一望无际，并且沟渠纵横，连个遮挡的地方都没有——除非变成鱼。想当年新四军在这儿打游击损失惨重，更何况我没有组织，孤身一人。白毛女的故事只可能发生在山区，而且是解放前……

正当我思绪万千、踌躇不已的时候，发现路边火星一闪，一个人站了起来。

其实那人一直蹲在那儿。只不过由于月亮被云层挡住了，我还以为是一截树桩呢。这时树桩现形为人，手上拿着一杆旱烟袋，抽得劈啪作响。我不由得说道："队长。"

礼贵弯腰提腿，在鞋底上磕了磕烟袋，不急不忙地对我说："王助理他们还在我家喝着呢，你的事已经报到县上去了。"

这时月亮出来了，礼贵的脚下出现了一个清晰的影子。

"王助理怎么说？"我问。

"说你至少判个无期,要在大牢里过一辈子。"

"我犯了什么罪?"

"说是现行反革命,奸污生产队上的耕牛,破坏春耕生产。"

这罪名我当然知道,但经过礼贵的嘴说出来,就像是对传闻的一个证实。虽说月色如水,礼贵的话语温和,我还是感觉到了一阵彻骨的寒意。我不禁委屈地说:"队长,我是冤枉的。"

礼贵不接我的话茬。他又装了一袋烟,划着火柴点着了。突现的火光中映照出他那张饱经风霜的脸,随即熄灭了。"我也不拦你。"礼贵吐出一口烟,"我们队上虽然穷,但总比吃一辈子的牢饭要强呀。王助理说,县上的人这两天就到,你走吧。"

他蹲在路边不就是为了拦我吗?怎么又不拦了呢?

我说:"队长……"

礼贵不容我把话说完,"强扭的瓜不甜,你就走吧。"他说。

我转过身去,举步向前。但我还是不知道该往哪里走呀。我的身后,礼贵显然正在看着。我总不能向东走几步,然后再向西走几步。既然不能目标明确地绝尘而去,又不能就地徘徊,就只有越走越慢了。越走越慢,直到停了下来。接下来我要么就一直戳在那里,像个傻子,要么只有转过身去,然后再走。

路边的小河发出汩汩的流水声,月色照耀着脚下坚硬亮白的土路。犬吠声此起彼伏,也在催促我。最后我终于转过身去,转了一个方向,又开始走,一直走到了礼贵的前面。

礼贵默默无语地将手上的烟袋递给我。我默默地接过,将凉凉的烟袋嘴塞进嘴里,深吸了一口。一股辛辣苦涩的滋味儿充满了口腔,喉咙以及鼻子后面像针扎似的麻了起来,我不由得咳出声来。

## 21

推门进去的时候，为好仍然坐在桌子边上，桌子上仍然放着两盏灯。我没怎么敢朝墙根看。那儿黑乎乎的，富于体积感，"他"还躺在那儿。一切都和刚才看见的一样，就像是一个反复出现的噩梦，我被魇住了。

见我进来，为好并不吃惊。他显然比刚才镇定了许多，甚至都没有从板凳上站起来。为好挪开烟嘴，冲我点点头。"来啦。"他说。

我也冲为好点点头。

"在屋里呢。"为好说。

我掀开里屋门上的草帘子，走了进去。

里屋里一团漆黑。刚才掀开草帘的一瞬间，借着从堂屋里射进来的灯光，我看见继芳站在门边上——就像从我上次离开后她就一直站在那儿似的。我一进来，继芳就一把把我抱住了。虽然有所准备，我还是吃了一惊。继芳的架势就像是要和我拼命，然后她就泣不成声了。

继芳伏在我的肩膀上抽抽搭搭地哭着，双手举上来，抵在我们之间。开始我以为她害羞，怕我的身体碰到她的胸脯。后来发现，继芳的手正不停地动作，竟然在解我的衣服扣子。

这是否太快了点儿？

我抓住继芳的手，紧张地说："你这是干什么？"

继芳说："又没有外人，有啥不好意思的？"

她的声音里透露出某种胜券在握的欣喜，让我很是沮丧。

我不让继芳解扣子，她一定要解。边解边扯，有点儿急不可待。于是我们又搏斗上了，并且弄出了很响的声音。此刻不比上次，夜深人静，为好还在堂屋里，他肯定是听见了。

我央求继芳说："等等，你等等……"一面想着农村妇女真是可怕，如此不顾一切，没有廉耻。难道说，这就是我命中注定的女人吗？我就要与其共度余生吗？

"晓飞，借你的衣服用用。"堂屋里突然传来为巧的声音。

这小子回来了？或者根本就没走，一直躲在堂屋西边的锅屋里？真正是太鬼了。

我冲着草帘子大叫道："为巧，你们到底在搞什么鬼！"

"借你的衣服用一下。"为巧重复了一遍他的话，算是回答，也算是对继芳解我衣服扣子的解释。

趁这机会，继芳扯我衣服的力度加大了，身上的那件军装式样的破罩衫被她整个地扒了下来。然后，继芳开始解我腰上的皮带，左解右解解不下来。我被勒得喘不过气来。这时候我已基本上放弃了抵抗，事已至此，再也不可能衣冠不整地跑出去了。于是我干脆帮了继芳一把。

老庄子上的人是从来不用皮带的（他们用草绳或者布做的腰带），继芳又怎么可能会解呢？我不仅帮继芳解了皮带，还帮她解了裤子直裆上的扣子。老庄子上人的裤子上也是没有扣子的，不过是在裤腰上钉几个搭袢，所以继芳也不会解。

然后我抬起腿，继芳拽裤脚，一只拽完再拽另一只，直到整条裤子都被她拽了下来。拽我裤子的同时继芳也没忘了扒我的鞋子。鞋带也不解，就这么往下扒。之后我就赤着脚站在又冷又硬的地上了。

继芳十分麻利地将扒下来的衣服包括鞋子收集一处，窝成一团，掀开草帘子递了出去。外面伸过来两只手，及时地接过去。草帘子打开的一瞬间，我看见堂屋里有好几双脚，除了为巧、为好显然还有别人。

我身上只剩下背心和短裤，不禁瑟瑟发抖。继芳反而不来抱我了。她背对着我站在门边，等待着什么。

这时堂屋里响起一阵丁零哐啷的声音。过了一会儿，草帘再次被从外面掀开，一只手伸了进来，那手上抓着一团东西。继芳连忙接过。接东西的时候，又有什么从草帘下面被踢了进来。我用脚一蹚，原来是两只鞋子。

草帘子再次放下，屋子里又是一团漆黑。继芳将手上的东西塞给我，"衣服。"她说。

我用手一摸，那衣服凉凉的，一股湿土的气味。还有一大块硬硬的像皮革一样的东西。

"这是谁的衣服？上面是什么？"我问。

"为国的衣服，上面估摸是血。"

我手一松，那血衣就落了下去，盖在我的脚面上了。

草帘外面的响动更大了。为巧他们也不再避讳，彼此大声地嚷嚷着。只听为巧说："慢点个！慢点个！大许，扶住他的头，不要让他掉下来。"

大许的声音："刚子，往我这边来一点！"

一阵沉重而节奏奇怪的脚步声响起，堂屋的门嘎吱一声打开了。然后，这伙人就出门去了。

他们走后，堂屋里响起一种"喔喔"的声音，大概是为好在哭，那声音非常压抑，就像动物受伤后的哀鸣，几乎不像是哭声。后来声音消失，脚步声响，为好也出去了。堂屋的门被从外面带上了。为好临走前吹灭了桌子上的灯，草帘的缝隙里完全黑了下来。

我转过头去看继芳，只见一个黑黑的人影坐在凉车子的沿上。我向她走过去,听见继芳说:"你要是嫌脏,明天我帮你洗了。"她指的是地上的那堆衣服。

狗叫声从村子上传来,此起彼伏,近乎于疯狂。我挨着继芳坐下来,光腿触到了一张粗硬的草席,席子下面的稻草窸窣作响。我弯下腰去,用手抱着双腿的膝盖,想让自己缓和一些。从继芳那边传过来丝丝的热气,像她身上的气味那样隐隐约约的。

我们就这么静静地坐在黑暗中。前面的土墙上,巴掌大的窗洞发出微弱的亮光。盯着那一小块发白的东西,也不知道坐了多久,直到狗叫声完全平复下来了。

突然,沉寂的世界里响起一声清脆的枪声,我马上就坐直了。"什么声音?"我问。

"罗晓飞逃跑了。"继芳说。

"你说什么?"

"罗晓飞从瓦屋里逃走了。"

又过了一会儿,村子上传来敲锣打盆的声音。狗吠声又起,夹杂着汹汹的人声。狗吠声和人声终于连成了一片。

继芳脱光了衣服,双手在凉车子的沿上一撑,便坐到了席子中间。她仰面倒了下去,横卧在凉车子上,岔开双腿。

继芳脱衣服的时候,我不由得站了起来,离开了凉车子。看着黑暗中那白乎乎的一团,一时不知道该如何是好。只听继芳说:"来啊,上来啊,快点个。"

我明白自己该做点什么,也知道继芳在等待,但就是动弹不得。口干舌燥的,甚至说不出话来了。就这么过了很长时间,继芳"哦"了一声,似乎想起了什么。

"你没有和女人睡过？"她说。

我点点头。继芳似乎看见了，也明白了。

她起身下地。绸厚的黑暗被那白色的肉体搅动着，像无形的浪头一样扑向我，我不禁打起寒战来。我以为继芳会过来抱我的，但是没有。她只是转了一个身，上身伏到席子上去了。凉车子的边沿上耸立着继芳的屁股，就像是一件独立的事物。

继芳说："来啊，上来啊，磨蹭啥呢？"

她从席子上颇为艰难地转过头，屁股矮了下去，我这才依稀看见了她的脸。"我不会。"我听见自己说。

"你不是和闺女干过吗？人也是一样的。"

说完，屁股再次耸立起来，正对着我。

我说："我没有和闺女干过。"

"不是说，奸污生产队上的耕牛吗？"

"我没干过，是大许他们冤枉我的。"

"真话？"

"我骗你干什么呢？"

就像和我说话的是那屁股。人的脑袋都不相信的事，屁股能信吗？还真是的，眼前的屁股又坚持了一会儿，再次矮了下去，放低了。

继芳放弃了牛的姿势，然后爬到凉车子上去了。她抓过刚才脱掉的衣服，捂在胸前，坐在那里，眼睛忽闪忽闪地看着我。看了好一会儿，继芳说："可怜见的，长这么大，连牛都没有干过啊！"

说完她咯咯地笑了起来。"你还是一个童子鸡呀。"继芳似乎挺高兴。

突然，她又哭了起来，蜷着腿，抱着衣服，哭得稀里哗啦的。"我这是造的什么孽呵！"继芳边哭边说。

直到这时，我才感到了自己有某种义务，也才能支配自己的身体。我走到凉车子的边上，坐了下来，伸过去一只手，开始抚摸继芳的脊背。那光裸的脊背一阵痉挛，就像牛屁股试图驱赶苍蝇一样。可这是人的皮呀，上面没有粗硬的毛，并且光滑无比。

我对继芳说："别哭，别哭……"

于是她哭得更厉害了。

我和继芳没有用牛，而是用人的姿势"交配"了。我想起了邵娜说的这个词，自然也想起了邵娜。有那么一瞬间，我觉得躺在身下的是邵娜，而不是继芳。黑咕隆咚的，这样的想象并不十分困难。过了一会儿，我又觉得很对不起她们，既对不起继芳也对不起邵娜。于是我便尽力从脑海里驱走邵娜的形象。

好在做这件事我完全外行，继芳始终在指点我。那老庄子上人的口音提醒着她的存在，提醒我身下的这个女人到底是谁，来自何处。

至于继芳是怎么想的，我就不知道了。继芳是否也想起了为国，把我当成他了呢？

然后，我们就并排躺在一条破被子下面了。我的脚蹭到了席子上的破洞。枕头很硬，我用手一摸，压根儿就没有什么枕头，不过是稻草下面垫了两块土墼。床头一股异味儿，是汗臭、脚臭和烟油味儿混合发出的，自然还有稻草和泥巴的气味。我心里想，这股味道不属于继芳。她的身体我闻过，不是那样的。继芳的头油味儿说不上好闻，但也绝不难闻。这令人窒息的气味只能是为国留下的。

继芳显然闻不到，她已经习惯了。这会儿，她正用一只手在我的胸脯上抚摸着。那手真硬呀，满是老茧，就像砂纸一样，但却异常温暖。我被它揉捏得很舒服，正想开口说点什么，继芳先说话了。"你们城里人细皮嫩肉的，比我们正月子还要嫩呢。"

我说："不是我的皮嫩，是你的手硬。"

继芳马上缩回了手，藏进了被子里。

"正月子是谁啊？"我问。

"我们伢子，三岁了，前年正月二十四生的。"

我不禁向凉车子的里面看过去，靠墙的地方黑乎乎的一片。"他人呢？"我问。

"说好了这两天他婶子带，正好断奶。"

我放下心来。我们"交配"的时候那孩子并不在凉车子上，不在这屋子里。

我说："三岁了还吃奶？"

继芳说："以后不给他吃，给你吃。"说完竟然不好意思起来，拖起被子蒙在头上。

"你说什么呢。"我也笑了。

继芳从被子下面伸出脑袋："你们城里人不是兴喝牛奶吗？人奶不比牛奶好？"

我说："人奶是比牛奶好，女人也比母牛好。"

"不要脸！"继芳说着把被子又蒙在了头上。

我突然发现，我们竟然在说笑——一个负案在逃的现行反革命和一个刚刚死了丈夫的年轻寡妇。这一切是怎么发生的呢？我不由得长叹一声。

继芳继续唠叨："他大伯三个闺女，快四十的人了，还没个儿子，大闺女再过几年就能嫁人了……"

"他大伯是谁呀？"

"为好啊。"

"哦。"

"他婶子是个泼妇,前些年为忠他妈被她骂得跳了河,幸亏被人捞上来了。"

我不禁想起那个打大许耳光的妇道,原来就是她呀。

继芳说:"兄弟两个干仗的事也是他婶子挑起来的。"

后来继芳就睡着了,发出只有男人才有的那种有力的鼾声。我也十分困倦,但被继芳吵得睡不着,一时间思绪万千,想了很多。我回顾了这漫长而奇异的一天,最后思路集中在礼贵递给我的那袋旱烟上。我觉得自己非常非常想抽上那么一口。

于是我便下了凉车子,趿拉着地上的鞋子,去泥柜那边摸索,找烟袋。脚下的鞋子就是从为国脚上扒下的那双,我并没有什么特别的感觉,大脚趾还故意寻找了一下鞋子前面的破洞,直到脚趾从那破洞里穿了出来。我心里想,人家的女人都睡过了,还在意这双鞋吗?

摸遍了泥柜内外,以及上面的木板,并没有找到烟袋。这时继芳的鼾声停了下来。过了一会儿,她蓦然问道:"你找什么?"

我说:"有没有烟袋?"

"你过来。"继芳在床头翻找了一番,然后说,"你上来。"

我爬上凉车子,继芳将烟袋以及烟荷包递给我。不用说,这套家伙是为国的,平时就放在床头的土墼旁边。

继芳异常熟练地为我装上烟,划着火柴点上了。火苗燃起的一瞬间,我看见继芳噘着嘴,含着烟杆,正往里面吸。突然我觉得她就像一个男人,就像为国在抽烟一样。我吓了一大跳。

火柴熄灭后,为国的形象在我的眼前保持了很久。继芳递过烟袋,我仍然觉得那是为国。然后,我忐忑不安地抽了起来。我和为国,而不是和他的女人躺在一起。我抽着为国递过来的烟袋,而不是他的女人递过来的烟袋。这种感觉跟随了我很长时间。

我是被村子上的喧闹声吵醒的。天仍然很黑,一时间我不知道自己身在何处。继芳也醒了。我们头挨着头,不禁面面相觑。我听见自己问:"我这是在哪里?"继芳说:"在家。"然后她就坐了起来。

继芳迅速地套上衣服,下了凉车子。里面什么都没有穿,空空的外褂里垂挂着一对乳房。她提上裤子就出门去了,临走对我说了句:"我去看看。"

人声和狗吠的声音越来越响,也越来越近了,在这寂静的清晨听上去让人绝望。窗洞那儿的亮光也已经扩大,但屋子里仍然很黑,只是不再那么严实,有一种空虚飘忽的感觉。

继芳走后,我也坐了起来。心想:八成是王助理他们抓我来了,得在他们闯进来以前穿好衣服。

在凉车子的席子上我找到了自己的短裤、背心,穿上后下了地,套上为国的解放鞋,然后开始找他的衣服。那堆衣服已经被继芳归置到墙角上去了,我走过去捡起来。我将手上的衣服凑近窗洞,朦胧的光线下,衣服的领子上有一片干硬发黑的血迹。除此之外还算干净,冰冷得一点气味都没有。但我想了想,还是把衣服给扔了。

正在我不知所措的时候,继芳掀开草帘子进来了。她说:"罗晓飞投河自尽了,他们在小阳河里找到了尸首。"

我心里咯噔一下,随即就释然了。该发生的事终于发生了,现在总算是结束了。

我问继芳:"罗晓飞自尽了,那我是谁呢?"

她说:"你是为国。"

此时村子上的人声渐渐远去,就像随着那个名字把我的一切都带走了。我觉得自己就像是一具躯壳，轻飘不已，不由得一阵眩晕。继芳慌忙伸过来两只手，被我一把抓住。我抓得很紧很紧，就像抓住了一根救命稻草。对方一定很疼，但咬着牙，一声不吭。

然后，我一字一顿地说："以后，不许你叫我为国。"

"那我叫你什么？"

"叫什么都行，就是不能叫为国。"

"那村子上的人呢？"

"村上的人我不管，但你不能叫。"

"行，我依你。"继芳说。

## 22

老庄子上又恢复了平静。过了一会儿，村西传来了礼贵喊工的声音："下田啦，男子汉带扁担，妇道带镰刀……"就像什么事情都没有发生一样。

里屋门上的草帘被继芳卷了起来。我穿着短裤、背心，坐在堂屋里的方桌边上吃挂面。热气腾腾的一大碗，上面摊着两个荷包蛋。继芳坐在门口的小板凳上，前面的木盆里戗了一块搓衣板。她正在洗为国的衣服。

我问继芳为什么她不吃，继芳说："你吃，你吃，挂面是下给你吃的，我有的吃，吃过了。"显然这是假话。

我也不再追问，埋头吃起来。几次噎住，因为这人间的美味而几乎落下泪来。我的眼泪虽咸，但比起这碗挂面来还是淡而无味呵。

堂屋门外，天地一片清净，和我在知青屋里时见到的一模一样。

这时为好进来了，手上拿着扁担、绳子，准备去上工。继芳打招呼说:"他大伯。"

为好"嗯"了一声,说:"弟妹受累了。"完了走到桌子边上,看我吃挂面。

挂面包括鸡蛋已经吃完了,面汤本来也可以一口气喝掉的,但我故意埋着头,没有看为好。他好像比我还要尴尬,在边上磨磨蹭蹭的,多少让我自在了一些。

只听为好说:"兄弟,没得事吧?"

我含糊地哼了一声。为好又说:"队长说,放你两天的工,没事在家歇歇。"

见我仍不说话,为好在堂屋里转了一圈,留下一股烟油味儿就出去了。在门槛外面,他回头对继芳说:"弟妹,我兄弟就托付你了。"

老庄子上的人什么时候这么客气过?何况是打死了自己亲弟弟的为好?何况为好是在和为国的媳妇说话?继芳"嗯哪"了一声,算是答应了。这既很正常,又非常的不正常。

为好走后,继芳很快洗好了衣服,拿到门外找地方晾了。然后她去锅屋里刷了锅,这才拿上镰刀上工去了。

我回到里屋,倒在凉车子上便睡。烂稻草、破席子、土墼枕头都无法打搅我,青天白日被挡在厚厚的土墙后面。顿时,我就睡得昏死过去了。

醒来的时候,我发现自己流了口水。脑袋下面垫着一条又黑又油的枕巾,大概以前是粉红色的,变成这样显然是头发磨蹭的结果。当然不是我的头发,我才睡了不过一晚。口水将枕巾打湿了,显得更加污秽。

一个两岁左右的小男孩,脏兮兮的小手扒在凉车子的沿上,正盯着我看呢。他的眼睛又圆又亮，很像继芳的眼睛。他在那儿站了多久了？我肯定是被他看醒的。

然后我眨了眨眼睛，对小男孩笑了笑。"你是谁啊？"我问。

小男孩咿咿呀呀地说不清楚。

我伸出一只手，摸了摸小男孩的头。他只是在额前留了一小撮刘海，后脑勺圆鼓鼓的，是那种典型的"鹅头"。"你是正月子吧？真可爱。"

正月子笑了起来。

这时，房子外面传来一个女孩儿叫喊的声音："正月子，快死出来！不死出来看姐打不死你！"

正月子的脸上露出害怕的表情。然后噔噔噔地，正月子摇晃着跑出去了。我连忙下了床，走到东边的土墙边，通过窗洞向外面看去。

上午的阳光照耀着兄弟俩家的园子。屋子前面放了一架石磨，为国的衣服正摊在上面晾。河边上，杂草又高又绿，有一块地方的草稍矮一些，大概是码头下去的地方。（当地人家的园子一般都在河边架一块木板，一直伸到界河中间。人们站在木板上淘米、洗菜、洗衣服、刷马桶——如果有马桶的话，这样的地方就称做码头，那木板就叫跳板。）从我的角度只能看见为好家的跳板伸进河里的那一端，对岸就是别人家的园子了。

一排三个女孩儿，对着为国的房子站着，不用说是为好家的三个闺女了。老大十三四岁的样子，老二十岁左右，老三大概只有五六岁。三个闺女按个头高矮依次排开。大闺女反手叉着腰，已经很有点女人的样子了。刚才喊正月子的应该就是她。

只见正月子从门口的方向跑过去，一路喊着"姐"。到了大闺女面前，后者一把将其揪住，同时从地上捡起一把秃笤帚。大闺女将正月子推倒在地，扒开他的开裆裤，举起笤帚就打。一面打一面骂："叫你个小逼养的乱跑，看我不刷死你！"

正月子疼得哇哇大哭。二闺女、三闺女吓得在旁边不敢吱声。

中午，继芳从生产队的大田里赶回来，磨盘上的衣服也干了。继芳取来衣服让我穿上，然后从泥柜里找出一双布鞋，让我换下脚上为国的解放鞋。那布鞋的底是继芳纳的，帮子也是她上的，尺寸大小自然是按为国的脚。继芳告诉我，为国不喜欢穿家里做的鞋，所以鞋子就一直放着。我却不然，穿上布鞋后，顿时觉得浑身上下都清爽了。

这时节，中午饭一般都是在田里吃的，继芳赶回来自然是因为我。为好和他媳妇也赶回来了。北边房子（为好家）的顶上这时冒起了炊烟，为好的媳妇正在做饭。为好穿过屋子前面的空地，抱了一抱麦草进去。

正月子从为好家跑进这边的屋里来，一头扎进继芳的怀里。他伸手去拉他妈胸前的衣襟，意思是要吃奶。继芳将正月子的小手拿开，没有给他吃。

我没有提大闺女打正月子的事，正月子自己也忘记了。

过了一会儿，二闺女过来喊吃饭。开始的时候我不愿意去，但经不住继芳一再劝说。"他大伯特意请的你，昨天就讲好了，他婶子忙了一中午……"再说继芳也没有做中饭，如果不过去，就得饿肚子了。

于是继芳抱着正月子，我跟在后面，我们"一家三口"就去了隔壁为好家。临出门，我拿上了为国的烟袋、荷包，把它们别在了腰上。

为好家的堂屋和为国家的堂屋并没有什么两样，和老庄子上其他人家的堂屋也没有什么两样。一张破旧的方桌子，几张长板凳。北边的墙下面是一排放粮食的泥柜子，上面担了一块木板。木板上放了一只竹壳热水瓶，显然是家里最贵重的东西了。里面自然没灌开水。此外，木板上还支着一面塑料包边的圆镜子，土墙上方贴了一张毛主席正面像。所有的东西上都落了一层细细的土。

为好慌忙让座。他的目光中闪现出一丝惊奇，大概是因为我穿上了为国的衣服，形象为之一变。这形象在泥柜上的小圆镜里也一晃即逝，我没有看清楚，依稀觉得是一个陌生人。然后，我就带着这异常陌生的感觉坐了下来。

继芳抱着正月子和我坐一张板凳，占了桌子的一面。为好一直站着招呼我们。桌子上就再也没有别人了。已经摆上了两大碗黑乎乎的菜，完全看不出做的是什么。为好媳妇和大闺女不在堂屋里，大概还在锅上忙活。二闺女和三闺女则站在地上，目不转睛地盯着桌子上的菜碗。

继芳从碗里夹了一筷子什么，塞进正月子的嘴巴里。"肉，肉。"她说。

为好用筷头点着碗沿，对我说："吃，吃啊！"

这时大闺女端饭进来了，将饭碗咚的一声蹾在桌子上。居然是大米饭，在这季节里太金贵了，难道说我们吃的是稻种？

继芳转过头去，冲锅屋的方向喊道："他婶子，不要做了，够吃的了。"

为好媳妇说了句什么，我没有听清楚，大概是什么客气话。

为好又对我说："搛菜，搛菜，没得什么好东西，都是一家人。"

他似乎除了劝我吃，就不知道说什么好了。

为好对站在桌子边上的二闺女、三闺女说："闺女啊，喊叔，不喊就没有的吃。"

二闺女、三闺女毫不含糊地齐声喊道："叔！"

为好在两碗饭上分别夹了一筷子菜,对她们说:"端走吃。"

二闺女、三闺女奔过来,端起饭碗,边扒拉着饭菜边从桌边走开了。

大闺女站在堂屋通向锅屋的门边上,一直在向这边看。被为好抬头瞅见,后者对她说:"你也过来,喊叔。"

大闺女说:"我不喊。"

为好急了,大声地命令道:"喊!"

"我就不喊。"

"喊!"

"就不喊!"

为好放下饭碗奔了过去,抬起手,重重地给了大闺女一巴掌。

大闺女捂着脸,蹲在地上大哭起来。她边哭边嚎:"他不是我叔!"

"叫你不喊叔!没有你叔你爹就没得命了,你爹要是死了,饿死你们这些小婊子啊!"

为好越说越生气,揪住大闺女的头发就要往墙上撞。堂屋里一时间鸡飞狗跳,我再也不能坐视不管了。何况,这件事是因我而起的,是为了喊我叔。

我跑过去抓住为好的手,把他推到一边。"有什么话好好说,不要打伢子。"

为好气得浑身发抖,指着地上的大闺女说:"我今天是看你叔的面子,不然的话打死你这个小婊子养的!"

大闺女哭得更凶了,边哭边蹬腿,把一只鞋子都蹬掉了。继芳捡起鞋子,扔还给大闺女。

自始至终,为好媳妇都没有出现。

吃完饭,为好媳妇走进来收拾碗筷。

以前在队上干活的时候，我们也是见过的，但这时我已毫无印象。她大概三十大几的年纪，脑后却扎了一个老太婆那样的发髻，面容十分苍老，就像有五十岁了——和为好倒是很相配。只见为好媳妇低眉顺眼地收拾着，一点也看不出继芳说的泼妇模样。

摆好碗筷，为好媳妇冲我笑了笑，竟然还有一点害羞。我也略一点头，算是和这家最后的一位成员见过面了。然后她就带着脏碗和抹布离开了堂屋。

为好从腰上取下烟袋，装上烟丝点上。他吸了一口，将烟袋递给我。我说："我有。"

我取出为国的烟袋，像为好那样的装烟、点烟。然后我们就各持一杆旱烟袋，坐在桌子边上默默地抽了一会儿。正月子在继芳的怀里睡着了，三个闺女也不知去向。

为好似乎想起了什么，对继芳说："昨天，你们家的麦子还没有扬完呢。"

继芳的眼睛不禁红了，一副要哭的样子。

为好收起烟袋，荷包带子在烟袋杆上绕了绕，就别在裤腰上。他站起身来说："我帮你们家扬了。"说完就跨出门去。

为好熟门熟路，走进右边为国家的房子里。再出来的时候，肩膀上扛了一只笆斗。他将笆斗向下兜底一倒，黄灿灿的麦粒儿便铺在了地上。为好拿来一把木锨，铲起麦子向空中扬去。麦皮草屑随风飘起，最后落到了麦粒靠前面的地方。

我这才注意到，房子前面的空地是划了界的。从两家房子形成的夹角开始，向前埋了一溜沙姜，方形的地面被一分为二成两个三角形。那些沙姜已经深深地陷入地下，和旁边的泥地一样的颜色，不注意很难看出来。

为好站在为国家那边的三角形里扬麦子，麦皮却落到了自己家这边。看来昨天中午为国也是这么扬的，因此引起了兄弟相争，出了人命。但今天不比昨天，扬麦子的是为好。他把麦皮扬向自己家的门口，只要他没意见，别人又能说什么呢？

边扬麦子为好边说："今天风头不错。"

我呆呆地看了半天，觉得这活儿自己也可以干。于是我走过去对为好说："我来扬吧，反正也闲着没事。"

"不需要，不需要。"为好说，"兄弟回屋歇着去。"

## 23

第二天，在大队部召开全大队社员大会，批判畏罪自杀的反革命分子罗晓飞。

早上起床后，我对继芳说："我也要去。"她吓得脸色都变了："去不得，去不得，人家会认出来的。"

我说："我总不能一辈子都躲在这屋里吧？"

继芳说："好歹等过了这阵子。"

但我的确已经想好了，不能躲藏一辈子。更重要的是，我想看看他们是怎么批判罗晓飞的，也就是怎么批判我的。我很想看见，也很想听见，更想弄明白。继芳越是说这样做有危险，我就越是想去了。最后我对继芳说："不是说去的人队上都给记工分吗？不去那不是白不去了？"

她总算有些被说动了。

继芳去了为好家那边，再回来的时候后面跟着为好和为好媳妇。他们自然劝我不要去，为好甚至又要下跪。但我决心已定，跪也无济于事。看我不为所动的样子,为好说:"罢了,罢了。"跑回他们家的房子,找来一顶破草帽让我戴上。我答应看一眼就走。

老庄子上的人都走光了,我们这才出发。我走在继芳的边上,她的手上抱着正月子。为好媳妇抱着三闺女,大闺女带二闺女跟在后面。为好则走在前面,试图用他瘦小的身子挡住我。两家人全体出动,前呼后拥着我向大范大队的大队部走去。

为好不时地回头看看我,念叨着:"嗯,是认不出来了。"

他伸过一只手,拉了几次我头上的草帽,直到草帽的帽檐完全垂了下来。我只能通过帽檐脱线的缝隙,勉勉强强地看见外面。

大队部离老庄子有两里地。我们到达的时候,园子里面已经挤满了人,一概向着房子的方向翘首以待,就像看戏一样。

那大队部的房子也是草房子,只不过间数多点,长长的一溜,其中有好几间属于大队小学。此时,屋檐下面贴了一排白纸标语,上面用黑字写着"批倒批臭死有余辜的现行反革命犯罪分子罗晓飞!","罗晓飞"三个字的上面还打了一个红叉。标语的下方,放了两张学生上课用的课桌,并成一排。桌子后面的板凳上坐着王助理、大队范书记和一个穿公安制服的中年人。

我注意到,大队部的西山墙那儿停了一辆吉普车,两名全副武装的公安战士背着枪,笔直地站在旁边。一帮孩子围着吉普又叫又跳,但在公安战士威严的注视下不敢靠近。看来县里真的来人了,礼贵没有骗我。

我们在人群后面刚刚站定,福爷爷就被从大队部里带了出来。他的双手被绑在身后,仁军和另一个基干民兵押着他走过来。只听范书记说:"富农分子范复霖带到!"

王助理哼了一声:"往前面带带。"

仁军推着（或者说扶着）福爷爷走到桌子前面。

福爷爷低头弯腰，但他的头低到一定程度就没有再低了。只见福爷爷的一双老眼略微上翻，目光扫视全场，那眼神既活又亮，就像能看穿人心似的。我心里不由得一震，觉得福爷爷看见我了，赶紧把草帽拉得更低。福爷爷的眼神，坐在后面的王助理他们显然是看不见的。

自从福爷爷被带出来以后，社员们便开始议论。一时间人声嗡嗡，某种不安的气氛在会场上弥漫开来。我也觉得非常纳闷，批判罗晓飞为什么要斗福爷爷呢？当然是因为罗晓飞已经死了，昨天上午就被队上的人埋了，总不能刨出尸体抬上来批斗吧？还有一种可能，就是队上的阴谋已经败露。这当然牵涉到福爷爷，更可怕的是牵涉到我。没准接下来就是揭露阴谋，把我从人群里揪出来。想到这里我不禁害怕起来，很后悔坚持要和继芳他们一起来。

我看了看继芳，她好像并不担心。对于福爷爷的出现，继芳也很奇怪，但却是因为别的原因。她既像对我又像是自言自语地说："咦，以前开批判大会陪斗，都是礼寿上去的，今天怎么是福爷爷亲自上啦？"

听她这么说，我多少放下心来。我竟然忘记了还有陪斗这回事。

王助理和穿公安制服的中年人交头接耳几句，然后站了起来。他干咳几声，捋了捋秃脑门上的那绺头发，开口说道："马部长亲自下到你们大队，本来是要召开公审大会的，宣判现行反革命分子罗晓飞，想不到反革命分子罗晓飞胆大包天，竟敢抗拒无产阶级专政的制裁，投河自尽、畏罪自杀了！自绝于人民，自绝于党。人虽然死了，但心没有死，余毒还在！罗晓飞奸污贫下中农的耕牛，破坏春耕生产，是混进知识青年队伍里的阶级敌人……"

我听得入神，不禁仰起脸来，越过为好的头顶向前看去。这时候有人偶尔回头，看见了我。看见我的人又转过脸去和身边的人议论着，于是更多的人回过头来。我意识到不对劲的时候，前面已经有好几排人回过头来了，有的还用手指指戳戳的。我赶紧身子一缩，埋下头去。继芳也看出了情形不对，对我说："我们家去吧。"

为好慌忙招呼他媳妇以及闺女们向我靠拢。如此一来，目标更大了。一时间人们纷纷回头，会场不免陷入了混乱。突然，前面的福爷爷站直了，对着下面的人大声吆喝道："年轻媳妇有什么好看的！不就是长得俊点吗！"

声音异常苍老，但透着雄壮。看我的人唰的一下都转过脸去，看着福爷爷。后者的目光越发凌厉，充满了威严，在人群上空像盏探照灯似的扫来扫去。

"有什么好看的？没出息的东西！"福爷爷继续呵斥道。

王助理正说得兴起，被福爷爷突然打断了。他吃惊地问："你，你说什么？"

"我说姓范的没有出息。"

"好啊，你这个老四类分子，不老老实实地站着陪斗，竟然敢谩骂贫下中农！扰乱会场秩序！"王助理勃然大怒，他向后面一招手，"来人啦，把这老家伙的反动气焰给我打下去！"

福爷爷呵呵地笑了起来。

只见二号、三号勤务员拿着枪，奔了过去。范书记惊讶得从桌子后面站了起来，嘴里喊了声"三叔！"就又坐下了。王助理十分不满地看了他一眼。

二号、三号奔到福爷爷身边，举起枪托就砸，旁边的仁军连忙用身体护住福爷爷。他一把抓住二号手上的枪，但身上还是挨了好几下。另一个基干民兵则从后面抱住了三号。

"反了！反了！反革命分子要造反了！"王助理拼命地拍着桌子。

开始的时候，那桌子还不停地跳着。后来就不跳了，似乎被王助理拍得塌了下去。

"别拦着他们，让他们打！我是罪有应得！"

在福爷爷大声的吆喝下，仁军和另一个基干民兵都松开了手，站在旁边傻不愣噔地看着。

枪托终于招呼到了福爷爷的身上。开始的时候，福爷爷还颤巍巍地站着，后来二号一枪托砸在他的小腿上，老人站立不住，双膝一弯跪倒在地。


我们是趁乱先走的。否则，就太对不起福爷爷了。

终于跑回了兄弟俩家的园子里，进了堂屋，插上房门，我的心头仍然狂跳不已。继芳也觉得后怕，她说："好害怕人啊，悬得很，就差一丁点……"

直到天黑以前，为好派他媳妇几次走出桥口，打听消息。先是说福爷爷被抬下去了，后来又说散会了。最后的消息说，福爷爷已经到家了，只是受了一点皮肉伤，没有大碍，现在正在他家的床上躺着呢。

吃了一点中午的剩饭，继芳说要去看看福爷爷。我马上表示赞成。我说："我也去。"

话一出口，我就有点后悔了。福爷爷家的园子以前我每天都去，到现在大概已经隔了一个星期没有去了吧？继芳会不会认为我是要去看邵娜？她现在到底怎么样了呢？想必已经知道我和继芳的事了。

我看了继芳一眼，她并没有说什么，似乎还挺高兴。然后继芳就抱着正月子，我们"一家三口"就出门去看福爷爷了。

福爷爷家的园子收拾得井井有条。自留地不大，地方主要让房子前面的空地给占了。福爷爷家门前的土场就像是生产队上的晒场，夯得很结实，也扫得一尘不染，月色下白晃晃的一片。和老庄子上其他人家不同，福爷爷家没有养狗，也没有养鸡、养鸭，更不用说养猪了。一溜房子虽然也是土墙草顶的，但收拾得很精神。围在外墙上的草帘子似乎已经用麦秸重新披过了，上面隐约浮动着一些亮光。草房的西边接了一间草披子，那儿便是邵娜的住处了。此刻，草披子的门敞开着，里面黑乎乎的。可我今天要去的是福爷爷家的正房，而不是这间我熟悉的草披子。

我来过福爷爷家的园子无数次了，今天是第一次迈进他家的门槛。堂屋里依然是泥地，但放着正儿八经的八仙桌。几把高背的椅子沿墙放置，恍若隔世，上面镶嵌的螺钿在灯光下闪着暗光。福爷爷家不用墨水瓶做的柴油灯。一盏玻璃罩子的煤油灯放在桌子上，通体透亮。啊，他家对着门的墙上竟然没有贴毛主席像，除了糊了一层报纸就什么都没有了。难怪人家说福爷爷反动呢，看来还真是的。

来到里屋，福爷爷躺在一张架子床上，床上挂着蚊帐。帐门从中间分开，被两只铜做的帐钩钩住。福爷爷从蚊帐里伸出一条干黑的瘦腿，一个人正伏在上面，用药棉沾了酒精清洗福爷爷的伤口。不用说，这人便是邵娜。床边的老式床头柜上放着她常备的药箱。

礼寿、礼寿媳妇以及福爷爷的孙子、孙媳妇和几个重孙子、重孙女，一大家子围绕在床边。见我们进门，礼寿连忙过来招呼。邵娜的姿势始终没有变，但她显然已经感觉到了我的出现，脊背抽筋似的抖了抖。

在福爷爷的伤口上抹上紫药水以后，邵娜就站了起来。她走到床头柜前面，把手上的镊子、药棉放进药箱，然后就背上出去了。自始至终邵娜都没有看我，转过身来的时候，脸也是偏着的。所以说，我很想看见邵娜，等真的看见了，却没有看见她的脸，更不用说她的气色、表情了。

继芳倒是落落大方地和邵娜打了招呼。"邵娜，吃过啦？"她问。

邵娜边走边说："吃过了。"

继芳跟到堂屋里："没得事，到我们家来玩！"

邵娜"嗯哪"一声，人已经走到屋子外面去了。

继芳走回里屋，对躺在床上的福爷爷说："福爷爷，我们看你来了。"

福爷爷"哦、哦"着，已经没有了白天的强悍，完全是一个衰弱的老人了。

"您老没事吧？"我说。

福爷爷说："没事，没事，一把老骨头了，但还撑得住。"

"我爹也是的，非要自己上，以前这种事不都是我来的吗？"礼寿在边上说，"说他他也不听，不听劝。"

福爷爷一阵猛咳。儿媳妇连忙扶起福爷爷，为他捶着背。孙媳妇从床肚下拽出一只痰盂，双手捧过去，给福爷爷接痰。

咳毕，福爷爷喘着气说："今天不比往常，你们年轻人镇不住场子。"

礼寿说："我也不是年轻人了。"

"等我死了，你再来接班吧。"说完，福爷爷对我招招手，"过来，近点个。"

我走过去。福爷爷说："还有你。"

继芳将手上的正月子交给孙媳妇，也走了过来。福爷爷一手一个，抓住了我们。他颤颤巍巍地说："人家都叫我福爷爷，我没得福啊，我的复是克己复礼为仁的复，那是老祖宗传下来的辈分。我们大范复字辈的都死光了，留下我一个孤魂野鬼，人尊我一声福爷爷，也是他们不识字，不晓得。你们年轻人该有福，福气的福……"说着，又咳了起来。

最后福爷爷说："两口子，守着日子好好地过吧！"然后就松开了抓着我们的手。

我不由自主地点了点头。继芳已经眼泪汪汪的了。

## 24

我继续休息了几天，没有去上工。白天，继芳去生产队上劳动，我就在屋子里睡觉。睡足以后，就在园子里转转，逗逗正月子，或者领着二闺女、三闺女玩闹一番。大闺女也去队上捡麦穗了，偌大的园子里除了我和几个小家伙就再没有别人。王助理他们也已经走了，我的心情因此比以前安定，睡起觉来也踏实了许多。只是醒着的时候不免无聊，还有那么一点儿空虚和恍惚。

为好特地去了知青屋一趟，取来了我的被子、几件衣服和几本书，还有一双雨靴。看为好喜欢那双雨靴，我就把它送给了为好。

晚上我和继芳拼命地"交配"。如今，我已经尝出这件事的甜头来了。

手腕上的伤口也逐渐愈合，开始结痂了。只是奇痒难忍。

这天，我正在里屋的凉车子上大睡，继芳风风火火地跑了回来。她摇醒我说："你爹来了！"

我吓了一跳，赶紧从凉车子上爬了起来。"人在知青屋呢，队长问你要不要见一下？"继芳说。

那还用问？

然后继芳就抱着正月子，带着二闺女和三闺女，我跟在后面去了知青屋。路上继芳再三叮嘱我，不要过去说话，说是礼贵交代的。她跑回园子来喊我，也是礼贵让她来的。人家有情，我可不能无义呵。

老庄子上一个人都没有。大白天的，村上的人都在生产队的大田里劳动。很快，我就看见了那栋熟悉的房子。但我们并没有走进知青屋园子的桥口里，而是隔着河远远地看着。

天高地阔，屋顶灰白的知青屋伫立在那儿。一位老人正对着屋门站着，是我的父亲无疑。头尾四年没见，自然是苍老了许多。爸爸穿着一件半旧的涤卡中山装，扣子扣得一丝不苟。只是，那衣服已过于宽大，布料随风抖动着。爸爸看上去既潇洒又脆弱，看得我心都揪紧了。

他的怀里紧紧地搂着一个包袱，大约是罗晓飞的"生前遗物"。一个穿皮夹克的中年人搀着爸爸的胳膊，应该是我的哥哥罗胜。我和罗胜几乎有十年没见了，依稀记得他的职业是修理飞机的机械师，好像在一个什么军工单位……姐姐罗莉没有来。

礼贵、为巧陪着爸爸和罗胜。他俩一个手上拿着镰刀，一个扛着扁担，显然是从生产队的田里直接过来的。看见我们，礼贵的目光变得凌厉起来，意思是让我们不要靠近。我觉得那目光有点儿像是福爷爷的了。

爸爸正一步步地后退，离开了知青屋的屋门。大许和吴刚从门里面跟了出来。大许将他的手伸过去，被爸爸一把握住。爸爸摇晃着大许的手："谢谢，谢谢，我替晓飞谢谢你们！"一面谢爸爸一面后退。

"叔叔，您可别这么说，我们和晓飞平时就像亲兄弟一样。"大许说。

爸爸叹息一声，抬起头，最后看了一眼知青屋。他的目光掠过了小河对岸的我们，似乎在我的脸上停留了一下。但那完全是一种视而不见的目光，随后就飘远了。

但我还是吃了一惊，赶紧将脑袋上的草帽拉得更低了。

"走吧。"爸爸说，然后转过身去。

为巧说："罗晓飞的坟在南边的老坟地里，我们大范的人都埋在那里。"

爸爸说："谢谢，谢谢……"

一帮人出了知青屋的桥口，向老坟地的方向走去。继芳对我说："家去吧。"我说："不急，跟过去看看。"

他们走的是近路，一路上越沟过坎的，爸爸走得气喘吁吁，几次停下来休息。到底是久居城市的人，不习惯这里的土路，加上年纪大了，身体又不好……我真担心草丛里的土疙瘩会绊着爸爸。每当他趔趄的时候，我都有一种冲动，很想跑过去扶住爸爸的胳膊。其实，完全没有这个必要，爸爸的另一个儿子，也就是罗胜，正搀着他呢。

这时候包袱已经转移到了罗胜的手上。他一只手拎着包袱，一只手抓着爸爸。后来为巧也跑过去了，从另一边抓着爸爸的手。对这个人我向来没有什么好感，这时却涌起了一阵感激。爸爸始终在说："谢谢，谢谢……"同样这也是我的心声呵。

总算到了老坟地，罗晓飞的坟就在靠路边的地方，因此也不用往里面去了。那坟包的颜色很深，是用刚挖出来的新土垒的，土里面白色的草根犹在，还没有被太阳晒蔫。坟头上垛着一个"坟帽子"，像只大碗似的，"碗口"平平的，一片碧绿，显然也是带着草刚从地里挖的。坟包一看就是新的，不需要任何标记就知道是罗晓飞的坟。但前面还是竖了一块木头牌子，写着"知识青年罗晓飞之墓"几个字。看字体应该是大许的手笔。

其他坟包的前面则没有牌子,也没有立碑,坟头上杂草丛生,已与这里的地貌融为一体了。像浪头似的起伏不已,曲线无比柔和。虽然没有特殊的标记,但谁是谁家的坟,坟包下面埋的是谁家的人,大范大队的人还是认得清的,从来不会出错。但这座新坟就不一样了,不错也是错呀。

为巧说:"就这里。"

爸爸站住了,稍稍向后退了半步,整理了一下衣服。他对身边的罗胜说:"我们给你弟弟鞠躬。"

罗胜将包袱交给为巧,和爸爸并排而立。他也整了整衣服。然后,父子俩就弯下腰去,对着新坟开始鞠躬。一次,两次,三次,一共是三鞠躬。

四十米以外,中间隔着一条小河、几丛条柳,我也开始鞠躬。一次,两次,三次,一共是三鞠躬。这躬当然不是给罗晓飞鞠的,也不是给为国鞠的,而是给爸爸鞠躬。就像死的不是我,而是他老人家。

鞠完三个躬,我站直了身子,看见继芳正在抹眼泪。这眼泪又是为谁而流的呢?真的就说不清楚了。

"下田啦,男子汉带扁担,妇道带镰刀……"村西又响起了礼贵的喊工声。

我也起床下了地,准备去上工。昨天晚上,我几乎一夜没睡,都是因为这上工的事给闹的。以前我又不是没有上过工,但那是从知青屋走的,我的身份也是知青。今天却成了为国,出发也是从兄弟俩家的园子里,心乱如麻也是可以理解的。

我拿了一把三股叉,继芳扛了一把锄头,两个人结伴而行。来到村道上面,天还没有完全亮。上工的人正从各家的桥口出来,然后三三两两地向瓦屋走去。自然有人看见了我们，但并没有什么反应。这会儿，大家都刚刚睡醒，一个个懵懵懂懂的，像些影子似的在村道上默然前行。

瓦屋前面的晒场上，礼贵展开了一个大本子，开始点卯。他大声地喊着村上人的名字或者外号，黑黢黢的人群中有人喊着"到"。礼贵用手上的笔划拉着本子，发出咔咔的声响，那是在本子上打上勾。这种时候往往四下里很寂静，大家还没有完全睡醒，礼贵又有下床气，队长的威严不可冒犯呵。

今天有所不同，点卯的时候人声嗡嗡的。我知道，这都是因为我，所有的人都在朝我和继芳这边看。原先挡着我们的人也都纷纷地闪开来，好让前面的人看见我们。

点完卯，礼贵啪的一声合上本子。他吆喝一声说："有什么好看的？为国不认识啊！"

人群中有人回答："咋不认识，为好他弟，正月子他爹，继芳的男人！"

晒场上响起一片哄笑声。这话说得真是句句在理呀。

"晓得就好。"礼贵说，"男子汉挖麦茬田，妇道点豆子，走，下田！"

这时候，天空已经开始放亮，依稀能看见晒场上的人的鼻子眼睛了。我似乎看见了邵娜，但也可能不是她吧。

队上的劳力按男女分成两队。礼贵领着男子汉，为巧率领妇女，相继出了晒场的桥口。我的眼睛看着继芳，她也正在看我。我们之间竟有了某种依依不舍的感觉。

男子汉们开到了小尖沟旁边的麦茬地里，站成一排，开始挖田。我故意离开大家很远，独自一人干开了。后来太阳出来了，是个大晴天，阳光照得麦茬地里明晃晃的。因为干活不方便，我掀掉了头上的为好的草帽（现在已经成了我的草帽）。一根细绳勒着脖子，草帽挂在背后。这时我听见有人议论说，"没有太阳他戴草帽，这会儿太阳出来了，他反倒不戴了。"

原来他们一直在注意我。

于是我又戴上草帽，低着头，闷声不响地挖田。

我干得非常卖力，没过多久就挖到他们的后面去了，并且越挖离大家越远。由于有这个意想不到的效果，我干得更来劲了。左脚将叉齿踩进地里，右手抓着叉柄向下一压，再在弓起的右腿上一垫，左手向上一抬，一大块连着麦茬麦根的土就挖了起来。往旁边一翻，再挖另一块。渐渐地，我感觉出了干活的乐趣，就什么都不想了。

大许和吴刚也挖得飞快。我停下来稍事休息的时候，他们已经挖到了我的边上。吴刚转过头，冲我喊："晓飞，晓飞。"

我装着没有听见。

只听大许对吴刚说："喊他为国，没准儿能答应你。"

"为国，为国。"吴刚又喊。

喊得我起了一身鸡皮疙瘩。既然喊晓飞我没有答应，喊为国就更不可能答应了。我埋着头一阵猛挖，一心一意想把这两个家伙甩掉。后者紧追不放，于是双方便较上了劲。就这样挖了整整一天的麦茬地，我累得都快要散架了。

晚上回到为国家，马马虎虎地吃了继芳做的饭。继芳趁汤罐里的水还热，用脚桶盛了，端到凉车子前面，给我洗脚。我坐在凉车子上，又累又困，很想往后面一倒就这么睡了。

继芳将我的脚按在热水里，一双矬子般的手使劲地搓揉着。我迷迷糊糊的，脑袋里却在想：继芳为我洗脚，而邵娜总是为我洗头，到底哪样更舒服呢？我更喜欢哪样呢？

继芳边搓揉着我的脚边说："真是难为你了，要不我让他大伯跟队长说一声，你跟我们一起干吧。"

我吃了一惊，问继芳："跟你们妇女一起干？"

"我们家也不在乎那几个工分，平时省点个就行了。"继芳说。

"那不成！"我断然说道。

我不禁想，总不能把我变成了为国还不行，还要把我变成一个女人。变成为国已经够现世的了，如果变成女人，还不知道老庄子上的人会怎么说呢。那为国是队上一等一的强劳力，每天能挣十分工。如果跟着妇道干，最多也就挣个七分工，以后我就没法再做人了。

这时继芳叹了一口气，说："要不然，你就别去上工了，在家忙忙自留地。"

我说："这哪成啊。"心想她这是在心疼我。

"有什么不成的？我在队上忙，你在家里忙。"

我不由得睁大了眼睛，使劲地盯着眼前的这个女人。继芳蹲在地上，正用一块看不出颜色来的破毛巾，撩起热水往我的脚背上淋。"继芳，你干吗要对我那么好呢？"

"我不对你好，对哪个好！"继芳的回答异常干脆。

我无言以对。

柴油灯摇曳，继芳蹲在地上，好大的一摊。从敞开的领口，我看见了她鼓胀的乳房。继芳的骨盆更是了得，庞大而厚实。我伸过一只手，摸了摸继芳油黑发亮的头发，头发中间的头缝青白分明。

"行不行啊？"继芳问。

"什么行不行？"

"我在队上忙,你在家里忙。"

我沉吟了半晌,然后说道:"等忙完这一阵再说吧。队上救我也不是白救的,是要把我当个人用的。"

"我听你的。"

说完继芳捞起脚布,拧干,帮我擦干了脚,就端着脚桶出去了。

日

## 25

大忙季节一过,我就真的不去上工了。整天待在园子里,很少有机会走出桥口。自然没有再在大白天里睡觉,我有我的工作,甚至比以前上工还要忙了。

按计划,我让继芳去成集街上的供销社里买来四十斤石灰,然后找了一只酱缸,用水和了。我准备用石灰水将屋里的土墙刷一遍。二闺女、三闺女给我当帮手。我们把家里所有的家具都搬了出来,放在房子前面的空地上。

所谓的家具,无非是两张草绳编穿的凉车子、一张破桌子、几张长板凳,再就是几个泥柜以及担在泥柜上面的木板。还有一些家用杂物,脚桶、水缸、木盆、笆斗、簸箕。一些坛坛罐罐,几只粗瓷大碗,一堆破布烂棉花。最多的是农具,锹、锨、锄头、镰刀、扁担绳什么的。此时,这些东西散布在草房前面的空地上,在阳光的照射下投射出一些可怜的影子。这些家当老底放在屋子里还不觉得什么，搁在这儿显得尤其寒酸。我不禁想，老庄子上人的日子可真是穷呀，穷得让人害怕。彻底搬空以后，屋子里反倒不那么寒碜了。

我拿着一把烂笤帚，从酱缸里蘸了石灰水，往灰暗的土墙上刷去。我刷墙的时候，二闺女、三闺女带着正月子在一边看着。酱缸里的石灰水不断地冒出一些小气泡，吸引了他们的注意力。我对二闺女、三闺女说："把正月子带远点，石灰烧人，鸡蛋放进去能烧熟，落在衣服上就是一个洞。"

闺女们面露惧色，拉着正月子向后退了几步。

"叔，石灰能不能烧饭啊？"二闺女问。

我不禁笑了。孩子就是孩子，天真无邪，也没有看起来的那么笨。"那倒不能。"我说。

中午不到，为国家的三间房子就刷好了。

继芳、为好他们收工回家，为好没有进自己家的门，先来了为国家的堂屋。他一惊一乍地叫了起来："哎哟喂，真亮堂啊，伢他妈，快来看看！"

为好媳妇闻声跑过来，还没有进屋就说，"真正亮堂！"到了堂屋里她又说，"晃人眼睛，好呢！"

为好媳妇又跑回去喊大闺女，后者很不情愿地跟了过来。大闺女倒是没有说什么，但我从她的眼神里看出了一丝羡慕。我对为好说："老大，要不我帮你们家也刷了？"

"那敢情好啊！"为好高兴地说。

然后，一家人就开开心心地出去了。走过房子前面的空地时，对放在地上的为国家的家当也没多看一眼。现在，为国家最值钱的东西就是那四面白墙了。

下午，为好他们上工以后，我领着二闺女、三闺女把为好家的土墙也刷了一遍。他们家的家具自然也抬了出来，家当老底暴露无遗。比起为国家来似乎还要寒酸。也难怪，为好家的人口多，为好又没有为国能苦工分。幸好为好住的是老人留下来的房子，爹妈总算是留了一点东西。兄弟不和，大概也是因此而起的吧？

这以后，我改造园子的计划就包括为好他们家了。

老庄子上人家的房子都没有窗户，只是在前面的土墙上开了窗洞。那窗洞大概两块土墼大小，既没有窗扇，也不安玻璃。天热的时候完全敞开，天冷的时候就堵两块土墼。屋子里终日黑咕隆咚的，就像山洞一样。老庄子上的人还不喜欢点灯（为节省灯油），晚上不喜欢点灯，白天就更不用说了。因此改造计划的第二步就是开窗子——将以前的窗洞扩大，然后安上窗框、窗扇以及玻璃。

我让继芳从福爷爷家借来了锯子、刨子、斧头等一套家伙，然后就干开了。所用的木料是担在泥柜上的几块木板，还放倒了园子里的一棵柳树，大概有碗口粗细。我自然知道没沤过的木头做出来的东西是要翘的，但也顾不了那么多了。好在做这样的窗户要求不高，甚至很低，像我这样完全不会木工活的人也一样可以胜任。

我领着二闺女、三闺女用铁锹将墙上的窗洞捣大。领着她们剥树皮，然后将剥了皮的树锯成几段，继续分解成木板、木条。锯木条的时候我的一只脚踩在长板凳上，她们用小手按住木条的另一端。大约忙活了两三天，几只歪歪扭扭的窗扇终于做好了，在窗扇和窗框之间钉上铰链就可以开合了。我一面满头大汗地钉着钉子，一面和闺女们说着话儿。

"明天叔去公社的供销社上划玻璃，你去不去？"我问二闺女。

"去，我帮你挑来家。"

三闺女在旁边着急地说："我也去！"

我逗她："你去能干什么？"

三闺女："我和二姐把玻璃抬来家。"

身后房子的墙上，被扩大的窗洞已不成方圆，像张大嘴似的张开着。闺女们一点也不在乎我把她们的家弄成了这个样子。我们忙活的时候，正月子在地上玩着刨花。

天黑以前，窗框终于安上了墙，窗扇也装在了窗框上。窗框与土墙之间的缝隙被塞进一些碎土墼，再用和了麦秸、稻壳的稀泥填充抹平，整面墙都不一样了，整所房子都不一样了。我做的窗子还真的像回事。孩子们高兴得又蹦又跳。

第二天，为好带着大闺女去了一趟成集，去供销社里划玻璃。本来我是准备自己去的，为好死活不同意，说是让我在家里歇歇。我知道他是怕我惹出什么麻烦，所以也就算了。大闺女兴冲冲地把玻璃挑了回来，不禁气坏了二闺女、三闺女。安上玻璃以后，那窗户就更像窗户了。二闺女和三闺女当作镜子照了又照，她们又高兴起来了。

屋子里面就更不用说了。阳光透过窗户照射进来，一直照到了石灰水刷过的白墙上，比屋子外面还要亮堂。继芳对我说："这屋里亮得能瞧书了，没得事，你就瞧瞧书，不要整天地忙。"

考虑到她大字不识一箩筐，这话让我感慨了半天。

接下来是挖井。我特地选择了空地靠中间的地方，一镢头掘在了那条沙姜铺成的分界线上。镢头掘完，再用铁锹挖，最后用铁锹铲。挖出的土在我的四周堆成了一个圈。地面在升高，我却向下陷，就像是要把自己给埋了。这种感觉有点儿奇怪，甚至有一点点美好。

挖土的间隙，我站直了身子，稍事休息，身体的一半已经沉到地下去了。越过刚挖上来的新土打量兄弟俩家的园子，感觉真的不太一样了。

通向桥口的小路上，二闺女、三闺女正摇摇晃晃地走过来。她俩分别挎着一只篮子。二闺女的篮子大一点，三闺女的篮子则很小，都是一副很吃力的样子。到了房子前面的空地上，小姐妹掀起篮子往地上倒去，一些沙姜滚了出来。然后她们蹲下身，将地上的沙姜往沙姜堆上扔。那沙姜堆已经堆了两尺多高了。扔完沙姜，姐妹俩跑了过来。现在，她们和我几乎一样高了。二闺女平视着我的眼睛说："叔，还够不够啊？"

我说："不够，越多越好，再去捡。"

姐妹俩就带着空篮子又跑走了。

这会儿，正月子正在里屋的凉车子上呼呼大睡。

捡来的沙姜是准备镶嵌在井壁上的。当地不产砖头，也没有石头，就只好用沙姜代替砖石了。

继芳、为好他们收工回家，都跑过来蹲在坑边，看我挖井。这时候，我整个人都已经置身于挖开的洞中。抬头看去，"井口"上环绕着一圈面孔，有大人的，也有孩子的，个个都很兴奋。为好冲着下面大喊："兄弟，你上来，抽袋烟歇歇，我下去！"

说着他伸出一只手，我抓住后，为好又加上了一只手。四只手紧紧地握在了一起。为好的媳妇抱着为好的腰，继芳和大闺女拽着为好媳妇，大伙儿合力把我拉了上去。

为好撑着泥地跳了下去，操起铁锹就开始挖土。我搓着手上泥，继芳早已点了一袋烟，递了过来。为好媳妇回屋子里打来一盆洗脸水，递给大闺女，对她说："去，端去给你叔洗把脸。"

大围女端着脸盆走过来，对我说："叔，洗把脸。"

我说："不忙，不忙，先放地上。"

只见为好将黄苍苍的生土一锹一锹地递上来。只见锹头和黄泥，已经看不见他的脑袋了。

突然为好在下面叫了起来："兄弟，见水了！"

当地是平原地区，水网密布，地下水位很高，见水并不稀奇——平时挖一个三尺深的树洞都可能见水。但我还是很高兴，冲着下面大声地说："哈哈，胜利在望！老大，以后我们就吃这井里的水，用水在河里，吃用分开就不会生病啦！"

为好回答："兄弟说的是。"声音瓮声瓮气的，但听得出来他也很高兴。

挖井只用了一天的时间。然后戽干井里的泥水，将沙姜镶嵌在井壁上。我还用沙姜垒了一圈井栏，剩下的沙姜铺了一小块井台，一口有模有样的水井就修筑完成了。没有井盖，就用锅盖代替，盖在井口上，上面再压上两块土墼。这样，正月子他们玩的时候就不会掉下去了。

从那井里打上来的水，甘甜无比，也用之不竭。到后来，我们两家基本上都不用水缸装水了。用水桶打水是一种乐趣，孩子们尤其踊跃。

这天晚饭以后，我和为好去园子里转悠。我俩各持一杆旱烟袋，倒背着双手，并肩而行。

先是去了为好家房子的后面，那儿有一个积肥坑，气味很大。积肥坑边上，围了半圈玉米秸的篱笆，下面埋了一只粪缸，算是厕所。厕所后面的地荒着。我说："咱们把这坑给填了，种竹子。"

"那茅房呢?"为好问。

"买两个马桶,一家一个,就不用粪缸了。"

"在屋里拉屎?"

"在屋里拉比在外面拉要卫生多了,人粪也容易积攒。"

为好"嗯哪"了一声,表示同意。然后我看了看为好家的房子,说:"屋后面要挖一道沟,竹子的根会乱窜,破坏墙基。"

我们一路转到了园子的东边,那儿没有界河,紧挨着生产队的大田。我说:"东边种刺槐,刺槐好活,又有刺,可以当篱笆用。种上两排,连狗都钻不进来。"

"兄弟说的是。"为好说。

之后,我们又转到了园子的南边。我说:"南边可以种点正经树。我算了一下,这一条边至少可以种四五十棵树,以后盖瓦房就不用买木料了。"

"还要盖瓦屋?"

"要盖,但那是以后的事情了。"

"种什么树呢?"

"我还在想呢。"我说,"不过,家门口倒是可以种几棵楝树,楝树不生虫,长大了可以乘凉,夏天的时候在下面摆上小桌子吃饭,也不会有毛辣子掉进饭碗里。楝树根的皮煮水喝,还能打蛔虫。"

"你咋什么都晓得呢?"为好说,口气不无羡慕。

我说:"也没什么,都是书上看来的。"

为好叹了一口气:"还是识字好啊,不像我,年纪都一把了,算是白活了。"

"老大,你可别这么说,这个家还得你来当呀!"

"我不行,我不行。"为好说着竟然向后退了一步。

我继续着自己的思路:"可惜这里的树种有限,要是能弄到泡桐和梧桐就好了。泡桐长得快,又直,材料可以做飞机模型或者收音机的外壳,缝纫机的面板也是泡桐做的。梧桐就更不用说了。法国梧桐太漂亮了,南京的大街上到处都是,夏天的时候遮天蔽日,就像搭起了绿色的帐篷……"

我说得兴起,一时有点忘情。再看为好的时候,他已经不说话了。园子里这时已经完全黑暗下来,远处的房子里还没有点灯,显得阴沉沉的。水边倒是无遮无拦的,相对较亮。我和为好沿着发白的小路向园子的西边走去。

"这路的两边可以种上向日葵,大人伢子都有葵花子吃了。"我说,"河边上种蔬菜,浇起水来也方便。"

"不种麦子了?"为好问。

"不种了。咱们可以多种点生姜、辣椒,拿到成集街上去卖,有了钱再买粮食也是一样的。我算过账,比种麦子划算多了。"

为好惭愧地说:"我种了一辈子的地,也没有你晓得得多呵。"

我还是那句话:"没什么,都是书上看来的,也没有经过实践。自留地种坏了你可别怪我呀。"

"我欢喜还来不及呢。"为好说。


## 26

说干就干,我开始了种田实验(种自留地),兼带整饬园子。有关的知识自然都是书上看来的,也不知道是否有用。临下乡的时候,父亲曾经送了我几本有关农业生产的书,其中就有《科学种田》《怎样种蔬菜》《果树嫁接的技术》以及《养牛一百问》。那养牛的书如今是用不上了，种菜的书却很及时，至于种果树什么的就只有等以后了。好在我的规划是庞大的，前景是光明的，要干的事情非常多，只有一步一个脚印地来。

我也想过使用化肥，用120浸泡菜种，可惜这些玩意儿一时半会弄不到手，何况还得花钱，因此只好纳入未来的计划里。如今只有因地制宜，做一点力所能及的事。

这天，我领着二闺女、三闺女将辣椒苗移往西边河边的菜地。如今，我干活的时候都带着她俩，她们则拉扯着正月子。就好像我们是一个生产队，我是队长，孩子们是社员。也像是一个工作组，我是王助理，而他们是勤务员。有时候我也不必亲自动手，在旁边动动嘴，指点闺女们怎么干就行了。

二闺女、三闺女将辣椒苗每两棵栽入一窝穴里。栽好了一排，再栽另一排。两排辣椒苗对得整整齐齐的。看来姐妹俩以前就干过这活，不是栽辣椒就是栽别的什么。

我端详了一会儿，然后捡起一根树枝，将两排的四窝辣椒苗连起来画了四条线。"这是一个什么形状？"我问她们。

"方的。"二闺女说。

"真聪明！"

然后我起出一窝辣椒苗，往后移了约一寸，再栽下去。我将这窝辣椒苗和另外两窝辣椒苗连起来画了三条线，问闺女们说："这又是一个什么形状？"

"方的。"三闺女抢着说。

"不要瞎说！"二闺女说三闺女。但她也说不出是什么形状。

于是我就告诉她们："这是三角形，要像这样栽，一样大小的地方能多栽十几窝。记住了，三角形，有三个角，一窝辣椒就是一个角。"

姐妹俩把她们栽的辣椒苗都起了出来，按我的说法重新栽了一遍。

这时一群鸭子呷呷地叫着，从小河的一头游了过来。我是先听见鸭子叫才看见鸭子的，看见了鸭子这才看见了大秃子。后者拿着一根长竹竿，不断地拍打着水面，鸭子是被他赶过来的。

大秃子在河对岸走到与鸭群平行，到了我的正对面，仍没有停下。他边走边冲这边说："队长问为国去不去开会。"

"什么会？"我问。

"中央的文件下来了，去开会队上记工分。"

听到"中央文件"几个字，我心里动了一下，但也只是动动而已。这实在是不干我的事，还是指点二闺女、三闺女栽辣椒比较有意思。再没有比教会她们改变株距、行距更好玩的了。于是我对大秃子说："你告诉队长，我就不去了。"

大秃子"嗯哪"了一声，赶着鸭子走远了。呷呷的鸭叫声不绝于耳，最后完全安静了。耳边唯有乡村持久的寂静以及小锛刨土的嚓嚓声。

我对姐妹俩说："等年底辣椒卖了钱，叔给你们做新衣服。"

二闺女说："我要做红褂子。"

三闺女说："我也做红褂子。"

"成。"我说，"叔给你们做红褂子过新年。"

中午吃饭的时候，我端一碗山芋稀饭走到门外，在门口蹲下来。为好也端了一碗山芋稀饭，从他家的堂屋里出来，在门口蹲下来。我俩各自捧着饭碗，边吃边说闲话。这几乎已经成了惯例。

只听为好说："林秃子带了一群老婆爬上飞机，得了瘟病出汗，架不住从天上掉了下来，林秃子的三叉骨都摔断了……"

说的自然是会上传达的事，我听了不禁吃惊。所谓的"林秃子"自然是指林彪，那可是毛主席最亲密的战友和接班人呵。其他的内容我则百思不得其解，想问为好，但知道问了也是白问，还不如自己慢慢地琢磨。

我边喝稀饭边苦思冥想，转动着手上的饭碗，嘴巴凑在碗沿上。就这样左转一下，右转一下，碗边上较凉的稀饭就被我吸进嘴里去了。喝稀饭可是一门技术，如今我已是熟能生巧。半碗山芋稀饭下肚以后，我突然有些明白了，不禁笑出了声音。

"你笑什么？"为好问。

"怕不是一群老婆吧？是叶群，林彪的老婆叫叶群。"我说。

为好"哦"了一声，似乎也明白了。

我又说："也不是三叉骨断了吧？是三叉戟飞机，飞机是三叉戟的。"

"什么？"

"三叉戟是飞机的一种型号。"

为好又"哦"了一声。

只是这"得了瘟病出汗"我怎么也想不通，但无论如何林彪是完蛋了，还有叶群。我抑制不住内心的激动，对为好说道："老大，真是大快人心啊！"

对方答非所问地说："你没去开会，比我们晓得得还清楚，真正是秀才不出门……"下面半句话为好怎么也想不起来了。

这时继芳走了过来，拿走了我手上的空饭碗。为好媳妇也拿走了为好的空饭碗，我和为好的手上只捏着筷子。我把话岔开了，说："老大，什么时候弄点儿水泥，咱们砌个沼气池子。这沼气的好处……"

为好说："你咋说咋办。"

继芳将装满山芋稀饭的碗递给我，为好媳妇也将为好的碗递给为好。我们分别接过热气腾腾的山芋稀饭，稀稀呼呼地吃起来。

晚上睡觉的时候，我又问了一遍会上传达的事，总算继芳比为好说得周全，我完全听明白了。林彪企图暗杀毛主席未遂，仓皇出逃，所乘的飞机坠落在蒙古一个叫温都尔汗的地方。这应该是去年九月份的事，到现在已经有一年多了，消息才传到大范。虽说是有中央文件的正式传达，听上去却像小道消息一样不清不楚。真是山高皇帝远呀。

但无论如何，我都觉得应该庆祝一下。如何庆祝？一时却想不起来。大张宴席吧，不太现实。现在正是"创业"阶段，家里很穷，能有山芋稀饭喝就已经很不错了。况且无论继芳还是为好，都会觉得这事儿和自家无关，又不是红白喜事，干吗花那个闲钱？也没有那个闲钱呀。想来想去，我觉得只有睡觉，和继芳痛痛快快扎扎实实地睡上一觉，也算是尽到心意了。

于是等正月子睡着以后，我就爬到了继芳的身上。继芳自然不明白我的心思，还以为和以前一样呢。我的动作不免有些粗鲁，身下的继芳说："慢点个，慢点个……"这让我很不痛快。

什么时候她讲究起来了？是不是正月子睡在边上，她觉得对孩子的影响不好？以前，继芳可不是这样的。她会说："没得事，伢子睡得死。"也许今天我的动静的确是大了点。但不如此就无以表达我的心情呵。

我在继芳的耳边说："林彪完蛋了。"

她就像没听见，一个劲地让我慢一点。甚至还用手推了我一把。

"你这是怎么啦？"我说，真的有点生气了。

继芳不做声了。过了一会儿，她说："我有喜了。"

这话真管用，我马上就不动了，压在继芳的身上琢磨着"有喜"是个什么意思。这意思我当然是明白的，但就像不明白一样，脑袋里一片空白，或者说思绪纷飞也行。然后，我又动作起来了，心里想着"有喜、庆祝、庆祝、有喜……"。不争气的凉车子哗哗直响，就像是快要散架了。

终于完事，一阵强烈的寂静袭来，脑袋里的空白就真的成了空白了。墙角处，一只蟋蟀唧唧地叫起来。继芳嗔怪地说："你疯魔了不成？让你慢些个……"

"你怀孕了？"我问继芳。

继芳"嗯哪"了一声，算是答应。

"什么时候的事？"

"有两个月了。"

我披了件衣服坐了起来，找出烟袋，划着火点上。我边抽烟袋边思索着。凉车子的里面，正月子睡得横了过来，一只脚搭在他妈的肚子上。这么大的动静，他居然没有被吵醒。继芳蜷起身子，将脸贴住我大腿的外侧，一只手摸弄着我的下面。她问我说："你不喜欢？"

显然，她指的是怀孕的事。我没有回答。抽完一袋烟，我又装了一袋。这时候继芳蹬了正月子一脚，把他蹬到床里靠墙的地方去了。正月子在梦里面模模糊糊地喊了句："妈，妈，你吃啊……"大概是梦见了什么好吃的东西，让他妈来吃。

真是一个懂事的孩子，只可惜生在了穷人家里。难道说，我的孩子也会这样吗？做梦的时候都会喊他妈吃东西。这是好事还是坏事呢？是幸运还是不幸？

后来，继芳也坐了起来。她光着身子，挨近我说："有一件事，说了你不要不高兴。"

我说:"什么事?你说。"

继芳说:"邵娜在和大许处对象。"

说完,继芳用眼睛看着我。黑暗中,她的眼白隐隐地闪着光。

"你不高兴了?"

"我有什么不高兴的?他们的事和我没关系。"

"像是说气话呢。"继芳说着伸过来两只手,抱着我,一面说道,"说是他们是抽到大队上排节目的时候处上的,排好了还上公社、县里去演呢。唉,邵娜也够不容易的,你就不要生她的气了。"

我感觉到自己的僵硬,继芳的身子因此就更显得柔软了。比身子更柔软的是她的话。这个女人呀,身上最硬的部分就是那双手了。她的肚子里正怀着我的孩子。

## 27

第二天,我没有去自留地上干活。继芳他们上工以后,我带着一本书,来到房子前面的草堆下。我背靠金黄的稻草堆晒太阳,一面翻阅着手上的书,书名是《怎样种蔬菜》。说实话,我一个字也没看进去。要是我对书的内容有兴趣,早就去自留地上劳动了。种蔬菜可不是看看书就能种出来的。

书页反射着阳光,刺得我睁不开眼睛。后来我干脆不看了,任凭身体下滑,半躺在稻草上面,将那本打开的书合在脸上。真舒服呀,鼻子里充满了稻草温暖的气息,光脚丫子享受阳光的轻抚。我不禁想,如果能永远这么躺着那该有多好啊。

光线变得有些暗淡了,那不是云,而是孩子们——二闺女、三闺女带着正月子站在前面,把阳光挡住了。我听见二闺女说:"叔,今天不做田了？"

"不做了。"我回答。

二闰女问我："那今天干什么呢？"

"不干什么。"我说，"今天休息，你们带正月子到一边去玩吧。"

光线再次变得明亮起来，小股的风穿梭于脚趾之间，凉飕飕的。孩子们离开了。

我开始胡思乱想。那大许是什么时候看上邵娜的？总不至于陷害我是为了得到邵娜，是他计划的一部分？那样也太险恶了吧？为什么继芳早不说晚不说她怀孕了，偏偏选择这时候？到底是他们恋爱在先呢，还是继芳怀孕在先？继芳同时告诉我这两件事，是否觉得她怀了我的孩子我就不会在意邵娜和大许谈恋爱了？或者说，邵娜和大许谈了恋爱我就只有死心塌地和她养活孩子过日子了？难道说继芳也在和我耍心眼？

正思绪纷飞的时候，耳边响起一阵扑簌簌的稻草声。我掀开盖在脸上的书，空嗵一声二闰女就跳到了前面来。她发出一声尖锐的叫声，两手张开，猛地向前一扑。"叔，你害不害怕？"二闰女问我。

我眯着眼睛笑了笑，把书又盖回脸上去了。

二闰女见我不理她，就又说："叔，正月子在你们家的堂屋里屙了一泡屎。"

"让他屙好了。"我说。

二闰女没趣地走开了。

我在稻草上翻了个身，盖着的书从脸上滑落下来。我也懒得去捡，就用胳膊挡着脸，准备实实在在地睡一觉。正有点儿迷迷糊糊，又是一阵喧闹传了过来。不过距离较远。

只听三闰女说："二姐，芦花鸡今天还没下蛋呢。"

二闺女说:"你把它抓来让我摸摸。"

然后她们就跑了起来。尖叫声,母鸡咯咯的叫声、扑翅声……只听咚的一声,不知是谁摔倒了。三闺女扯开了嗓门大叫:"姐,我抓到了!"

"让我来摸摸它屁股。"二闺女说,走了过去。

过了一会儿,二闺女开始叫正月子:"正月子,你也来摸一下。"

正月子说:"我不,不……"

三闺女叫道:"二姐叫你摸你就摸!"

又过了一会儿,三闺女喊了起来:"哎哟喂,正月子摸到了一泡鸡屎!"

正月子哭了起来。又是鸡叫声、扑翅声、跑动声,大概那只鸡被他们放跑了。只听二闺女喝叫道:"不许哭,再哭我打你个小逼养的!"

正月子哭得更凶了。

难道说,我的孩子就要出生在这样的地方?从小抓鸡玩,把它们撵得又飞又跳?还要把手伸进鸡屁眼里去摸鸡蛋,摸着的却是一泡鸡屎?难道说,他也会把屎拉在堂屋里,而不是厕所的抽水马桶里?被人扒开开裆裤,随便用鞋底一擦就完了?或者唤来一条狗,撅起屁股让狗舔?他和那狗还好得不得了。自然也有人骂他小逼养的,用烂笤帚猛抽他的屁股……这些看来都免不了的。然后我想到,大许和邵娜将来也会有孩子的,不知道他们的孩子将来又会是怎样的……

## 28

文艺宣传队的节目终于排练完毕,去公社参加汇报演出之前要在大队上先演一场。晚饭后,老庄子上的人呼儿唤女,夹着小板凳、扛着长板凳从各家的桥口出来,争先恐后地前往大队部看节目。为好一家走得很早。这次不比上次批判罗晓飞,没有掩护我的任务。临出门前,为好跑过来对我说:"我们家先去占地方,你们家快点个。"

我和继芳天黑才上路,因为怕碰见村上的人。此时出行虽然已没有任何危险,但如果碰见熟人我还是会觉得不自在的。知道没有必要,我还是戴上了那顶草帽。然后继芳抱着正月子,我们一家三口就出了园子。我仿佛听见有人议论说,"天都黑了,没有太阳,他还戴草帽。"但也顾不了那么多了。

离大队部还远,就听见了人声。等走到近处,只见树丛后面的空地上灯光雪亮,照耀着一片黑黢黢的人头。那灯光可不是油灯发出的,也不是电灯,比电灯还亮。大队部房子的前面竖了一根柱子,柱子上面挂着一盏汽灯。一群孩子围绕着柱子,仰着脸,张着大嘴,就像是在接饮青白的光线……

房子的屋檐下挂了一条横幅,上写"庆祝无产阶级革命文艺路线胜利万岁!",红底白字,异常醒目。没有高出地面的舞台,有人用粉笔在地上画出一块地方。并没有人拦着,但谁也不敢越雷池一步。粉笔线的外面是泥地,里面也是泥地,没有任何不同,但就是有什么不一样了。绕着粉笔线外侧,大伙儿坐在板凳上、土墼上。也有的地方空着,放了一把稻草或者一只烂鞋子,那是占地方用的。

我们来得迟,一时半会儿找不到为好他们,于是就站在人群后面。我将正月子扛在肩膀上。继芳伸长了脖子,不时地向上蹦跳两下,好越过人头看见前面。并没有人注意到我们。我的心情不由得大好,毕竟很久没有出门了,况且这样喜庆的场面也不是天天都能见到的。

然后一阵锣响,鼓声咚咚,演出开始了。一队青年男女从大队部的房子里快速地踩着碎步,鱼贯而出。他们穿着军装,戴着军帽(没有领章帽徽），腰上束着人造革的皮带，脸涂得就像猴子屁股一样，既红又白。无一例外，都是浓眉大眼、血盆大口。一时间，我真的认不出谁是谁来了，只觉得个个漂亮，不像是凡人。

他们的手上都拿着一把大刀，挥来砍去的，动作整齐划一，也不怕伤着旁边的人。看来那刀不是铁做的，而是木头的，上面涂了颜料。一面舞蹈一面齐声高唱：大刀向鬼子们的头上砍去……

我好不容易才认出了邵娜。倒不是她的模样与众不同，或者表演出色，而是她处在领舞的位置。我没有发现大许。

第二个节目是芭蕾舞剧《红色娘子军》的片段"常青指路"，大许这才出现。

这是一段大许和邵娜的双人舞，"舞台"上只有他们两个人。我不禁怀疑，这是他俩故意设计的（宣传队里只有他们是知青，负责节目的编排指导）。自然不会是针对我的，但这样的表演无异于当众向大家宣布他们的关系。就算大许和邵娜什么关系都没有，这次演出后也必然有了关系。就算他们自己没有这么想，大范大队的人也会这么想的……

只见扮演洪常青的大许摆出一个弓箭步，一条腿前弓，一条腿落在后面。扮演吴清华的邵娜跳到了大许弓起的腿上。大许的一只手臂弯过来，紧紧地抱住邵娜的大腿。邵娜身体尽量前倾，一只手向前方指去。这一造型足足保持了有一分钟。据我所知，"常青指路"里根本就没有这样的情节，这大概属于他们的再创作吧？

然后邵娜跳了下去，两个人拉着手，高兴地又蹦又跳。踮着脚尖，就像脚有毛病似的。那泥地有多硬呀，鞋子也就是普通的解放鞋，他们竟然跳芭蕾，竟然也能跳得起来的。不知道是因为担心邵娜的脚，还是痛恨她在人前丢人卖乖，一股怒气从我的心里油然升起，想着话竟然说出了口。"这么硬的地，居然跳芭蕾，真是活丑！"

继芳回过头来问："他爹，你说什么？"

"没说什么，我们回去吧。"

继芳居然撒起娇来，扭着腰说："不嘛，再看一会儿嘛。"这动作我从没见过，大概继芳也受到了舞蹈的感染。

我将正月子从肩上抱了下来，他非常的不情愿。"不要，爹，不要……"

我还是把正月子交给了继芳，对她说："那我先走了。"

"你真不看了？"继芳接过正月子。

"不看了，困得很。"

继芳再没有说什么，转过头去，抱着正月子又看上了。

继芳没有挽留我，也没有和我一起走，这在以前是绝对不可能的。我既感到轻松，又有一点失望。然后我就挤出了人群，出了大队部园子的桥口。

身后鼓乐齐鸣，小镲锣敲得当当的，二胡拉得叽里哇啦。在观众的一片喝彩声中我来到了前面的村道上。眼前的田地里一片漆黑，只是路边的小河里偶尔会闪过一丝波光。突然我觉得疲惫极了，想休息一会儿再走。于是就找了一丛条柳，在旁边蹲下，取下了腰上旱烟袋。

村道上面连条狗都没有，更不用说人了。而我的身后，演出仍在继续。我发现，蹲在这里听比直接用眼睛看要有趣多了。那乐声、人声和演唱已融为一体，就像是从很远的地方传来的，但其实就在旁边。我低着头，听着身后的演出，只是在想抽烟的时候抬起头来，抽上一口。

当我再次抬头的时候，发现一个人站在我前面。我不由自主地站了起来，原来是邵娜。她仍然化着妆，一张大白脸朝向园子的方向，被描画过的眉眼尤其突出。邵娜眼波闪动，正在看我。我连忙收起旱烟袋，转身准备离开。邵娜上前一步说："晓飞，你别走，我有话要说。"

我一个激灵，这名字已经很久没人叫过了。邵娜竟然叫得那么自然，过于自然了，就像我天生就是罗晓飞一样。我不由得站了下来，问对方："你有什么话？"

"其实也没有什么话。"邵娜说。

既然如此，我还是走了吧。看见我犹豫不决的样子，邵娜又说："就是问你好不好。"

我说："好又怎么样？不好又怎么样？"

"你过得好，我就放心了。"

真让我无言以对。正想着是不是真的应该走了，听见邵娜说："有什么事要我帮忙的，就说一声。"

"我们没有什么事情要帮忙。"

"我们。"邵娜轻轻地重复道。

这回，我肯定是要走了。正当我抬起脚来，转身要走的时候，眼前突然就黑了下来，简直是漆黑一团。邵娜的白脸也暗了下去，一瞬间后缩了，退得很远很远。原来是大队部园子里的汽灯熄灭了。黑暗之中，嘈杂的人声像潮水一样地灌进耳朵里。我正琢磨着是怎么回事儿的时候，悠扬的口琴声响了起来，吹的是《东方红》。与此同时，园子上方的半空中出现了一点红光，像鬼火似的飘飘忽忽。

"那是什么？"我问。

"人造卫星。"邵娜说。

"人造卫星？"

"是我国发射的第一颗人造地球卫星。"

突然我就明白了，这仍然是在表演节目，想必又是大许玩的花样。但我还是觉得奇怪。

我问邵娜："大许这家伙是怎么弄的？"

邵娜回答："小伎俩，用一块红布包着手电筒。"

原来是这样呀。

汽灯重新点燃的时候，我发现自己和邵娜靠得很近，不知道什么时候她已经到了我边上。我赶紧向后退了一步。

大队部房子的前面，仁军正扛着大许跌跌撞撞地兜着圈子。仁军边跑边喊："人造卫星！人造卫星！庆祝我国第一颗人造卫星发射成功……"上面，大许高举着一只手电筒，嘴巴里塞着一把口琴，吹得呜啦直响。他还得扶着仁军的头，免得自己摔下来。不过效果倒是奇好，观看节目的大人、孩子都跟着仁军拼命地大叫："人造卫星！人造卫星！……"叫喊声把大许的口琴声彻底盖住了。

我对邵娜说："我真的要走了。"

这次她没有阻拦我，只是说："记住啊，有什么事情要帮忙，说一声。"

我走出几步，想着邵娜仍然站在那里，就回过头去看了一眼。她果然待原地，正在朝我看呢。于是我又走了回来，问邵娜说："你们是不是要去梦安演出？"

"要是在公社上被选上就去。"邵娜回答。

"要是你们去梦安演出，帮我去县林场问一下，看能不能买到泡桐树苗？"

"什么树苗？"

"泡桐树苗，就是焦裕禄在兰考种的那种树。"说完，我就走了，再也没有遗憾了。要说的话都已经说完了。

29

继芳的肚子已经明显地显了出来。按我的意思,她就别去生产队上劳动了,保胎要紧。可家里总得有人挣工分呀,况且孩子马上就要出生,添人进口的,总不能坐吃山空。好在现在是农闲时节,队上也没有什么要紧的活,礼贵非常照顾继芳,每天点完卯,她就可以回家歇着。可继芳是一个闲不住的人,就算是在家也不可能躺在床上睡觉,总得找点事情干干。

我改造园子的计划仍在进行中,甚至比以前更加紧迫了。这都是因为孩子即将出生,那可是我的孩子,得努力为他创造一个好一点的环境。此刻是冬天,我的主要任务是植树。按照计划,家前屋后我大概栽了一两百棵树。别看它们现在光秃秃的,像根棍子似的戳在那儿,在我的眼睛里,园子里已是枝叶繁茂,一派郁郁葱葱——这一美好前景是可以想见的。

这天,继芳上工后不久就回来了。她的肩膀上扛着一捆树苗。离得很远,我就认出了是泡桐。虽然当地没有泡桐,但有关的书我已经研究过很多遍了。

看继芳累得气喘吁吁的,我没有责备她。接过树苗,我将它们扛到园子南边的小河边上,然后开始挖树洞。继芳也没有回屋子里歇着,我栽树的时候她就在旁边帮忙。二囡女、三囡女见继芳帮我,就带着正月子跑到一边玩去了。如今,干活的新鲜劲儿已经过去,囡女们帮我基本上是迫于我在她们中树立的威信,能偷懒自然是要偷懒的了。

我挖坑,继芳分树苗。我填土,继芳扶住树。我去河边拎水准备浇树时,继芳就用鞋底将喧土踩踩实。我俩配合得很默契,栽树的进度也很快。边干活我边和继芳说着家常话儿。

"树苗钱给邵娜了？"我问。

"她不要。"

"不要也得给呀，不然下次怎么让人家帮忙呢？"

继芳不说话了。我看了她一眼，说："是不是家里没钱了？"

"家里什么时候有过钱呢？"

这倒是。我改造园子、增加产出的计划目前还没有什么收益，不仅没有挣到钱，反倒贴进去不少。贴进去的那些钱，按照老庄子上人的说法，是从鸡屁股里抠出来的。家里养了几只鸡，下的蛋舍不得吃，赶集的时候拿到成集街上去卖，换一点油盐钱。那个"油"可是点灯的油，不是炒菜的油。平时炒菜根本就不放油，也基本上没菜可炒呵。老庄子上人的日子都是这么过的，这么对付的，除了点灯和吃盐巴就可以不花现钱了，也没有现钱可花。这不免是一种恶性循环，日子于是越过越穷，越穷就越是不思改变。我的想法是打破这一格局，将那点可怜的现钱用于扩大再生产。如此一来，我们家的日子就比村上其他人家还要穷了。

这个道理继芳自然是明白的，但她信任我，或者说是由着我。但每次提起钱的事情来，还是会面露忧虑之色，这我也是可以理解的。

我安慰继芳说："面包会有的，牛奶也会有的，今年咱们多种点生姜就有现钱了。年前卖辣椒，不是得了一些钱吗？如今的生姜行情看好，我已经打听过了。这泡桐也长得快，三五年就成材了，我们还要养猪、养鸡……"

"这鸡不是养着吗？"

"品种不行，饲养方法也成问题。"我说，"回头你跟邵娜说一声，让她帮咱们搞点新品种，还有养鸡、养猪方面的书。"

"我说不清楚，还是你自己跟她说吧。"

"没关系，我写下来，你交给邵娜就是了。"

自从上次看演出见过邵娜，我再也没有见过她了。但我们之间的联系已经恢复了。每次都是继芳去找邵娜，托她去梦安的时候帮我们捎点东西。继芳和邵娜相处得不错，这有点出乎我的意料，但也在我的意料之中。继芳似乎在故意把我和邵娜拉近，而邵娜似乎碍于继芳的情分，故意不再和我接触。真不知道她俩在搞什么名堂。当然了，我也没有机会或者说是愿望走出园子。

这时候起了一阵风，把继芳的大襟棉袄吹得紧贴着身子，她的腰身完全显露出来了。继芳吐着唾沫，大概是有土吹进了嘴巴里。看继芳别着头，因躲避风吹三角头巾飘起来的样子，我不禁有些心疼。"继芳，没去过梦安吧？"我问。

"没。"继芳说，似乎有一点害羞。

"想不想去呀？"

"没事去那儿干啥呀？"

"这回，咱们去县里的医院里生孩子，你说好不好？"

继芳龇牙一笑，说："费那么大的事，划不来，我们在家生。"

我说："你不想去县城里看看？"

"想。"她说，声音很小。

"那就去县城的医院里生。"

看得出来，继芳的心思有些活动了。但嘴上却说："人家会笑话的，我又不是没生过伢子，正月子就是为巧他妈接应的，村上的伢子都是他妈接应的。"

我说："那样不卫生。"

"我又没那么金贵，你没听人家说过，农村人生伢子就像母鸡下个蛋?"

这是什么话呵。我瞪大了眼睛看继芳,看了好一会儿,一时间心情变得异常复杂。

继芳像个没事儿人似的,"他爹,快些个,还有一半树苗子没栽呢。"她说。

"不行,这回我们一定要去县医院里生!"

"没有上医院的钱呢。"

"卖了生姜就有钱了。"我说,"我算过了,你是八月临盆,七月,我们就把生姜给卖了。"

"哪有这么早卖生姜的?"

"早卖卖的是嫩姜,反而比卖老姜来钱。"

"生姜还没有种呢。"

"种起来那还不容易?"

"你的伢子随你。"继芳说。

## 30

七月下旬的一天,我真的去成集街上卖生姜了。之所以没让别人去卖,是怕他们不懂行,卖不出一个好价钱。

一大早,我就将生姜从地里起了出来,抖掉上面的泥,装进了扁筐里。然后,戴上为好的草帽,换上为国的衣服,就挑上担子出了桥口。脚下也换上了为国的解放鞋。这身行头我一直保存着,衣裤上面缀满了补丁,就像铠甲一般,套在身上让我觉得非常安全。

天还没有亮,一路上只闻狗叫,不见人影。快到成集的时候,路上才看见了一些行人,和我一样,也都是去成集街上赶集的。没有看见大范大队的人——他们被我远远地甩在了后面。这时候太阳出来了，照着前面的担子黄灿灿的，那是我的生姜。我回头一看，后面的担子也黄灿灿的，依然是我的生姜。

我已经有一年多没有离开过老庄子了，甚至没有离开过兄弟俩家的园子。那次去大队部看演出除外，那也是在晚上，况且也没有走这么远。因此除了很久没有挑担子，肩膀磨得有点疼，心情还是很愉快的。

到了集上，我卸下担子，将两只扁筐里的生姜合并到一只扁筐里。实筐子往空筐子里一套，扁担往地上一横，我往上面一坐，就开始卖生姜了。草帽檐儿自然拉得低低的，眼睛从脱线的地方向外看。

成集街依然是成集街，这集也依然是集。只是以前赶集，我在土街上挤来挤去地看热闹，这次却蹲在街边卖东西，视野自然不同。以前我看见的是满街的人头，这会儿看见的是无数只脚。穿什么鞋子的都有，老头鞋、懒汉鞋、解放鞋、草鞋、绣花鞋、人字拖，也有光脚丫子的。无数的脚杆在我的眼前晃来晃去，有的站住了，一个声音便自上而下地问我生姜的价钱。

"生姜怎么卖？"

"三角五一斤。"

"这么贵？二斤顶一斤肉的价钱了！"

"这可是嫩生姜，早上才挖的，不比老生姜。"

只要站着的人不蹲下来，就不是成心想买。他们不过是被这独一无二份的生姜吸引了，看着新鲜晃眼，随口问问。我也懒得多说，沉默是金。

我已经拿定了主意，价钱坚决不降，哪怕再挑回老庄子。卖东西其实和别的事一样，万事开头难，只要有一个人买了，下面就好办了。

快到中午的时候，总算有一个人蹲下身来，伸手在筐子里翻动生姜，一面用指甲掐着。"便宜点。"那人说。

"三角五一斤，少了不卖。"

"这泥都没有洗掉，占多少分量呵！"

"生姜哪能洗？早上刚起的，怎能不带泥！"

"便宜点。"那人说着就去摸腰包了，我就更不可能降价了。"要不是我家属喜欢吃泡菜，买点个嫩姜撂在坛子里泡泡，这么贵我就不买了……"

他啰里啰唆的，一副很不甘心的样子，在生姜前面蹲了很久。这样更好，又一些人围了过来。

买我生姜的没有农民，都是成集街上的人。这就对了。要是农民，生姜这么贵也的确买不起，就算买得起也不知道怎么吃。街上的人毕竟有钱多了，嘴巴也刁，知道尝鲜。卖姜就要卖给这样的人。

当街上的人围拢过来，不一会儿我的生姜就卖完了。这时候我有两个选择，一是饿着肚子走十里路回老庄子上。二是去工农饭店里吃一碗面。也是很久没有出门了，加上生姜卖得很顺利，心里高兴，于是我就挑着空担子向土街里面走去。自然很怕碰见熟人，尤其是其他大队的知青和人保组的人。但我转念一想，就算是真的碰见了，人家也不一定就能认出我呵。

刚才买生姜的就有一个文化馆的老赵，是个老右派，也是从南京下来的。以前，在成集街上碰见老赵，离很远他就会向我打招呼。他不是也没有认出我来吗？这种你认识他，他不认识你的感觉有点奇怪，就像他在明处，你在暗处，或者他在演戏，你在看戏。买完生姜老赵就走了，我还没能仔细体味一番呢。总之这会儿我很怕碰见熟人，又的确想碰见什么人，心情有点兴奋和复杂了。

走进工农饭店,果然不出所料,一帮知青已经在那里了。仍然是拼了桌子,沿桌边坐了一圈,烟雾腾腾的,瓜子皮乱飞。情形和一年多以前几乎一模一样。不同的只是季节。那会儿大家都穿着大棉袄,此刻则一概单衣单裤,有的只穿着汗衫,脚上趿拉着拖鞋。我本能地将草帽往下面拉了拉,去窗口买了面条菲子,然后从相邻的窗口里端出一碗面条。

我将面条端到离他们很远的一张桌子上,低头吃起来。吃了两口,猛然意识到,我坐的桌子就是当年三号勤务员坐的桌子。当时那条大黄狗就卧在桌子下面,眼巴巴地看着主人。而此刻桌肚下面空荡荡的,只有几只苍蝇绕着我的脖脖子在飞。

我背对知青那桌而坐,地上放着扁担和空筐子,边吃面条边竖起了耳朵。只听老于(声音)说:"那李庆霖胆大包天,竟然给老人家写了一封信,他这一把算是赌对了。"

另一个声音说:"他这也是为了自己的儿子,没有办法的办法。"

老于说:"老人家不仅回了信,还随信寄了三百块钱,说是聊补无米之炊,这是原话。"

又一个声音说:"三百块钱,够我们苦年把两年的了。"

老于说:"老拐,你真是鼠目寸光,光盯着那三百块。三百块钱事小,这封信的意义重大呵!"

我想起来了,说话的人是李秦淮,他的外号叫老拐。因为小时候得过小儿麻痹症,走起路来一拐一拐的。这家伙在知青中以精明著称,但按老于的话说,那是小聪明。这时候老拐问老于:"有什么意义?"

只听老于咕咚咕咚几声喝了两口茶。他说:"信上不是说了吗?全国此类事甚多,容当统筹解决。也就是说,我们知青的事中央要着手解决了，不能让下面乱来了！"

这番谈话听得我心乱如麻。中央要着手解决我们知青的事了，不能让下面乱来了。"老人家"（毛主席）亲自写了信，那可是最高指示呵，谁敢违抗？就是王助理也没有这个胆呀。可是，可是……这里面似乎存在着一个问题，就是我还能算是一个知青吗？中央要着手解决"我们知青"的事，是否也包括解决我的事呢？

答案随后出现了，不能算，我已经不能算是知青了。中央要解决的事也是和我毫不相干的。如今我叫范为国，再也不是罗晓飞了。我就是那个卖生姜的人，卖了钱好送媳妇去县医院里生小孩……如此一想，渐渐地我就平静下来了。甚至比听到消息以前还要平静。

我极其平静地端起了面前的碗，开始喝面汤。突然意识到，老于他们的谈话也已经停顿了好一会儿。然后，老于又开腔了："那家伙是谁？莫非是人保组的探子？"

板凳声响，一个人离座步调奇怪地走到了我前面。透过草帽的脱线处，我认出是老拐。他站在离我一尺来远的地方左看右看，还把身子弯下来，想看清我的脸。"你怎么这么面熟？我们是不是在什么地方见过？"老拐说。

"没有，没有，我是卖生姜的。"我用当地话说。

老拐将信将疑，又上上下下地看了我几眼，这才拐着腿走回去了。

我赶紧起身，挑上两只扁筐，出了饭店的门。跨出门槛的时候，听见一个知青说："肯定是王助理派来的，化装成卖菜的二哥了。"

"怕他个鸟！咱知青大爷就要翻身得解放啦！"老于冲着我的背后大声地说，很明显是在挑衅。

## 31

礼九套上牛车,送继芳去十里路外的梦安县城生孩子。整个老庄子都轰动了,村上的人纷纷跑出自家的桥口看热闹,或者说是为我们送行也行。继芳挺着大肚子,背靠着车厢栏杆,满脸的幸福。我则破帽遮颜。乡亲们一直尾随我们到了小阳河堤上。

那闺女的确老了,车拉得奇慢无比,比人走也快不到哪里去,甚至比人走还慢。一路上,礼九拿着一根带叶子的树枝,只是吓唬闺女,并没有真的抽下去。牛车既慢又摇,发出嘎吱呀嘎吱呀的声音,就像快要散架了。这样的牛和车,即使是在这穷乡僻壤也算是真正的古董了。

在村上的时候,我不好意思是因为继芳的大肚子。离开了老庄子,仍觉得难堪,则是因为这辆车了。何况我们的目的地是梦安,那可是一个大地方,因此越走我越觉得不自在。可不这样也不行呀。前往县城的班车还没有通,队上又没有其他的交通工具。总不能用凉车子把继芳抬到梦安去吧?那样就更不成体统了。

想当年,我们一伙知青进村的时候,也是坐的这牛车,驾车的也是礼九。几男几女,挤在车厢里,背靠着行李。邵娜干脆躺在了车上。环顾四周,一片碧绿的乡野景象,邵娜看见的则是天上流过的白云吧?那是怎样的一种心情呢?邵娜说:这样真好,就像躺在一只大摇篮里。她说出了大家的心声。那会儿我们不仅不觉得羞愧,反而感到无比自豪,真想让那些留在南京没走的人看见我们,看见这辆牛车。如今不免是物是人非,心境也已然不同了。

一阵睡意袭来,在牛车的颠动中我睡了过去。

当我再次睁开眼睛，牛车已经过了梦安东面的东风大桥，正走在县城的大街上。

闺女仍然走得很慢，不禁引起了围观。县城里的人从自行车上跳下来，推着车跟在我们后面。孩子们管不了那么多，走过来摸牛、摸车。也难怪，他们没有见过呀。县城里的人目光烁烁地盯着牛车和上面的人，一直看向了继芳的大肚子。

继芳也在朝他们看，脸上的表情既害羞又有一点吃惊，远没有闺女来得安详。我还是老一套，把草帽帽檐拉得更低了。这顶草帽还真管用，越破越管用，不仅能让人认不出我，即使本来就不认识的人也无法透过它看出我的惭愧。

这时候继芳说起话来了。"哎哟喂，这么多的人，尽是瓦屋……"

我没有答她的腔。

礼九不愧是老把式，走南闯北的，此时处惊不乱。他旁若无人地问继芳："继芳，头一次进城吧？"

"嗯哪，大姑娘上轿头一回。"继芳说。

"咱闺女也是头一次进城，沾你的光啊！"

继芳笑了，不再那么紧张了。

我们被县城里的人簇拥着走进县医院的院子里，我扶继芳下了牛车。礼九在院子里等着我们，我搀着继芳进了门诊部大楼的门。

继芳走进妇产科接受检查的时候，我就坐在外面的椅子上等着。大楼里虽然也有不少人，但毕竟没有外面的多。况且大家都是来看病的，没有谁特别注意到我。于是我稍稍放松下来。

走廊里非常阴暗，有股怪怪的消毒水的气味。一头的偏门开着，冷飕飕的风穿了进来。因为无聊，我想起来抽一袋旱烟。取下烟袋后又想，在这里抽烟是否合适？对面的椅子上坐了一个男人，正在抽烟，但看打扮是县城里的人，抽的也是纸烟。在这儿抽旱烟是否合适？其实，我的身上揣了一包大前门，在胸口焐得热乎乎的。但那是准备送给医生的，不是给自己抽的。

正东想西想的时候，妇产科的门开了，一个穿白衣服的护士探出半个身子，问："谁是徐继芳的家属？"

我说："我是。"

医生是个小伙子，戴着一副眼镜，穿着白大褂（比护士的白衣服要长）。我进去的时候，他正用蘸水钢笔在一张处方纸上写着什么。继芳从一架屏风后面转出来，很不方便地系着裤带。我们互相看了一眼，但没有说话。

我小心翼翼地在桌子前面的凳子坐下来。坐了好一会儿，医生这才说道："公社。"

"什么？"我问。

医生抬起头来，面无表情地看着我。他又说："公社。"

突然我反应过来，这是一个问题，一个提问，并且是针对我和继芳的。我赶紧回答："成集。"

医生低下头去，大概是在纸上写"成集"二字。然后他又说："大队。"这回没有抬头看我。

"大范。"我说。

"生产队。"

"大范一队。"

"成分。"

"贫农。"

医生第二次抬起头来，脸上总算是有了一点表情，但说不上来是什么表情。说话的句子也长了许多。"你们为什么不在村子里找一个接生婆,大老远地跑到县医院里来凑热闹?"说着用手拉了拉挂在脖子上的听诊器。

我赔着小心说:"不卫生。"

医生眼睛一亮,毫不掩饰自己的惊奇,开始研究起我的面孔来。这时候,草帽被我抓在手上,并没有戴在头上。我不禁被对方看得发虚。过了半天,医生问我说:"你念过书?"

我说:"念过几天,高小毕业。"由于说了假话,心里更虚了。

医生的头又低了下去。"怪不得呢。"他说,"我要向医院的领导汇报,你们明天再来。"

向领导汇报?这是什么意思?不就是要在医院里生孩子吗?医院不就是干这个的吗?于是我对医生说:"我们带了钱,不会欠账的,看看什么时候能……"

医生打断我:"事情没有那么简单,你们明天再来。"

难道说,继芳肚子里的孩子有问题?看来事情只能是这样的了。情急之下,我不由得从凳子上站了起来。"是不是检查下来,伢子不好啊?"我问。

医生说:"不是的,不是的,你想多了!"他显然已经很不耐烦了,"生不生,怎么生,是需要向领导汇报的,我们医生也做不了这个主!"

还真是这样,生孩子要领导批准。我虽然感到意外,但也不那么意外。这年头,什么事情不是这样呀?什么事情不需要批呀?什么事情不要托关系、走后门……虽然我已经很多年没有和城里人打交道了,不知道现在的规矩,但生孩子需要走后门也是说得通的。

我摸出那包大前门,递给医生——差点忘记了,幸亏他的提醒。

"麻烦你帮我们说说，争取一下……"

医生看都没看，用手将大前门往桌边一扫。玻璃板到墙壁之间已经聚了一堆香烟，看来都是来看病的人孝敬医生的。不同的是，那些都是散烟，而我送给医生的是整整的一包。

医生挥了挥手说："下一个！"护士应声开门出去叫人。

这时我才注意到，继芳站在我身后，颇为艰难地挺着大肚子，一只手抵在腰上。我和医生说话的时候，她就一直这么站着。继芳的脸憋得通红通红的。

当天，我们没有赶回老庄子上，因为第二天还要去县医院。我找了家小旅社，用卖生姜的钱要了三张铺位。我没有和继芳住一屋，她的房间里有四张床，另外三张床上都睡了人，并且都是女人。自从我成为为国后，还是第一次和继芳分开住，难免有点不习惯。

我和礼九住一起，我们的房间里也有四张床。一个采购员模样的人已经在里面了，开门进去的时候正呼呼大睡。礼九倒是不在意，一把年纪了，上床后竟然翻了两个跟头，也不怕碰着老胳膊老腿的。按照他的话说，这些年在外面闯荡，从来没睡过这么好的床，甚至连旅社的门朝哪边开的都不晓得。我心里想，就当住旅社是对礼九送继芳来梦安的酬谢吧，他也就不枉此行了。

闺女则被拴在旅社院子里的一棵树上。临睡前礼九去墙根那儿拔了一些草，丢在它的嘴边。女服务员们纷纷从房子里跑出去看闺女，礼九进屋后她们还在看。我听见窗下有人惊喜地叫道："牛拉屎了！牛拉屎了！"好像牛拉屎是一件多么了不得的事一样。

第二天，我领继芳又去了县医院。礼九和闺女，包括那辆牛车就留在了小旅社里。由于没有牛车跟随，一路上我觉得轻松多了，也没有人围观我们。只是苦了继芳，走路的时候双手一直撑着后腰。她的两条腿似乎变细了，像鸭子似的摆着身子。不过，继芳的情绪始终很高昂，县城里的新鲜事儿真是看不完，也看不够呀。由于没人看我们了，继芳看起人家来就放肆多了。

到了医院，我以为又要排队挂号。出乎意料，昨天给继芳看病的那个医生已经站在大门口了。他伸着脖子，东张西望的。看见我们，马上跑了过来。医生一把抓住我的胳膊，对我们说："走，走，跟我走。"

他脸上的表情已不再那么严肃，似乎还冲我笑了笑。

年轻医生没有领我们去妇产科，而是上了门诊部的三楼，在一扇钉着"会议室"牌子的门前停了下来。我不免有点疑惑，未及细想，就被年轻医生推了进去。

只见一张长条大桌子，有六七张吃饭的桌子拼起来那么大，四周放满了靠背椅。桌面上则蒙着一块蓝布，上面放了一溜带盖子的白瓷茶杯，在阳光的照射下闪闪发亮，直晃眼睛。房间的窗户显得异常宽大，就像前面没砌墙似的。外面就是半空以及几根稀疏的树梢。虽然离窗口还远，我却觉得随时都可能掉下去。我心里暗想，这不过才是三楼。到底是离开南京太久了，对楼房已经不习惯了。

这时候一阵风吹了进来，将整幅窗帘吹得呼啦啦直响。我又想，这得用多少布票呀？包括桌子上的那块布。得用多少布票多少布？能做多少身衣服了。一面这么想，我一面意识到自己的思维已经完全是个农民了。我自然无法顾及到继芳，想来她的惊讶更甚于我。

桌子背窗的那面，坐了五六个人。有几个穿着白大褂，看来是医生。居中的那人则是便服，穿着一件中山装，梳了一个大背头，看样子就气度不凡。果然，年轻医生一进来就喊"李书记"。

"李书记，人来了。"年轻医生说，也没有介绍我们。他拉开两把椅子，让我和继芳在桌子的对面坐了下来。

李书记清了清嗓子，说道："咱们就打开天窗说亮话吧，我们经过研究，如果你们要在医院里生孩子，就必须施行剖腹产。"

"剖腹产？"我说，有点发蒙，一时想不起来这话的确切意思。

"就是动手术，从肚子里把孩子拿出来。"李书记说。

"这，这是为啥……"

李书记打断我，说："并且剖腹产的时候不打麻药。"

这回我总算是明白了，惊讶得说不出话来。李书记停顿了片刻，大概是在看我的反应。然后他说："我们打算施行针刺麻醉，就是用针灸的方式进行麻醉。你们放心，技术上非常成熟，我们的人专门去南京军区总医院里学习过。"

我小心翼翼地问："有人做过吗？"

李书记一拍桌子。"问题就在这里！"他说，"梦安没有人做过，但南京、上海，全国做的人多哪去了！也是县城里的人思想觉悟不高，不要说是剖腹产，就是自然分娩动个剪子什么的也要求打麻药。因此，这种体现了无产阶级医疗战线胜利成果的技术始终没有用武之地，你们是贫下中农……"

我脱口而出："那我们也要求自然分娩，要求打麻药。"

李书记突然就动了气。他"呸"的一声吐出一口痰，大声说道："要自然分娩你们回村子上找接生婆去，来这里干什么！"

李书记用鞋底在桌子下面擦着痰，口气稍稍缓和。"我劝你们再认真地考虑一下，如果同意手术，费用我们医院全免了，每天还有补助。再说了，剖腹产明天就可以进行，自然分娩还不知道要等到猴年马月呢！这当口队上的农活忙吧？你在这里陪着媳妇也不是个事情，耽误挣工分。再说了,你们多住一天旅社就要多花一天的钱。"

的确说得句句在理,这孩子不是说生就能生的。这次检查以后我们还得赶回老庄子上,等继芳快生的时候再来。也不知道到底哪天生,要住多少天的旅社。不说住店上医院的钱,就是礼九送我们也得来回好几趟,人情大了也欠不起呀。但如果说,要凭白无故地在继芳的肚子上划上一刀,我觉得还是没法接受。看来唯一的办法就只有回老庄子上找接生婆了,找为巧他妈。和老庄子上的人打交道,不仅是我的命,看来也是继芳的肚子里我孩子的命,是无法抗拒的。

想到这里,再多说也无益了。我站起来去搀继芳,对她说:"我们走。"

继芳赖着不动。她说:"能省钱呢。"看我的目光里充满了乞求。

见她这样,我就更不能让她的肚子上挨刀了。"你不懂。"我说,"剖腹产是要划开肚子的,能看见里面的肠子!"

"划就划嘛,我又没有那么金贵。"

继芳还是不肯动。她的身子那么沉,我一时半会儿也拉她不起。

这时,李书记又开口了。"还是女贫下中农的觉悟高。"他说,"再说了,剖腹产对男同志好啊,孩子不从下面走,那儿也不会松呵。"

我注意到,那几个呆若木鸡的医生互相看了看,脸上浮现出诡异的笑容。

## 32

我终究没有拗得过继芳,最后我们同意在县医院里做剖腹产。当时继芳就被送进了病房里。我则回了小旅社,打发礼九先回老庄子。后者驾着牛车,哐里哐啷地出了旅社院子的门。我嘱咐礼九一个月以后再来，接我和继芳，还有伢子。自然我没有提剖腹产以及针刺麻醉的事。礼九没有结过婚，也没有孩子，因此多说无益，说了也是白说。

礼九走后，我再次返回了县医院，找到了继芳的病房。继芳已经洗过澡了，换上了病号服。整个人焕然一新，甚至神采奕奕。继芳变漂亮了。一帮护士正围着她，又是量血压又是做记录。病房里四壁雪白，床单雪白，天花板上的日光灯开启以后，更是白得不可思议。

只有一张病床，继芳半躺在上面，盖着雪白的被子，正在吃一只削好的苹果。绕成一圈一圈的苹果皮还放在床头柜上呢。显然那苹果不是继芳自己削的。别说是苹果皮，就是苹果在此之前继芳也没有见过，更不用说吃了。站在这个富态的孕妇面前，我不免有点自惭形秽。这种感觉自打我们在一起以后还是第一次。后来我意识到，让我感到惭愧的不是继芳，而是这间病房，这样的地方，心里面多少踏实了一些。

那个年轻的医生走过来，告诉我说，这是一间单人病房，没有其他病人。晚上我可以在这儿过夜。说完，他就带着一帮如花似玉的护士出去了。

我在继芳床边的一张椅子上坐了整整一夜，没有睡着。继芳让我上床来睡，我死活不肯。后来她也不再勉强了。

继芳也没有睡着，而是和我说了整整一夜的话。她如此兴奋，我想不是因为明天的手术，而是因为这张床。躺在这样的一张与凉车子天壤之别的床上，她又怎么可能睡得着呢？继芳说："我们总算来对了，来巧了，不花钱，还有的吃，有的住，有的看。"

最后一句是什么意思呢？是说她目中所见都是不曾见识过的吗？也是，此行除了生孩子继芳见识过，其他的她都不曾见识过。就是生孩子继芳也没有见过剖腹产呀。

第二天，继芳被推进了手术室。我被获准在一边看继芳生孩子。这并不是我主动要求的，这点常识我还是懂的。就是老庄子上的人生孩子也很忌讳有男人在旁边，说是很晦气。是那个年轻的医生问我："要不要看你老婆生孩子？"

我说："这不好吧？"

年轻医生说："要是你想看，我就去和领导说。"

没想到，领导马上就批准了。事后我才反应过来，八成是医院方面怕出事，想让我现场做个见证。大概还有责任自负的意思。

于是我也进了产房。一个护士搬来一把椅子，让我在离手术床两米多远的地方坐着别动。然后，就再也没有人理我了。

手术床上，继芳脱得一丝不挂，当然下身是用床单盖着的。继芳的胸前竖立着一个支架，上面也担着床单——大概是怕继芳看见自己的肚子。此刻，那肚子高耸在床上，好大呀，大得异乎寻常，就像那床上只有一个肚子，继芳整个人就是那个肚子。不仅大，而且饱满，上面一丝皱纹都没有，肚脐眼几乎看不见了。

一帮医生、护士围绕着继芳，一概都穿着白大褂，还戴了白帽子和白口罩。一个医生（也许是护士）拿出了针灸用的针，我吓了一跳，那针和当年邵娜练习扎针用的针完全不同。邵娜的针最长也不过半尺，医生手上的针竟然有一两尺长。像头发那么细，拿在手上由于自身的重量弯成了一道弧，银光熠熠直闪。我觉得医生的手上就像拿着光线。

医生在继芳的光腿和肚子上涂上碘酒，然后将那根针刺进去。涂了碘酒的肚子又黄又亮，就像是透明的。银针在薄如白纸的皮肤下面移动，皮肤被顶起，针尖退回去，再次向前挺进。控制那针的是医生的两根白净的手指头。我真担心继芳的肚皮会被刺穿，针尖冒出来，但是没有。直到那针一直没入继芳的体内,肚子上只挂着一截针柄,医生这才住手。

继芳的肚子和腿上大概扎了有七八针,七八截针柄从不同的方向垂挂下来。

其间李书记和一个梳着小分头的人进来了一趟。李书记绕着手术床走了一圈,在主刀医生的肩膀上拍了拍,大概是鼓励的意思。然后他吐了一口痰,抬起脚来擦了擦,就出去了。小分头留了下来,从脖子上取下一部照相机,开始调焦距。

一个护士坐在继芳的头后面,用手按摩着继芳的太阳穴。手术过程过,她始终轻声慢语地和继芳说着话儿。继芳的回答也一如往常。

护士:"家里有几口人啊?"

继芳:"三口,还有一个男伢子。"

"马上你们就又有一个伢子了。"

"那就是四口子。"

说完,两个人笑了起来。

继芳又说:"要是算上他大伯一家,我们家就有九口子。"

"哪九口子?说出来听听。"

"我们两口子,加上两个伢子是四口。"继芳边说边算账,"他大伯和他婶子,他们家有三个女伢子,是五口,统共是九口子。"

护士夸奖继芳:"你头脑很清楚呀,肚子疼不疼?"

"不疼。"继芳说。

这时候,继芳的肚子上已是一片血肉模糊。手术器械落在盘子里叮当作响,纱布一团一团地塞了进去。我只觉得头晕目眩,几乎要从椅子上摔下来了。好在这是一把靠背椅,不是老庄子上的长板凳,否则就真的坐不住了。由于有支架遮挡,这恐怖的一幕继芳是看不见的,否则的话她肯定会吓昏过去。

小分头似乎来了精神，举着照相机，前后左右地拍着照片。他蹲高伏低，变换着各种不同角度，闪光灯频频闪起。"笑一笑，用劲笑一笑。"小分头说。炮筒似的长镜头对着继芳苍白的大扁脸。

继芳偏过头来，使劲地龇牙，整个牙龈都暴露出来了。牙花毕露，真是惨不忍睹呵。小分头说："好好，就这样，别动！"然后闪光灯又是一闪，连着闪了好几下。只听"哇"的一声，孩子被从肚子里取出来了。浑身粘满黏液，血迹斑斑，像只剥了皮的小猫似的，被人提溜着双腿。难道说，这就是我的孩子吗？震惊加上沮丧，我觉得自己昏了过去。

我昏过去大概有几秒钟，并没有人察觉。即使有人察觉，也不会有人过来抢救我的，他们有更要紧的事要做。凭借自己的力量，我醒了过来，眼前的景象仍然如同一个噩梦，孩子哭，闪光灯闪，血光一片，白衣飘飘。手术床上的大肚子不见了，继芳的笑容僵住了。我的第一个念头就是想要抽袋烟，比任何时候都想，完全的急不可待。于是我没有和任何人打招呼，就离开了那把椅子，拉开手术室的门走了出去。

我下了楼梯，穿过一楼的走廊，推开尽头的那扇小门，终于来到了外面。抖抖呵呵地解下烟袋，抖抖呵呵地装烟、点上，抖抖呵呵地抽上了。一口烟下肚，我这才镇定下来。

透过医院围墙上的花窗，前面的县城大街上阳光灿烂，飞扬的尘土中自行车的钢圈闪闪烁烁。这个陈旧不堪的世界此刻在我的眼睛里是那样的新鲜欲滴，以至于隔膜。我在想，我终于有了自己的孩子。

33

是个男孩儿，继芳异常高兴。对她来说，生男生女是不一样的。她高兴也是为我高兴呀。继芳说："我们总算是来对了地方，这一刀划得值得，一划就是一个大胖小子！"

似乎如果是为巧他妈接生、不是剖腹产的话就会是个女孩儿。这种时候，道理对继芳是说不通的，她也听不进去。

医院方面对我们的照顾无微不至。医药费全免了，病房给我们当旅社住。李书记让人送来了一张行军床，支在继芳的病床旁边，晚上我就睡在上面，不必在椅子上过夜了。

护士们出份子，买了一个木马摇篮，摇篮的前面有一个木头做的马头。夜里，继芳只要伸出手，抓住马耳朵就能摇摇篮了。我们的儿子花团锦簇地睡在摇篮里，那一身的行头，从小衣服、小被子、小鞋子到尿布都是护士们送的。年轻医生拿过来一只半旧的煤油炉，告诉我可以在走廊里做饭。至于锅碗瓢盆油盐大米也都是医院里的人送来的。

大概是孩子出生后的第三天，继芳坐在床上，脑袋上包了一块青布，衣襟大敞，正在给孩子喂奶。病房的门开了，一伙人拥了进来。除了李书记还有一个穿中山装的人，派头似乎比李书记更大。当时我正蹲在地上洗尿布，不由自主地站了起来。李书记大声地喊着我的名字："范为国，卢书记看你们来了！"

他指着继芳对卢书记说，"这是产妇。"又指了指我，"这是她男人范为国。"

我在裤子上擦了擦手，握住卢书记伸过来的手。对方说："你的手怎么这么凉？照顾产妇辛苦，也要注意身体呀！"

我想说，是洗尿布洗的，但又觉得不合适。话到嘴边又咽了回去。

随即，卢书记提高了音量，大声说道："你们辛苦啦！为人民立了新功！为梦安县贫下中农争了光！"

这话是对我和继芳说的，但又不像是对我们说的。卢书记环顾四周，我想回答点什么，又觉得人微言轻，没有必要。

随后卢书记接过随行人员递过来的一束鲜花，放在继芳的被子上。同时放下的还有一个大红包。"这是县党委、县革委给你们的奖励。"卢书记说，"我代表梦安县委各级机关向你们表示感谢！"

"谢谢，谢谢……"我说。再看那红包，已经不见了，被继芳塞到枕头下面去了。为抓那个红包，继芳差点没把那束花碰下床去。真是丢死人了。

李书记也是一挥手，跟随的医生递过来一些奶粉、麦乳精、水果罐头之类的营养品。李书记亲自将它们放在床头柜上，码放整齐。"这是我们医院的一点心意，感谢贫下中农的支持！"他说。

"谢谢，谢谢……"我说。

好在罐头之类的东西体积很大，继芳没法把它们藏起来。

卢书记说："咱们拍张照片做个纪念吧。"

在手术室里见过的那个小分头钻了出来，手上拿着照相机。一帮人四散开来，奔继芳的病床而去，在床头两侧寻找着位置。继芳用手拍了拍被子，对卢书记说："坐，坐，书记坐。"

卢书记当仁不让，一屁股坐在了床沿上，身体还朝继芳那边偏了偏。小分头走过去，捡起那束花，塞给继芳，让她抱着。突然卢书记想起了什么，说："孩子的爸爸呢？"

我说："我在呢。"

卢书记招招手，让我过去，站在他的边上。一阵忙乱之中，小分头硬是从枕头下面抽出了那只大红包。继芳的视线始终盯着红包，直到小分头把它交到了我手上。小分头让我将红包举到胸前。布置完毕，他这才退了回去，低头开始调整光圈、焦距。

"大家跟着我说，茄——子。"小分头说。

所有的人异口同声："茄——子。"

只见闪光灯哗啦一闪，小分头按下了快门。与此同时，孩子哭了起来。小分头说："坏了，坏了，小孩没照上。"

原来小家伙被继芳捧在胸前的花束挡住了。要不是他及时啼哭，就被小分头忘记了，忘记还有孩子这回事了。

"再来一张，再来一张。"小分头说着再次奔到床前，调整鲜花摆放的位置。

"预备，茄——子。"小分头再次说道。

"茄——子。"所有的人都跟着他说，除了啼哭不止的孩子。

闪光灯又一次闪起，一张完美无瑕的照片于是就完成了。

然后，这帮人像一阵风似的卷出了病房，水泥地上留下若干鞋印和几块痰迹。门关上以后，继芳向我要过红包，打开来，开始数钱。

她数了一遍又一遍，怎么也数不清楚。是没有学过算术，还是钱太多了，数不过来了？或者是太激动了。

我拿了一把水果刀，开始撬橘子罐头。撬开后，用一把不锈钢的勺子，将玻璃瓶里的糖水橘子瓣儿舀出来喂给继芳。后者张开大嘴，非常配合。我问继芳："好吃吗？"

她回答："甜。"

这个"甜"字不完全指橘子，我想还指我们遭遇的一切。从亮如白昼的病房到白胖小子，到大红的红包，到花花绿绿的钞票，以及闪亮透明的罐头瓶，以及水果刀和不锈钢的勺子。所有的这些对继芳来说都是见所未见的，对我而言则是一个遥远的回忆，旧梦重温了。

继芳问我："他们干吗要喊茄子？莫不是城里人生伢子要吃茄子？"

"不是的。"我说，"说茄子的时候牙就龇出来了，拍出来的照片好看。"

继芳"哦"了一声，算是明白了。她说："城里人真有意思。"

这时候，我们的儿子又哭闹起来。继芳解开衣服，将一边的乳头塞进他的小嘴里。哭声立止。看着这个毫无特征的孩子，我真担心有一天会把他弄丢了。我对继芳说："继芳，咱们给孩子起个什么名字呢？"

继芳眼睛微眯，享受着孩子的吮吸。"按辈分是个仁，叫个范仁什么的。"她说。

我没有答腔。继芳又说："要是你不乐意，就让他姓罗。"

我只是想着给孩子起个名字，并没有想要姓什么，更没有想到辈分什么的。可继芳既然说了，我就不得不想。但一想之后，结论那还不是肯定的吗？我对继芳说："孩子还得姓范。"继芳也就不再说什么了。

"那叫个啥名呢？"她问。

我不禁想起，为了来县医院生这孩子，我拼命地种生姜、卖生姜，怀揣着卖生姜的钱这才心里踏实地前往梦安。虽然，后来那卖姜的钱也没有用上，但这番辛苦和心思还是值得纪念的。于是我说："就叫生姜怎么样？范仁姜，要不叫范生姜、范姜生？纪念我们把他带到县城里来生。"

没想到，继芳一口否定。"这个名字不好听。"她说，"乡里乡气的，要纪念也要纪念是怎么把他生下来的，他爹，你说叫他银针好不好？"

"银针？"我说。说实话，这个名字的确比生姜好。但我觉得太显摆了，没有生姜来得朴实。我很纳闷，继芳什么时候变得时髦起来了？

"还是用老范家的姓，不用他们的班辈，就叫范银针。"继芳说。

"范银针，范银针……"我念叨着，努力想从这个名字里体会出某种我所不能理解的深意。

最后，银针的名字还是李书记拍板的。当他听说我和继芳的分歧后，再一次来到病房。李书记说："生姜太土，土得掉渣儿，当然是银针好啦，而且意义重大！你呀——"李书记抬起手来，猛地在我的后背上击了一掌，"虽然读过高小，有一点文化，但真的没有女贫下中农的觉悟高，简直不能比！"

于是，我们的孩子就叫"范银针"了。

## 34

卢书记特地从县委调了一辆吉普车，送我们回老庄子上。

到达大范大队部后，就再也没有公路往下面去了。于是我们就在大队部里等着，范书记派人去一队喊礼九，让他赶着牛车来接人。司机被请进屋里，好烟好茶款待。继芳抱着银针死活不肯从吉普上下来，直到礼九的牛车叽叽嘎嘎地进了桥口。也难怪，从今往后，她大概再也没有机会坐汽车了，能赖一时是一时呵。

消息传得很快，和礼九一起来的还有老庄子上的乡亲们，男女老少一大帮。与其说来接继芳，还不如说是来看热闹的，看看我们是如何风光的。在大伙儿的注视下,继芳很不情愿地下了吉普,我扶着她上了牛车。那些个家当,从木马摇篮到煤油炉子以及锅碗盆勺、没吃完的营养品也都从吉普上被搬到了牛车上。

村上的人对我们不免刮目相看,都说这回我们赚大了,空身而去,回来的时候不仅抱着一个大头儿子,还得了这么些东西。敢情下回生孩子他们也得去县城的医院了,为巧他妈看来得失业。自然我们没有提剖腹产和针刺麻醉的事。

回到了久违的家里,继芳继续坐月子。从早到晚,来人不断,都是前来探望继芳的村上的妇女,围着木马摇篮啧啧称奇。一拨人走了,又来一拨。继芳也不知道疲倦,除了奶孩子,就是说那些县城里的新鲜事儿。她确确实实是风光了一回。好在老庄子上的人迷信,男人是不能进月子房的,否则,来的人还会更多。大伙儿看我的目光也有变化,不再那么奇怪了,而是充满了真心实意的羡慕。

为好一家更不用说。为好媳妇帮着照顾继芳,大闺女在边上递递拿拿。为好则替我应付来客。他站在园子里,送往迎来,俨然是一家之主。看得出来,他非常高兴,觉得很有面子,脸上有光。二闺女、三闺女领着正月子在两边的屋里屋外窜进窜出,一个劲地疯跑着。两家人越来越像是一家人了。回首为国被为好打死的往事,我真的不敢相信呀。

转眼到了中秋节,为好决定要拜月。

这天傍晚,我和为好把他家堂屋里的那张大桌子抬了出来,放在房子前面的空地上,挨着井台。二闺女和三闺女来来回回地跑了好几趟,从屋子里端出一些碗碟,放在桌上。那些碗碟里分别放着月饼、瓜子、咸鸭蛋、菱角之类的吃食。与此同时,为好家锅屋上的烟囱火星直冒，风箱拉得咣啷直响——为好媳妇和大闺女还在灶上忙活。月亮升起来的时候，二闺女、三闺女竟然从屋子里端出了八大碗，有鱼有肉的，桌子上都被放满了，简直比过年还要丰盛。看这架势，为好一家忙了也不是一天两天了。

为好不知从哪里弄来一只小香炉。虽然是泥巴做的，但毕竟是香炉，有一个插香用的"肚子"和三只脚。往八大碗中间一放，拜月仪式于是开始。

这时候，继芳抱着银针出现在为国家堂屋的门边，被为好媳妇瞅见，她问："你咋出来了？月子里头是不能离屋的。"

继芳说："我早离屋了，我们是从县城来家的。"

为好媳妇一时语塞，竟然答不上来。过了一会儿她说："你出来干啥？"

"我也要拜月呢。"继芳说。

"抱着伢子怎么拜？明年再说。家去，快家去！"说着为好媳妇走过去，硬是把继芳推回了房子里。

看她俩这劲头，哪里像是妯娌？简直就是母女。

为好领着一大家子对着一桌酒菜跪了下来。他和正月子跪在前面，后面是三个闺女。为好媳妇将继芳推进屋里后，跑回来，也空咚一声在三闺女的旁边跪下了。都跪好以后，为好变戏法一样地摸出几支香，抓在手上，另一只手上抓着火柴。将划未划之际，看见站在一边的我，为好问："你怎说？"

我说："我不拜，看你们拜。"

为好也不勉强。"也行。"他说，"正月子代你们家拜到了。"然后划着了火柴，点燃了手上的香。

为好晃灭香头的明火，额头触地地拜起来。一大家子都跟着他磕起头来。月光照耀着这伙匍匐在地的人,每个人的身下都有一个清晰的影子,只是大小不同。想到与他们非亲非故、本无关系,我突然产生了某种孤单隔绝的感觉。我有点后悔没有加入进去,也趴在地上磕头。

大约磕了十几个头,为好爬起来,走向大桌子,将手上的香插入香炉中。然后,他捏了一角月饼,用手指捻碎,向前面的半空中撒去。之后又抓了一把瓜子,撒了出去。为好分别从每只碗碟里都抓了一些东西撒出去。这么做的时候他的嘴巴里念念有词,目光始终看着天上的月亮。

终于拜完了,为好在裤子上擦了擦手,取下旱烟袋,笑呵呵地向我走了过来。孩子们早就从地上爬了起来。正月子大喊着"放炮仗喽!"飞奔进屋。再出来的时候,手上拿着一根竹竿,竹竿头上绑着一挂鞭炮。我正在让为好换上纸烟(在梦安买的),于是叫住正月子,点了一根烟,屁股朝前地递过去。

"拿上点炮仗。"我说。

正月子接过香烟,撒腿向桥口的方向跑去。二闺女、三闺女尖叫着,跟在后面紧追不舍。

鞭炮声响了起来,震耳欲聋。自然不是我们一家在放炮仗,老庄子上的很多人家都在放,显然都已经拜过月了。我向前面的村道看过去,月色下面一片青灰。鞭炮燃放所产生的烟雾已倏忽不见,或者说已融入了那片寂然不动的青灰色之中了。家家户户的狗都狂吠起来。

放完炮仗,为好媳妇领着孩子们一人装了一碗饭,来到桌子边上夹菜。然后他们端着饭碗,进屋里去吃了。房子外面只剩下我和为好。为好拖过一张长板凳,让我坐下,他自己坐在另一张长板凳上。为好从桌子下面拎出两瓶山芋干酒,用筷子将瓶塞子捣下去后,倒在两只饭碗里。之后我们便开始喝酒。喝了半天,彼此无话,不免有些尴尬。

这时候月亮已经升得很高了,既大又圆,照得园子里面以及小河对岸的田野上一片白惨惨的,空气里一派青蒙蒙的光。只听为好感叹说:"月亮真圆呀!"

我吓了一跳。此话出自这么个粗人之口,我不免有点惊讶。我对为好也像是对自己说:"人有悲欢离合,月有阴晴圆缺,团圆,团圆,就是这么个意思了。"

为好自然不懂诗。"可不是吗!"他说,"我说不好,这,这月亮看得人心里怪不好受的。"

然后为好举起酒碗,咣当和我碰了一下。"兄弟啊,多谢你啦!"他说。

"哪里的话,要谢也要谢你啊。"

"不是这话,我要谢你,你不得谢我,没有你,就没有我,没有我们一家……"

"都是一家人,说这个干啥?"

突然,为好就像是僵住了,瞪着我看了好一会儿,但眼神是散的。"为国,我对不住你啊!"他说。

我一个激灵,身上起了一身鸡皮疙瘩。虽然我早就已经是为国了,但为好从来没有这么叫过。他总是喊我"兄弟",而我总是喊他"老大",两人从不直呼其名。显然为好喝多了。

"为国,我不是有意的呀!"说着为好竟然哭了起来。看来他真的把我当成那个死人了。

为好边哭边离开了长板凳,手脚并用地向我爬过来,要给我磕头。我慌忙弯下腰去,扶住为好。一瞬之间,我不禁百感交集,既感到厌恶又觉得怜悯。面对这个趴在地上的可怜人，我又能怎么办呢？那就满足他一回吧。

"我晓得你不是有意的，我晓得。"我回答说。

为好瘫坐在地上，早已哭得泣不成声。他仰起一张老脸，月光下，泪水在沟渠般纵横的皱纹里蜿蜒着，胡须上面挂着晶莹发亮的水珠。为好鼻涕呼啦的，一面用那脏不啦叽的袖口擦揩着。"看在咱爹娘的分上，为国你不要在意啊！"

"我不在意，我不在意。"

"你哥心里苦，他不是人啊！老天爷让他绝后，生了三个闺女，给了你一双儿，为国，你要知足啊！"

"我知足，我知足。"

"我不是人……"为好举起手来，啪唧给了自己一巴掌。

我连忙抓住为好的手。他又举起另一只手来，也被我死死地抓住了。为好急得在我的怀里双脚直踹，拼命地挣扎着。"你打我！打我！打死我！为国，你打死你哥吧！"他说。

突然为好就松弛下来了，不再动弹，也不再说什么了，只是呜呜地哭着。身后的房子里，孩子们的喧闹声早已平复下去。唯有月色照耀着我的尴尬和非人非鬼的处境。

## 35

两年后，兄弟俩家的园子已初具规模。南边沿河的一片泡桐树长得又高又直，已经有一握粗细了。泡桐树叶肥厚宽大，整片泡桐业已成林。从桥口到房子前面的小路两边，向日葵亭亭玉立，花盘镶着金边，面朝东方。太阳落山的时候，它们便慢慢地扭转了脖子，看向园子西边的一溜菜地。那儿种着瓢儿菜、矮脚黄、高秆白等新品种的青菜。在此之前，老庄子上的青菜只有生菜。那生菜味淡清苦，还刮肚子里的油。瓢儿菜和矮脚黄则味道甘甜，尤其是瓢儿菜，降霜以后，甜得就像是放了白糖。

那些老庄子上原有的蔬菜，在我科学种田的不懈努力下以及实践中，长势也非比以往。我们家菜地上结的冬瓜最大的竟有四五十斤。菜地以外的自留地上则种了花生，收益相当可观。不再种小麦等正经庄稼了。房子后面一片苍翠的竹林，房基地边上点缀着点点黄花（黄花菜）。这黄花菜不仅好看，也非常非常的好吃。

那口井自然还是三年前挖的，但井台、井栏都用砖头、水泥重新砌过了。屋前空地的左边是一个大草堆，比当年的草堆那是大了许多，几乎高过了屋顶，金黄耀眼不提。右边则是一个花坛，种了各种不知名的草本花木，五颜六色地绽放着。花种是我们托邵娜从南京的花木公司里搞的。这些花毫无使用价值，纯粹是为了好看，因此也不需要知道名字。种子往土里一撒，就长起来了，就开花了，也不费事。

园子里另有鸡笼、猪圈、狗窝、鸭舍。猪圈里养的猪通体雪白，品种是叫做约克夏的洋猪，不像村子上的人养的猪，黑不溜秋的，最多只能长到两百多斤。那约克夏据说能长到一千斤。我们家养的鸡也是白鸡，老庄子上从没有过的品种，叫做来亨鸡。下的蛋也是白的。只是我们家的狗是黑的，属于当地土狗，狗爸爸、狗妈妈都是本村的。但这狗却有一个名字——"锅巴"。名字也就那样，随便取的，但考虑到村子上的狗都没有名字，都叫"狗"，因此值得一提。

园子里还有其他很多变化，但最大的变化就是无论大人还是孩子都长了两岁。

这天，一家人正在吃午饭，照例都端了碗蹲在屋外的墙根或者坐在门槛上。几只来亨鸡在空地上走走停停,用一侧的眼睛打量着我们。锅巴在一边嗅来嗅去,一会儿又蹲了下来,眼巴巴地看着主人。约克夏在猪圈里哼哼着。所有的畜生都知道家里的人吃饭了,因此变得有些紧张。往往这种时候,我们因为看着它们高兴,会从饭碗里拨出一些饭食,丢在地上。畜生们不免一拥而上,弄得鸡飞狗跳的。

约克夏却无法离圈。但家里总会有一个人端着饭碗,靠在猪圈栏杆上,边吃边看。看得高兴,自然会与约克夏分享。猪圈栏杆边的位置往往属于为好。

突然锅巴叫了起来,一边叫一边朝南边的桥口跑去。继芳正抱着银针,也在吃饭。她将嚼过的饭食吐进银针的小嘴里,然后用筷子伸进去捣捣,自己再划拉一大口。只听继芳说:"又来人换鸡蛋了。"

大秃子挎着一只竹篮子,在向日葵的夹道欢迎下走了过来。离房子还远,他站了下来,大声地叫唤着:"为国!为国!"

大秃子怕的是锅巴,喊的却是我。于是我对正月子说:"去把锅巴按住。"

正月子丢下饭碗,跑了过去,按住了锅巴。

"你来干啥?给我们家送鸡蛋?"继芳调侃大秃子。

后者的篮子里大约装了二三十个鸡蛋,但不是来亨鸡的鸡蛋,而是当地草鸡的鸡蛋。不是白颜色的,而是米色和浅褐色的。大秃子回答:"不是的,我妈让我来换白鸡的鸡蛋。"

"不是白鸡,是来亨鸡。"为好端着饭碗,站在猪圈边上说。

大秃子看了他一眼,将脸又转向了继芳。"我妈让我来换来亨鸡的鸡蛋。"他说。

"换鸡蛋干啥?"继芳明知故问。

"我们家的老母鸡抱小鸡了,我妈说,来亨鸡下蛋狠,换鸡蛋家去抱小鸡。"

"下蛋狠,鸡蛋还大呢。"继芳说。

"就是的。"

"怎么个换法?"

"一个换一个。"

"那我们家不是吃亏了吗?"继芳用筷子敲敲碗边,"要换,就上秤称!"

"我妈说,一个换一个。"

"不上秤称就不换!"

说话的时候,继芳始终笑嘻嘻,一副很傲慢的样子。看她把大秃子捉弄够了,我开口说道:"继芳,你就不要难为他了,给他换了吧。"

继芳对站在门口吃饭的大闺女说:"大闺女,去看看白鸡蛋还有几个。"

大闺女进屋去拿鸡蛋的时候,继芳继续调侃大秃子:"你在我们家一个换一个,到家和你妈上秤称,想得不错呀。"

"不可能。"大秃子说。

猪圈边上的为好又开腔了:"不赚几个他才不会跑这趟呢,我是看着他光腚长大的。"

"不可能呢。"

这时大闺女从房子里出来了,抱着一只大瓦罐。她将白花花的鸡蛋两个两个地拿出来,放在地上,又一五一十地数了一遍。大秃子也将篮子里的鸡蛋拿出来,放在地上,数了一遍。换完鸡蛋,大秃子挎上篮子就走了。我嘱咐他说:"大秃子,不要吃生鸡蛋,有寄生虫。"

大秃子急急忙忙的,也没顾得上回答。经过猪圈旁边时,为好说:"听见没有,有寄生虫!"

大秃子"嗯哪"了一声,说:"我晓得。"就出了桥口。

为好进屋去添饭。路过房子前面的空地时,他对我说:"他笃定要吃生鸡蛋,村上人都说来亨鸡蛋养人呢。"

当天晚上,我坐在灶后的草堆上烧火。一只手握着火叉,架起灶膛里的柴草,一只手哐嘟哐嘟地拉着风箱。继芳抱着银针在锅上忙活。锅里面煮的是黄灿灿的玉米面稀饭,锅边上贴的是黄澄澄的玉米面饼,热气缭绕不已。由于抱着银针,继芳单手贴起玉米面饼来就没有那么利索了,一团玉米面还掉进了锅里。好在锅里煮的也是玉米面,玉米对玉米,伙着吃也没有什么要紧的。

我和继芳,一个在灶后,一个在锅上,边做饭边说着白天大秃子来换鸡蛋的事。正月子在堂屋里和锅巴玩耍着。突然,雾气缭绕之中继芳像是不在意地说:"他爹,说是邵娜要走了。"

我愣了一下,随后缓过神来。这两年知青回城的风很盛,老庄子上的知青走得只剩下邵娜一个人了,她早晚是要走的。我明知故问地说:"要走了,走到哪里去?"

"回南京呀。"继芳说。

然后,我们好半天没有再说话。只听风箱拉得呼呼的。堂屋里正月子在对锅巴说:"趴下!趴下!……"后来我问继芳:"什么时候走啊?"

继芳好像一直在等我这句话,马上回答:"明天一大早。他爹,你不去看看?"

"有什么好看的。"我说。

继芳的玉米面饼已经贴好了,但她仍然站在灶前。热气蒸得银针不舒服起来,他哭叫着要下地。突然我心里升起了一股无名火,向继芳吼叫道:"我跟你说过多少次了,孩子大了,不要老抱着,掉进锅里怎么办!"

我的说法显然是很荒唐的。继芳也不在意,顺从地放下了银针。她弯下腰去对银针说:"去,找你哥玩去,饭好了叫你们。"

银针摇晃着跑出锅屋。继芳说:"人心都是肉长的,她这些年也不容易,再说了,你们是一起来的。"

我说:"是邵娜让你带话的吧?"

继芳不接我的话茬,只是说:"你去看一下吧。"

也许,我真的应该去看一下?但人都已经要走了,去看一下又有什么意义呢?明天这会儿,邵娜已经在南京了,再也不是这老庄子上的人了。这么多年了,我再也没有见过邵娜,她的事也懒得去打听。这会儿人要走了,却想起来要见面,早我干什么去了?我又能干什么呢?走了好啊,一了百了,不仅我们这些年不见面说得通,就是那些年我们天天见面也不用去想了。

这时候灶膛里的火已经熄灭了,灶洞黑乎乎的,像骷髅似的瞪着我。我发现自己坐在柴火上,就像是生产队上的那头母牛,就像闺女一样。孤零零的,被同类和岁月抛弃了。它再也看不见其他的牛,我也失去了我的同伴。——"你们是一起来的。"

继芳似乎生了气。"你不去我去。"她说,"正月子、银针,端碗吃饭!"

## 36

晚饭后,我和继芳去看邵娜。继芳抱着银针。她用一块手帕包了几个玉米面饼,让我拿着,然后我们就出了桥口。

邵娜的草披子里亮着灯，柴巴门半开半闭，似乎已经等候多时了——就像当年一样。直到我们走了进去，我才发现一切已经面目全非。倒也不是很久没有来了，而是房子被彻底搬空了。虽然来以前我有心理准备，但还是吃惊不小。

那草披子里本来就没有什么东西，最要紧就是那张床了，也就是福爷爷的寿材。此刻上面的铺盖被撤了下去，棺材完全被暴露在外。一盏火苗调到最小的煤油灯放在上面，照得棺材板闪闪发亮。屋子里的其他地方则一团漆黑，真是比棺材还要黑呀。

我们进去的时候，邵娜正蹲在地上捆行李，脚下踩着一截草绳。她抬头看见我们，也不吃惊。"继芳，来啦。"她说。

"你还没吃饭吧？"继芳说着将玉米面饼递过去，"趁热吃。"她说。

"我已经在福爷爷家吃过了。"邵娜说。

"那就带在路上吃吧。"

邵娜把玉米面饼连同手帕放在棺材盖上。她们说话的时候，邵娜并没有看我。自从走进这间草披子，她都没有看过我。我问邵娜："你明天就走？"

邵娜"嗯"了一声，就又弯下腰去捆行李了。

继芳说："他爹，去帮个忙。"

于是我走过去，帮着邵娜捆行李，她还是没有朝我看。

继芳装模作样地在空荡荡的房子里走了一圈，最后到了门边。她对邵娜说："回了南京，可别忘了我们呵。"声音里明显带着哭腔。

"怎么会呢。"邵娜回答。

"我们家的猪还没有喂呢。"继芳说，"我先家去，你和银针他爹说说话……"说着继芳就往门外走。

这自然是假话，村上的人哪有这工夫喂猪的？邵娜说："继芳……"意思是要挽留对方。这时候继芳已经走到了外面。她边走边说："银针也要睡觉了。"

邵娜跟着继芳也跑了出去。我听见她们在房子外面站了下来，隔着空地在说话。

"邵娜，你可别忘了我们呵！没事来老庄子上看看。"

"你和银针也要来南京啊！"

然后一阵脚步声响，邵娜追在后面说了句："谢谢你的玉米饼！"之后她就回到了草披子里。

我当然明白继芳的意思，她是想让我和邵娜单独道别。她让我来这里就是这个目的。现在人送到了，任务已经完成，继芳就先走了。我当然也想这样，和邵娜单独话别，但不知道为什么，心里面觉得十分别扭。唉，他们总是这样，把我推来搡去的，也不打声招呼，使我陷入无法自主的境地。当年，把我和邵娜分开、让我和继芳在一起他们是这样干的，现在，仍然是一种强迫，说是阴谋也不为过。

房子里只剩下了我和邵娜，她的行李还没有捆完。但我们已经不捆了。捆了一半的行李散开来，绳子也已经松了。我甚至觉得，刚才邵娜一声不响地捆行李也是阴谋的一部分。此刻，她靠在福爷爷的棺材上，两眼不加掩饰地盯着我。我在想，邵娜是否会扑过来一把把我抱住呢？

后来我终于明白了，并没有谁要把我们撮合在一起，那不过是我的一个错觉，一厢情愿而已。并没有人要那么做。还是那句话，明天的这个时候，邵娜已经在南京了，而我仍然会在老庄子上。一切都不会改变。

我问邵娜："这次是什么单位招的工？"

她说:"鼓楼区建筑大队。"

"你要去爬脚手架?"我有些吃惊。

"再不走就没有机会了。"邵娜说。

"也是呵,你是我们大队上最后走的知青,听说大招工快要结束了?"

突然邵娜有些激动,她说:"还有你,你还没有走。"

"我不能算知青……"

邵娜就像没有听见,"六年前,我们下来的时候是五个人,只走了四个!"她说。

这倒是实情。可我能说什么呢?我说:"我不算,我不算,我已经在这儿扎根了。"

"扎根的也已经走了,像楚赵大队的刘洁晨……"邵娜说的是一个女知青,和当地农民结了婚。想必也招工回南京了。

我说:"我有孩子了。"

"刘洁晨也有孩子,比银针还要大呢。"

"我是男的。"

"扎根又不分男女,没有那样的政策。"

我被邵娜逼得无话可说,只有如实相告了。"我也不算是扎根的,又没有正式结过婚。"

这真是令人羞愧呀,连扎根都不能算。但总算堵住了邵娜的嘴,她没有再说什么了。

两个人沉默了好一会儿。我心里想,今天来可不是谈我的事情的,因为谈了也是白谈,不会有结果。邵娜就不一样了。她前途无量,就要展翅高飞,虽说走得有点晚了。"一年前,晨光机械厂招工你怎么就没有走啊?"我问她。

"大许不是走了吗?"

"我知道。"我说,"听人说,你把名额让给了他,说是来成集招工的晨光厂招工组组长是你爸爸以前的学生?"

邵娜笑了起来。我已经很久没有看见她的笑容了,还是那么的令人心动。涂着口水的白牙在油灯的灯光里闪烁着,嘴角的笑纹荡漾开去。和以前不同的是,那笑容透露出一丝不易察觉的苦愁。"我把名额让给了大许,你知道是为什么吗?"邵娜问。

"你们感情好啊。"说完,我有点后悔。难道说我是在妒忌吗?

邵娜说:"你啊!"竟然哭了起来,"我,我,我不过是想在你身边多待几天……"她说。

邵娜蹲下身去,反身抱住了棺材,伏在上面哭得稀里哗啦的,就像那棺材里真的躺着一个死人似的。油灯的灯焰摇曳起来。单薄的衣服下面,邵娜的两片肩胛骨像翅膀那样地抖动着。她的一头黑发披散开,落在棺材盖上,黑过了那口棺材。

"别这样……"我说,伸出一只手,想拍拍她的后背。也许,这样的接触才能止住她身体的抖动。但最终,那只犹疑不定的手也没有落下去。

大约过了一分钟,邵娜转过身来,就像趴到棺材上去一样突然。她已经不哭了,并且变得非常沉静。泪水涂抹开来,均匀地贴在脸上,闪烁着,就像是一层透明的塑料。邵娜用手在脸上抹了一把,那亮光就没有了,收敛到了她的眼睛里。她以从未有过的认真和安静的眼神看着我。"罗晓飞,我求你一件事。"

"什么事?"我不由得问。

"你一定要办回南京。"

……

"你一定要答应我。"

我还是不知道该如何回答。

"只要你下定决心,就一定会有机会的。"

"我已经是有家庭的人了,你知道。"我说。

邵娜再次笑了起来,苦涩全无,甚至于明朗。似乎还带着一丝轻微的嘲弄。"你不要想歪了。"她说,"我只是让你办回南京,不是让你抛弃继芳,她也不容易。"

说完邵娜就站了起来。"我回南京以后就会和大许结婚。"她说,"我们已经说好了。"

"我知道了。"

邵娜离开了棺材,走到墙角的水缸前,舀了一些水在脸盆里。她背对着我洗了一把脸,然后边整理衣服边走了回来。"你走吧,我还要和福爷爷道个别,明天还要起大早。"

我问:"福爷爷还好吗?我也有几年没有看见他了。"

"病了,在床上躺了有半年了。人老了,恐怕快不行了。"邵娜的口气依然很平静。

不知怎么的,我也很想去看福爷爷一眼。如果这是离别,那就让它们一块儿来吧。"我跟你一起去。"我说。

邵娜抬起头来,不无好奇地看着我。她什么都没有说。

礼寿撩起蚊帐的门,用帐钩钩住。福爷爷躺在床上,一条被头很宽的被子一直盖到他的下巴下面。福爷爷的脑袋深陷在枕头里,胡子稀稀拉拉的,只剩下了一小撮,向上翘起指着蚊帐的帐顶。他比以前瘦多了,两腮深陷下去,没牙的嘴张开着。房子里弥漫着一股难闻的异味儿。福爷爷不仅是生病了,而且就快要死了。

邵娜在床前蹲下去，捡起床沿上福爷爷的一条枯柴般的手臂，用她的手在福爷爷的手背上摩擦着。"福爷爷。"邵娜呼唤道。

福爷爷的喉咙里发出一阵咕噜声。"谁呀？"声音低得几乎都听不见。

"是我，邵娜。"

福爷爷的头向床边歪了歪，想转过脸来，但他已经没有力气了。礼寿紧张地看着他老子。

邵娜久久地抚摩着福爷爷的手。"福爷爷，明天我就要走了。"

"哦、呵……"说不清是喉咙里的痰在咕噜，还是福爷爷的回答。

我站在邵娜的身后，这时也俯下身来，叫了一声："福爷爷。"

"谁啊？"这次的声音很大。大概，福爷爷已经很久没有听见我的声音了，受到了刺激。

我说："我、我……"似乎也被痰卡住了，不知道该回答"我是罗晓飞"还是"我是范为国"。

只见福爷爷一阵挣扎，在礼寿的帮助下，终于转过脸来。"邵、邵娜的对象，人、人才不错……"福爷爷终于可以说话了，但他都说了些什么呢？"两、两口子，守、守着日子，好、好好过吧……"

我不禁觉得头晕目眩，时空顿时错位了，这都是哪儿跟哪儿呵。邵娜将她的脸埋在福爷爷的手心里，又呜呜地哭开了。

显然福爷爷是老糊涂了，神志不清。但你不得不承认这老头儿的魔力，即使是快死了，也能搅得你心里面翻江倒海。

"闺女呀，莫难过。"这回福爷爷是完全清醒了，竟然挣扎着要坐起来。

礼寿赶紧跑过去，将一个圆硬的老式枕头塞在他爹的腰后。邵娜也爬起来帮忙。终于把福爷爷扶了起来，在床上坐好。福爷爷呼呼地喘着粗气,但脸上有了光彩,眼窝也不那么深了,能看见里面的眼神了。

"都是报应啊,上辈子你、你欠他的!"福爷爷指了指邵娜,又指了指我。

我想说:"不是那么回事,这么说没有根据。"但福爷爷不容我开口。

他继续说道:"他欠为国的!"说着,手往我的旁边又是一指,就像为国也站在边上。吓得我更不敢吭气了。

"都是报应,都是有因缘的!"福爷爷说,目光越发地炯炯有神,简直是睛光四射。

考虑到他刚才还奄奄一息,眼前的光景实在是有点儿非比寻常。

只听邵娜顺从地说:"我知道了。"


## 回家的路


### 37

邵娜走后,我感觉到了巨大的平静,这是我没有料到的。我以为我会有所牵挂,但是没有。这种平静只有当它降临的时候我才知道,也才知道,在此之前我是不平静的。

邵娜没走的时候,我们早已经不再见面了,我也很少会想到她。但她总是在那儿,在村子上,我摆脱不了干系。这一点邵娜比我更清楚，所以她说，当年把招工的名额让给大许，是为了在我身边"多待几天"。只要她还在老庄子上，就是在我的身边，哪怕，我们老死不相往来呢。现在好了，她回了南京，从此我们天各一方，一个天上，一个地上。就像是有一扇门关上了，把邵娜永远地关在了外面。就像是她从来都没有存在过，比从来都没有存在过还要来得彻底。回应到我的心里就是平静，唯有平静。

当然，这不应该是距离造成的。南京到梦安也不过五百多里的路。隔绝是上升和堕落之间的差距形成的。招工回城的邵娜必将前途无量，有如身在天堂，自然是深陷于自留地上的我所不能企及的。我们之间相隔何止千万光年呵！

夏天的时候，在房子外面的空地上乘凉，星河不免璀璨。我总觉得邵娜是在一颗星星上。她在那上面，而不是在南京。星空之浩瀚、星辰之遥远给人的感觉就不是思念所能容纳的了，甚至也算不得空虚。它只能是那种叫做平静的东西。

我倒是经常会和继芳说起以前和邵娜在一起的事，会说起很多细节，而不需要有所顾忌了。当然我不是故意说的，是那些事已经不重要了，不再是某种可以触摸的现实。就像说故事似的，和我的女人唠叨句把两句，她也听得津津有味，何乐而不为呢？

如今不仅是老庄子上，整个成集公社的知青都走得差不多了。我虽然没有做过调查，但现在去成集街上赶集，已经很难见到知青模样的人了。工农饭店里冷清下来，再也没有知青在里面聚会了。欢声笑语已然不再。只是一年的工夫，老于他们就走得没有了影子。不仅工农饭店里看不见他们的身影，也没有人传播他们的英勇事迹了。

我也曾经想过，如果我是一个知青，比如说是罗晓飞，孤单一人地留在农村，肯定会感到寂寞难耐的。就因为我是为国，对各大队知青的离去感到的只是平静，更加的平静，说快乐也不为过。现在，我再也不怕在什么地方碰见他们了，不怕他们认出我来了。因此我的活动范围不禁变大了，尤其热衷于去成集街上赶集。

公社人保组听说已经撤销，王助理他们也不见了踪影。即使碰见他们并被认了出来，我觉得我也不怕。原来这么多年来，我畏畏缩缩地做人，藏头夹尾地生活，怕的只是一种人，就是知青。这也是我没有料到的。

老庄子上，包括我们的国家自然发生了很多事。有些事不可谓不大。我有所震动，但却无法真正搅扰我内心的平静。

首先是福爷爷死了，他的寿材终于派上了用场。出殡那天，老庄子上的人倾巢而出，葬礼的规模空前浩大。不仅我们村，其他生产队上也都来人了，毕竟，福爷爷是大范"所有贫下中农的长辈"（邵娜语）。大队上专门拨了经费，用于福爷爷的丧葬。那一天，老庄子上纸钱乱飞，人们抬着纸人纸马，招魂幡摇曳，一路向老坟地而去。放下棺材后，土坑边上摆上猪头三牲、七碗八碟，燃放了无数的鞭炮。孝子贤孙们披麻戴孝，一地雪白地跪满了老坟地。还请来了一帮吹鼓手，那凄惶的唢呐吹得人纷纷落泪。我也很难过，因为我的命运是直接和这个人有关的，无论好坏，都是按照他生前的意思一手安排的。

所有迷信的玩意儿那天都暴露在光天化日之下了，以此方式庆祝一个富农分子的逝世（都说是喜丧，值得庆祝），这在以前是不可想象的。这不禁说明了一件事：国家的形势的确是变了。

"四人帮"被粉碎了，中央文件在福爷爷弥留之际传达到了大范大队。开会的时候我也去了，因为可以记工分——这会儿我已经不怕见任何人了。我知道这是一件大事，模模糊糊地还知道是一件好事。但究竟好在哪里？却不是很清楚。毕竟在农村待了这么多年，政治神经不那么敏感了。老庄子上的人也觉得是一件好事，因为听完传达他们并没有不高兴，至少是有话题了，有故事可说了。晚上，我和为好还喝了酒，以示庆祝。第二天我余兴未减，跑到瓦屋里去找礼九。也没有谈"四人帮"的事，两个人只是谈天，天南海北地胡吹一通。我只是觉得那天的吹牛尤其尽兴。

这两件大事后，老庄子上的日子照旧。只是领导班子做了调整，礼贵退了下来，仁军接任生产队长。但这是仁军的大事，并不是村子上的大事，更不是国家大事。

退下来的礼贵，渐渐地就变成了福爷爷。现在，队上所有的事都得听礼贵的，他比当生产队长的时候说话更算数了。礼贵不怒自威，也慢慢地像福爷爷一样的深居简出了。

再说我们家。

正月子到了上学的年龄，在我的坚持下，他终于背上了书包，每天兴颠兴颠地往大队部的小学跑。我给正月子起了一个学名，叫做"范仁学"，说明了我的期待以及良苦用心。上学所需的钱不用担心。我们家的园子已基本建设完毕，自留地上出产源源不断，几乎每逢赶集都要挑些东西去成集街上卖。我养过蚕、养过土鳖虫、勺过粉，副业搞得五花八门，各有成效。不仅能抵得上我若上工挣的工分，还能养活老婆孩子一大家子。为好家也跟着沾光，我们两家的日子基本上是伙着过的。我也曾经想让他家的三个闺女去上学，为好不同意，说是反正以后是婆家的人，上了也是白上。大闺女出门在即。因为我们家好歹也算是老庄子上的富户，讲究个门当户对，选择的女婿家里也颇为殷实。对这门亲事为好两口子包括大闺女本人都很满意。总之，这日子是上了轨道，往好的方面走了。这也就够了，我也不再像以前那样操劳，绞尽脑汁。你说呀，庄稼人的日子，能吃饱喝足、平平安安也就足够了。大富大贵是我们这样的人所不能指望的。

对园子里的事，我也不像以前那么上心了。即使不怎么上心，照样运转顺利，甚至于蒸蒸日上。有了闲暇，我就踱出园子的桥口去串门，最经常去的是瓦屋。我去那儿找礼九，天南海北地胡吹乱炫一通。

对了，我在老庄子上终于有了一个谈得来的朋友，无论如何这应该算是一件大事。

以前，我和礼九也有过交往。生银针的时候，就是他驾着牛车把继芳送到梦安县城去的。那会儿，我对礼九不免心存感激，但并没有真正地交心。后来，由于经常感觉到无聊，我也曾去找礼九说过话，那也是因为他经常在外面跑，比起老庄子上的其他人来自然见多识广，有的可聊。我真正把礼九当成朋友是因为一件事。

一天，继芳因为一件小事，动手打了银针。并且是那种打法，用一把烂笤帚抽银针的屁股。我气得不得了，就去了瓦屋。看见礼九的时候，他正围着闺女忙活，一副气定神闲的样子。我不禁心有所动，便问礼九："你一辈子没娶过媳妇？"

"没娶过。"他说。

"你不想娶媳妇？"

"咋不想呢？"礼九说，"继芳前头的男人死了，我还想顶他的窝子呢，没承想你捡了个大便宜！"

我笑了起来，对继芳的气愤顿时就烟消云散了。"是吗？"我说。

"我说笑话呢。"礼九说，"我、仁军、大秃子，哪个不想顶为国的窝子？我是长了一辈，仁军小了一辈，大秃子不成个猴子耳朵，肥水可不就流外人田了？"

说得我不由得大笑起来。"还有这样的事？我怎么不知道？"

礼九说："都是命呵，你的命好，才喂了几天牛，就摊上了这么一个好女人，我喂了一辈子的牛，什么都没有捞着。"

我和继芳在一起，和牛又有什么关系？当然是有关系的，但不是他们想的那样呵。在牛这件事情上我一向比较敏感，于是画蛇添足地说："我可没有碰过闺女。"

"我晓得。"礼九淡淡地说。

"你咋晓得？"我赶紧追问道。

"牛只能跟牛配，跟人配，就要疯魔了。"礼九的语调仍然显得很不在意，甚至于有些木讷。

"是人疯魔，还是牛疯魔？"我问。

"人也疯魔，牛也疯魔。咱闺女不是没有疯魔吗？你也没有疯魔呀。"

"所以说我没有和闺女干过？"

"我也没有干过呵。要是人和牛配不疯魔，我早就和咱闺女配了，也轮不到你，肥水不流外人田呵！"

说完，我们两个哈哈大笑起来。我笑得捶胸顿足，心中的恶气一扫而光。完了之后我又很想哭。这么多年了，知道包括相信我没有和闺女干过的只有大许、吴刚、邵娜和继芳几个。大许和吴刚诬陷了我，不提也罢。邵娜已经回了南京。相信我没有和闺女干过的，整个老庄子上也只有继芳一个人了。现在，礼九竟然说我没有和闺女干过，你说不是我的知己又是什么？

当然了，礼九的那套说法不可验证，如迷信无异，这先不去管他。就算这说法是礼九杜撰的，我也高兴，甚至更加高兴了。为了开脱我，他故意杜撰了一个有根有据不容怀疑的说法，朋友交到这份上，还有什么话可说呢？真的没话说了。

从此以后，我就把礼九当成了知心换命的朋友。

礼九视我为朋友，也不是没有条件的，也得经过考验。他的考验就是请我吃饭。

礼九无儿无女，是个老光棍，平时吃饭都是自己动手做。他长年住在牛屋里，没有专门的锅屋，只是在牛屋的堂屋里放了一只"缸缸灶"。所谓的缸缸灶其实就是泥缸，缸壁上面开了一个洞，作为灶门。锅架在泥缸口上就可以烧了。这种灶既无烟囱也无灶台，烧起来烟气弥漫，就像着了火。除了这缸缸灶和架在上面的一口破铁锅，牛屋里就再也不见其他灶具、餐具以及存放粮食的器具了。我从来没有见过礼九做过饭，也没有见过他吃过饭，但他并没有饿死。礼九到底是如何填饱肚子的？的确是一个谜。

这天，我又在礼九那儿说笑，正月子跑来喊我："爹，我妈叫你家去吃饭。"

我起身欲走，礼九突然说："你就在我这摊吃。"

我说："还是你跟我回家吃吧。"

礼九做出生气的样子："我的饭你就吃不得？"

"不是这话，我家的饭是现成的。"

"你在我这摊吃一次，下回，我就跟你家去吃。"礼九说。

我只好打发正月子先回家。"家去跟你妈说，我在你九爷爷这里吃饭，吃完家去。"我说。

正月子踮着跑跳步出了瓦屋的大门。礼九开始做饭。

他不知道从哪里弄来一团荞麦面，卷起一只袖子，伸出一条黑不啦叽的胳膊，就在那胳膊上开始揉面。敢情，那胳膊就是他的砧板呀。揉了又揉，荞麦面本来就黑，他的胳膊更黑，最后，那团面已经被他揉成一团泥了。礼九用手将那团像泥一样的面拽成几截，放进铁锅里去蒸。没有锅盖，礼九双手一抬，脱掉了身上的那件我从来没见他换过的紫红色卫生衣，罩在铁锅上。敢情那就是他的锅盖呀。然后礼九光着肋骨毕露的上身，蹲下身去烧火。柴草倒是不缺，扯几把闺女吃的草料就对付了。火舌从铁锅和缸缸灶之间的缝隙蹿出来，烟气呛得我猛咳不止。礼九和闺女倒是无所谓，他们早就习惯了。

然后，我看见那卫生衣的颜色渐渐变深了，一些肥白的虱子在上面乱爬。想必它们原来就藏在衣服里，被热气蒸得受不了，就跑出来了。这一幕看得我恶心不已。老庄子上的人虽然穷，也没有见过这么做饭的，我算是长了见识。

那荞麦"馒头"蒸好以后，颜色深暗，隐隐发红，不用说是卫生衣掉色所致。礼九从地上捡起一根树枝，掰成几截，递了两截给我。他说："吃啊，吃啊，快趁热吃。"

敢情这就是他的筷子呀。我接过那筷子，夹起"馒头"递向嘴边，不顾一切地向里面塞去。

"香不香？"礼九问。

"香。"我说，嘴里的"馒头"差点没随着那个"香"字吐出来。

我不由自主地皱了一下眉头，这没逃得过礼九的眼睛。"我的饭肮脏啊！"他说。

拼命地咽下那口"馒头"后，我说："我又不是没吃过，当年，王助理他们审查我，你不给我吃，我还挺不过来呢！"

"想起来了？"

"想起来了。"

礼九叹了一口气，"我晓得你嫌肮脏，但是你能忍。"他说，"为国，不是我夸你，有了这一条，你就立住了！"

就这样，我通过了礼九的考验。从此他也把我当成了难得的朋友。

那以后我再也没有在礼九那儿吃过饭,他也没有留过我。后来我才晓得,那天礼九是故意的,平时他做饭也没有那么马虎,没那么的肮脏。

倒是礼九经常被我拉到家里去吃饭。继芳对他非常热情,两个孩子也都喜欢他。礼九也很自觉,每次去我家都要事先拾掇一番。他会对继芳说:"弟妹,我这身衣服刚才才洗过,上面还有胰子味道,洗衣服的时候我顺便下河洗了一把澡。"

按辈分,继芳应该算是礼九的侄儿媳妇,但他这么叫,谁也没意见。继芳正在安排几样下酒菜,当然还有酒。她说:"他九爷爷快坐。"

礼九接着自个儿的话茬说:"怕人嫌呀,为国讲卫生。"

"九爷爷说的哪里话!日后有衣服拿过来,我一起洗了。"

"那敢情好。"

然后大家坐下来吃饭。我和礼九喝几盅山芋干酒,继芳照应正月子、银针吃饭。正月子吃也吃不安生,缠着礼九讲故事。礼九走南闯北多少年,肚子里的故事多,最关键的是口才练出来了。礼九说出来的故事好笑、有趣儿,不要说是正月子,就是我和继芳也很乐意听。随便什么无聊的事经他的嘴巴一说,都会让人忍俊不禁。

"那年在大运河上,我们吃醉虾子,一个伙计吃死了。"礼九说。

"醉虾子?"继芳不解地问。

"就是活虾子用酒泡了吃,虾子活蹦乱跳的。"

"那能吃吗?"

"能吃,透鲜,比煮熟了还好吃呢。"礼九来了精神,"一个伙计吃醉虾子吃死了,晓得是怎么死的吗?"

"醉死的!"正月子举起一只手说。他上了几天学,养成了发言举手的习惯。

礼九哈哈一笑:"不是的,伙计吃了醉虾子,跑到船尾蹲下来出恭，掉到河里淹死了！"

我和继芳都笑了起来。那礼九说的事真是无聊，也真是有趣，无聊到了有趣。正月子却不依不饶，他说："那还是醉死的，要是不吃醉虾子他就不会醉了，出恭的时候也不会掉下河去了。"

"还是我们仁学聪明。"我说，"你这个老把式，连个伢子都骗不过去！"

礼九不理睬我，他对正月子说："我告你一个办法，到学校跟人说这故事，人家要是说醉死的，你就说是出恭掉河里淹死的，人家说掉河里淹死的，你就说是醉死的。"

我不禁扬声大笑起来，骂礼九道："你这个老滑头！来来来，干了干了！"


## 38

这天，我又去瓦屋找礼九。闺女卧在一摊稻草上，耷拉着脑袋。礼九端了一只簸箕走过来，里面装的是捻碎了的豆饼。闺女睁开眼睛看了看，眼睛又闭上了。立刻飞来了几只小苍蝇，停在闺女的睫毛上。礼九就把碎豆饼拿在手上，赶开苍蝇，递到闺女的嘴边。闺女动都不动，看样子真的不行了。礼九十分不情愿地把豆饼放回了簸箕里，手指伸进嘴巴里舔了舔。

我问："这回得了什么病？"

"老病，没得救喽！"礼九说着用树棍般的手指在脸上抹了一把，似乎在擦眼泪。

看着这一牛一人，我心里怜悯顿起。

我点上烟袋，递给礼九。

礼九眼睛不离闺女，他说："四九年，它妈来到我们家，生下它就死了，福爷爷让我好生照应咱闺女，东家说了这个话，我能不尽心吗？"

这些陈芝麻烂谷子的事虽然我听过无数遍了，但还是问道："它妈以前是福爷爷家的牛？"

"嗯哪。"礼九说，"公社成立以后，咱闺女就归了队上，但还是我喂它。"

我没有再答腔。

"它跟我一样，一辈子无儿无女，我还有个闺女呢，就是它。"

话说到这份上，也真够伤心的。礼九大概也感觉出来了，他从地上站起来，对我说："走，我们外头去说话。"

我们从牛屋里走到瓦屋的院子里。礼九取下了他的烟袋，递给我说："你抽我的。"

我接过烟袋，点烟的时候古井边上起了一阵旋风（老庄子上的人叫做"鬼风"），把火柴吹灭了。那风冷飕飕的，我不禁打了个寒噤。"今年冬天你不走啦？"我说。

实际上，去年冬天礼九就没有走。前年，好像只走了个把月，他就病快快地回来了。

礼九说："老啦，走不动啦，咱闺女又不见好。"

我心里想，他不走至少还有一个原因，就是有了我这个朋友。我很想对礼九说："就算闺女死了，还有我呢。我会经常来的。"可话到嘴边，到底没有说出口。

这时候，村东响起了一阵劈里啪啦的鞭炮声，好不热闹。礼九说："我想起来了，今天你们家有喜事，大闺女出门！"

"是的呢，这会儿准备送新人了。"我说。

"你咋不在家里待着？跑到我这个肮脏的地方来？"

"我怕热闹，就喜欢个清净。"

可不是吗？今天从一大早起，为好一家包括继芳就忙活开了，又是烧锅做饭，又是打扮大闺女。嫁妆从新打的箱子里翻出来，数了一遍又一遍。我根本就没有插手的地方。老庄子上的人都跑过来看热闹，园子里从来都没有过那么多的人，就是继芳生银针的时候也没有过。于是我悄悄地递给为好四十块钱，让他交给大闺女，然后就溜了出来，到了礼九这儿。

礼九是个聪明人，意识到今天说闺女实在是不合适，他要让我开心。只见礼九捡起一根树枝，在泥地上横着画了六道杠，又竖着画了六道杠，画出一个棋盘来。"我们来盘六路洲。"他说。

我说："那敢情好。"

"你走公棋走母棋？"

"走公棋。"

礼九起身，走到那口废弃的古井边上，从井栏边抠了两团湿泥。走回来后将其中的一团泥递给我。所谓的"公棋"，就是捏成尖状的棋子，母棋则是饼状的。我们两个，一人的手上拿着一团泥，不断地从泥团上揪下一小块，捏巴捏巴，做成公棋或者母棋的形状，然后按在"棋盘"上。

可别小瞧了这六路洲，下起来变化无穷，也其乐无穷。不一会儿，我们已经完全投入进去了，对周围的一切浑然不觉。

第一盘我输了，礼九建议再来一盘。我说："歇一下。"

两个人靠在牛屋的墙根一面抽烟袋，一面晒着太阳。"说个故事听听。"我说。

"我哪来的那么多的故事？"礼九谦让道。

"你跑的地方多，见的多，随便说点什么都好听。"

礼九在地上磕磕旱烟袋："马王堆老太晓得不？"

我当然晓得，那可是轰动全国的考古发现。继芳曾经帮我从邵娜那里借过几本《考古》杂志，上面就报道过这件事。"你是说，长沙马王堆出土的西汉古墓里的女尸？"我问。

"就是的。"礼九说，"那年我在长沙亲眼看见过，老太穿的是绫罗绸缎，扒下来身上雪白粉嫩的，比大姑娘还要白呢！"

礼九显然在吹牛。但我就是喜欢听他吹牛，看看他到底能吹出什么名堂来。

"在地下埋了两千多年，怎么可能呢。"我故意说。

"骗你不是人，城里的老太不比我们农村人呵。"

"那你没有上去摸一把？"

"解放军站岗，说是要献给中央首长，哪个敢上去？"

礼九说得我笑了起来，他也跟着笑。笑完以后，我们又下了一盘六路洲。

这时候，村子上又传来了鞭炮声，从村西一直向村东响了过去。礼九说："接新娘的轿子到你们家门口了。"

我"嗯"了一声，埋头于棋局。

下到中途，我又抬起头问礼九："这些年你在外头跑，还碰见过什么稀奇古怪的事？"

礼九说："碰是碰见过，说了你也不信。"他在吊我的胃口。

"又是什么奇怪的事？"我说。

"不说了。"

"你就说一下嘛，又不会掉一块肉！"

于是礼九就说了："我碰见过仙人。"

"仙人？"

礼九的神情变得郑重起来，似乎不像是开玩笑。"在山东碰见的，一路把我背来家，比坐飞机还要快呢！"

"有意思。"我说，"前年你回来得那么快，敢情是仙人背回来的。"

"就是的，我晓得你不信。女仙人还和我配过呢！"

"呵呵，这么说你也不是一个童男子了？"

礼九不接我的话茬，十分严肃地说道："他们不是地球上的人。"

"那他们是哪里的人？"

"人家有自己的地球。女仙人还告诉我，六十年以后在他们的地球上会有一个中国贫下中农的儿子出世。"

不由得我不发笑呵，这牛皮也吹得太大了。非常无聊，但又非常有趣，无聊到有趣了。我喜欢礼九就是这一点，能吹能炫，海阔天空。只听他嘟囔着说："我晓得你不信！"

我逗礼九："你说你和女仙人配过，感觉咋样啊？"

他的回答毫不含糊："比和人配快活多了，和女仙人配过就不想和人配了。"

"你又没和人配过，咋知道比和人配还要快活？"我说。

礼九一时语塞，苍老的脸上竟然泛起一阵红晕。"反正你不相信，说了你也不晓得。"礼九说，"和人配要比和牛配快活，和仙人配自然要比和人配快活了。"

"理倒是这个理。"我说，完了大笑不止——终于憋不住了。

看见我笑，礼九张开缺了门牙的嘴，也跟着笑了起来。笑完之后他低头看棋。"我输了。"他说。

鞭炮声又响了起来，这回异常猛烈。其间夹杂着唢呐和锣鼓声，经久不息，从村子的东边一直响了过来。我和礼九抬起头，通过瓦屋的院门向外面看去。虽然看不见人影,但燃放爆竹的烟气飘了过来,似有若无的,在树顶之上移动着。

"大闺女离村了。"礼九说。

## 39

时光飞逝,一晃又是两年过去了。这天,我从礼九那儿下完棋回家,锅巴窜出桥口来迎接我。它的后面跟着一个小男孩,恍惚之间我还以为是正月子呢,后来才看清是银针。在我的眼皮底下,他已经长这么大了。我们家锅屋的顶上,烟囱正冒着烟,想必继芳正在做饭。我的心里无不踏实,甚至有一点愉快。一片苍茫静谧的暮色里,我看见银针的手上拿着一件什么东西,白晃晃的。银针正将那东西高高地举过头顶,摇晃着。

"信,爹,我们家的信。"银针跑得气喘吁吁的。

这事儿的确新鲜,难怪银针要跑出来迎接我了。

锅巴上蹿下跳,银针呼呼地吸着鼻涕。我接过来那封信,还没有看出个究竟,银针又说:"爹,罗晓飞是谁呀?这上面写的是罗晓飞。"

这事儿就说来话长了,银针还没有到知道这些事的年龄。将来,等他长大了,我也许会告诉他,也许永远也不会。谁知道呢?我问银针:"你认识上面的字?"

"不认识,是我哥叫我问的。"他说。

看来这封信引起了小哥俩的怀疑,我心里略感不安。我对银针说:"等明年你上学了,就认识字了。"

然后,我们父子就跨进了家门。我的手上拿着那封信,银针跟着我,他的身后跟着锅巴。我们从堂屋里来到灶间。

继芳正在锅上忙活,正月子坐在灶后的小板凳上烧火。他的身上斜挎着书包。现在正月子即使放学到家,书包也不舍得放下。喜欢学习,这是好事情。

继芳头也不抬地说:"是贵爷爷让大秃子送来的,我没让他们拆,是你家来的信?"

她说话也太不顾及场合了。我注意到,小哥俩的耳朵竖了起来,正在观察我的反应。继芳还对他们说了些什么?我不得而知。

"没啥,不是家里来的。"我说。

"莫不是邵娜写来的?她过得咋样呀?信上都写了些啥?"

我没有回答。这时银针问他妈:"邵娜是哪个啊?"

我用眼睛看着继芳,她张了张嘴,就又闭上了。这时候听见"康啷"一声,正月子把火叉戳到了锅上。他对他弟弟说:"是个女的,前几年在我们村上,你还小,不记得了。"

我看了看小哥俩,把信顺手塞进了口袋里。

晚饭后,继芳安顿小哥俩睡下了(我们打了一张高低床,支在锅屋里,小哥俩一上一下地睡在上面),我倚靠在床头(我和继芳的床也早不是凉车子了,而是一张正正经经的双人架子床),从枕下(枕头也不再是两块土墼,而是塞了稻壳的软和枕头)摸出一包纸烟。"这烟怎么就只剩半包了?"我问。

继芳说:"大秃子来送信的时候,我给了他几根。"

说着她也钻出了被窝,往床头一靠,和我坐了个并排。因为提到了信,继芳来了精神。我看了看身边的女人,她身上穿的也不再是什么肚兜了,而是我从梦安买来的乳罩。深深地吸了一口烟后,我说:"是邵娜的信。"

"我说的吧？"继芳说，"她都说了些啥？过得咋样呀？"

"也没说什么要紧的。"我说，"她考上大学了，还说托人运动了一个单位，人家愿意接收我，让我回南京。"

"真的？"继芳的眼睛亮了一下。

我又抽了一口烟，继续说道："邵娜说，机会难得，让我去南京面谈，至于档案什么的以后再想办法。"

继芳"哦"了一声，眼睛更亮了。

"不过你放心，我是不会回去的。"

继芳哗的一下在床上坐直了。她转过身子，从正面看着我。"干啥不回去？"

"这还用问吗？"我说，"我的家在这里，儿子在这里，你在这里。"

"别忘了，你姓罗。"

"你这是什么意思？"

"你姓罗，姓罗的家不在这摊！"

我不禁愕然，继芳的反应大大地出乎我的意料。我还以为，听说我要回南京她会千方百计地阻拦呢，会哭得死去活来呢。没想到呀没想到。难道说继芳说的是反话？正因为怕她有激烈的反应，我才把不回南京的话说在了前头。实际上，我也的确没有想过要回去，压根儿就没想过这回事……

只听继芳说："你姓罗，银针也姓罗，你们是从南京来的。"

"我从南京来的不假，银针怎么也成了从南京来的？"我说，"你糊涂了不成？"

"我没有糊涂，银针是在县城里生的，是城里的伢子，南京也是城里！"

什么时候，继芳变得如此伶牙俐齿了？什么时候她学会了据理力争（虽然说的都是歪理）？继芳激动得不得了，把被子都掀了起来。我说："继芳，你到底是什么意思？是想让我回南京？"

"这么多年了，我们罗家受了多大的委屈，总算等到这一天了！"她说。

"我们罗家？继芳，你是什么时候有这样的想法的？"

"从你进这门的第一天！"

"我不信。"

"信不信都一样，我第一个男人姓范，第二个男人姓罗，现在，我是罗家的媳妇！"

她的声音大得不得了，我生怕吵醒了小哥俩。锅屋和我们的房间中间只隔了一间堂屋。虽说里屋的门上如今已经不是草帘子了，但那门是向日葵的秆子扎的，上面糊了一层泥巴，隔音效果自然很差。何况小哥俩已经有所怀疑了。我不禁柔声说道："继芳呀，不要那么封建好不好？都什么年代了，什么罗家的媳妇，范家的媳妇？你是我的女人不就完了吗？"

"这么些年了，我不清不白的，你也不清不白的。"说到动情处，继芳哭了起来，"我对不起正月子他爹，也对不起你……"

哭了就好，继芳不再大叫大嚷了。我在床沿上掐灭香烟，拉过对方，将她搂得很紧很紧。继芳把脸埋在我的怀里，哭成了一个泪人儿。眼泪、鼻涕涂在我的胸脯上、肚子上，继芳还不断地磨蹭着，想在那一片泪迹的皮肉上擦去她的眼泪。当然了，只会越擦越多。我尽量温柔地拍打着继芳厚实的脊背，摇着头："真没有想到呀……"

的确，这是我万万没有想到的。我没有想到继芳要我回南京，更没有想到她受了这么大的委屈。她失去了一个男人，又得到了一个男人，并没有什么损失呀？况且，得到的这个男人——也就是我，比以前的男人还要称心如意。以前，我大概就是这么想的吧？我以为她也是这么想的吧？她不应该感到委屈，应该感到庆幸才是。这种感觉到底是继芳给我的呢，还是我本来就是这么认为的？难道说，继芳不是人吗？不是一个有心有肺的好女人吗？不会因为发生的一切而感到痛苦吗？难道说，感到痛苦的就只有我和邵娜？我不也是失去了一个女人，又得到了一个女人？邵娜不也是失去了一个男人，又得到了一个男人？那我们又有何痛苦可言呢？这又有什么不同吗？我们得到不同的男人或女人是一种损失，为什么继芳就是捡了便宜？还是那句话呀，人心都是肉长的，我为什么就没有想到呢？

这颗肉长的心，现在就在我的肚子里，和继芳的声声哀鸣就隔着一层皮肉。它总算是听见了。

## 40

两天后，我上路去南京。我换上了最好的衣服。继芳准备了一化肥口袋的土产，绿豆、小米、花生、晾干的黄花菜什么的，让我捎给邵娜。礼九驾上牛车，送我去梦安搭车。

如今，驾车的已经不是闺女了，而是两头年轻的公牛，一黄一黑。牛是新的，但车仍然是老的。礼九坐在车上，手里照例拿着一根带叶子的树枝。这回他没有只做做样子，而是结结实实地抽了下去。两条牛护疼，将牛车拉得飞快。但再怎么快，也赶不上公路上跑的班车呵。成集到梦安的班车去年就已经通了。这时候，一辆前脸凸起的大红色的班车从我们的身边飞驰而过，灰土扬起，我不由得打了几个喷嚏。

"有班车不坐，要坐咱的牛车！"礼九嘲笑我说。

"多少年不坐汽车，不习惯了。"我说。

"到了县上，你还不是要坐汽车回南京？不至于我把你拉到南京去吧？"

"能挨一时是一时，我们也好说说话。"

"我年纪大了，跑不动了，你倒是满世界地跑起来，日后要听你说了。"

"我就去一趟南京，隔天就回，有什么好说的？"

"这一跑就刹不住喽，我晓得！"

说完，礼九一抬手，给了黑牛一树枝。牛车颠动起来。"这两头牛没咱闺女拉得稳当。"他说。

"谁说不是？现在谁还买牛？都买拖拉机了。"

"仁军是想买手扶子，队上凑巴凑巴，也能买得起，但贵爷爷不依，仁军拗不过他。"礼九说着又给了黄牛一树枝，"也幸亏是牛，要是手扶子我还不晓得咋开呢，那是伢子们的事情了。"

过了东风桥，我就让礼九回老庄子上了。我扛着化肥口袋，穿过梦安县大街直奔县城的汽车站，买了一张去南京的车票。上车的时候，我要把口袋也扛上去，司机拦住不让。所有乘客的行李——包袱、箩筐、旅行袋都被放上了车顶，车站上的人在上面蒙了一块油布，然后用绳子带住。

车行途中，我的心里一直不很踏实，惦记着化肥口袋，生怕它从车顶掉下去，或者到南京的时候忘记拿了。一面这么想，我一面对自己说：你真的已经是个乡下人了，心系绿豆、花生，真是没出息呀！然后，我就心事重重满怀忧患地睡过去了。

中途醒了几次。窗外是田野、树丛、波光闪闪的小河，以及泥墙草顶的房子。这些，都是我所熟悉的事物，这会儿看上去不免新鲜。

但看得久了，也就不新鲜了，毕竟只是田野、树丛和小河。大平原此刻就像一只转动的圆盘，尽头的边缘呈现出一道明显的弧线。长途汽车就像在兜圈子，似乎永远也走不出去了。莫不是碰见了老庄子上的人说的"鬼打墙"了？

最后一次醒来的时候，已经到了南京。我之所以知道是到了南京，是因为车停了。司机按了按喇叭，一面跨出座位一面说："到南京了。"

果然是南京而不是别的什么地方。

车站上的房子灰蒙蒙的，空地上停了一溜脏兮兮的大客车。一个人提着一只破铁桶，正把桶里的水往一辆车的窗户上泼去。泥泞不堪的地面上印着横七竖八的车辙。下了车的乘客扛着行李、提着旅行袋满院子乱走，在寻找出口。一概都是灰头土脸的，满脸的焦虑。这一切和我记忆中的南京真的很不一样。随即，我反应过来了，不是和记忆中的南京不一样，而是和想象中的南京不一样。关于南京，我早就失去了记忆，只有想象了。

我觉得到了一个完全陌生的地方，并且是一个让人沮丧的地方。空气中飘荡着汽油和煤烟混合的气味，非常难闻。充斥于耳的南京口音也让我不知所措。然后，我就看见了大许。

他比以前胖多了，还戴上了眼镜。穿着一件咖啡色的灯芯绒夹克，尖头黑皮鞋。即便如此，我还是一眼就认了出来。显然，是邵娜让他来接我的。

大许奔了过来，非常热情地在我的肩膀上又打又拍。"你终于来啦，你终于来啦，多少年了……"他说。

"是呀，是呀……"我不知道该说什么好了。

"你没变，没变，还是那么的精神那么瘦，这就好，这就好……"大许拉着我向车站出口走去。我不作它想地跟着他，差一点真的把嘀咕了一路的化肥口袋忘在了车顶上。

然后我们上了三十三路电车,前往南京工学院。邵娜在南工的招待所里帮我登记了房间。她的父母是南工的老师,这我以前就知道,不知道的是邵娜目前就读的大学也是南工。大许告诉我,他们(他和邵娜)现在也住在南工的一间宿舍里。

总之,在那辆拥挤不堪汗味熏人的电车上,大许说的最多的就是"南工"这个词,"南工"这"南工"那的。敢情他们的南工就是我的老庄子。而关于老庄子我什么都没有说,大许也没有问。

开门进了招待所的房间,大许让我收拾一下,然后去他们家吃饭。实际上我也没有什么可收拾的。把化肥口袋从肩膀上卸下,往水泥地上一撂,都不带磨正的。之后,我就在那张被日光灯照得一尘不染的床上坐了下来,搓着手,不知道该干什么了。

大许问我要不要洗把脸,我摇了摇头。他又问我要不要上厕所,撒泡尿,我这才意识到膀胱胀得厉害。感谢大许的提醒,我去了趟卫生间,痛痛快快地撒了一泡尿。白瓷马桶是那么的洁净,打扫得那么干净,我都舍不得撒呀,但还是撒了。好歹我是个南京人(有点恢复自我意识了),知道冲马桶,而无须大许的提醒。他对我的关心无微不至。我撒尿的时候大许始终站在卫生间的门口看着,看看我有什么需要帮忙的。

然后,我们就带上了房间的门,走了出去,来到了夜色笼罩的校园里。

我跟着大许在一栋栋的大楼间穿行,楼面上的窗户里都已经亮起了灯,真的是灯光熠熠。我似乎听见了一阵朗朗的读书声。实际上不过是我的幻觉,并没有什么人在读书。校园里只有人声汹汹,黑影条条,那些楼,不过是一些宿舍楼罢了。关于大学,我的想象力不过如此，除了知道是一个读书的地方，就不知道别的了。

大许的家（同时也是邵娜家）住在一幢筒子楼里。到了楼内，灯光反而昏暗下来，不像在外面看见的那么刺眼了。我们顺着破旧的楼梯向上爬去，来到二楼的一条走廊里，光线更加暗淡，和点煤油灯也差不了太多。实际上，那走廊里根本就没有灯，灯光是从一扇扇半敞的宿舍的门里透露出来的。走廊的两边堆放着纸箱、木箱、煤墼、破桌子等杂物。几乎每张破桌子上都放了一只煤油炉，一些男人或者女人正扎着围裙在上面做饭。油烟味儿混合着肉香弥漫了整个楼道，嗞嗞的煎炸声和夸嚓夸嚓的炒菜声此起彼伏。

邵娜亦然，正站在自己家的门口炒菜。看见我和大许走过来，她打了个招呼，让我们进屋去坐。她那么的随便，就像我每天都来他们家串门一样。面庞在门口的灯光里一闪，我也没有看清楚，大许就把我拉到里面去了。

他们住的房子只有八九个平方，有一张大床和两张拼起来的课桌，墙角上放着几只摞起来的皮箱以及纸板箱。此外就是一个脸盆架子，两张凳子，一只竹子做的小书架。锅碗瓢盆作料瓶子沿墙根放了一溜。到处都是书，小书架上根本不够放，蔓延到各处。地上还放着一捆捆的没有拆开的书。这些无处不在的书不仅使房子里显得十分凌乱，也让我不禁自惭形秽。

大许让我在床沿上坐下，那是他们家最好的座位了。桌子上面已经放了好几盘炒好的菜，一个肉丝炒芦蒿，一个清炒马兰头，还有一盘从外面剁的盐水鸭。都是典型的南京特色。看来他们把我当成外地人了，或者是为了照顾我的思乡之情，也是说得通的。

然后，我的目光上移，看见了床头的墙上挂的大许和邵娜的结婚照。闪亮不已的镜框里，他俩一个穿着白色的婚纱，一个西服领带。

两颗幸福的脑袋紧紧地挨在一起，胸前捧着一大束娇艳欲滴的玫瑰花。我怎么觉得照片上的这一对比照片外的那一对更相配呢？显然，我是嫉妒了。但也许我嫉妒的不是大许，而是大许和邵娜，是他们俩。

"娜娜，别忙了。"大许冲着门外叫起来，"晓飞又不是外人。"

"不要忙了，不要忙了。"我也说。

邵娜端着一盘香肠炒鸡蛋走了进来。她扎着围裙，手上拿着白铁锅铲，身上一股炒菜的味道。终于来到了灯光里，胖了，也老了。但即使再老，也比继芳年轻呵。邵娜将盘子往桌子上一放，说："也没有什么好忙的，家常便饭。"

大许拿出一瓶通化葡萄酒，动用开瓶器很不熟练地将其打开。然后将酒分别倒进三只玻璃杯里。三个人坐下来开始吃饭（同时喝酒）。由于相隔已久，不免生疏，开头说了一些无关紧要的话。邵娜问我坐车是否顺利，家里可好，等等。突然大许举起他的玻璃杯，在我的杯子上咣啷碰了一下。他喝了一大口葡萄酒，说："晓飞，这些年你吃了不少苦，我们对不起你呀！"

我不由得紧张起来。"哪里，哪里……"

"我对娜娜说了，晓飞的忙我们一定要帮，不帮你那帮谁呀？"大许说。

邵娜打断大许："喝酒，喝酒，哪来的那么多的废话！"

大许不理邵娜，继续对我说："晓飞，我心里有愧啊！"

这是前兆，我太了解这个人了，接下来……于是我赶紧说："我过得挺好的。"

"你过得好那是你的事，我们对不起你，那是我们的事。"

"你喝多了吧？说些什么哪！"邵娜说。

"我没喝多。"大许说，然后又转向了我，"晓飞，这次联系南京肉联厂，是我们家的老关系。"

"了不起！"邵娜讽刺道。

我说："谢谢，谢谢。"

"谢什么谢呀，我们欠你的情这辈子也还不清呵！"

"是你欠他的吧？"邵娜说，"别把我也扯上！"

"我欠他的不就等于你欠他的？"

"不等于。"

"好好好……"大许一时被噎住，找不出词儿来反驳邵娜了。

他俩一来一往地戗上了。这样也好，我就可以不用说话了。

看这架势，他们经常抬杠。虽说是抬杠，我觉得这里面却包含着某种甜蜜和默契。大许和邵娜就像是一对老夫妻，或者说是一对可以过到老的小夫妻。邵娜越是表现得和大许对立，这一点就越是体现得非常明显。我注意到他们长得也越来越像了。

在这场小夫妻无谓的争论中，大许始终处于被动地位，言语也比较收敛。而邵娜控制局面则显得游刃有余，异常的有把握。所以说，我也不必过分担心，大许并不会像当年那样的借酒撒疯，弄得难以收拾。

果然，大许不再提谁欠谁的事了，抑制住了他的感情。但大许就是大许，不甘寂寞。又喝了几杯后他说："哎，晓飞，这次来要不要见见吴刚？他听说你来了可激动了。"

"下次吧。"我说，"这次来主要是办事，明天还得赶回去。"

"那也好，等你办回了南京，大家见面的机会那还不多吗？"大许显得很通情达理。他那澎湃的情绪始终被邵娜压制着，也真够难为人的。

过了一会儿，我问："吴刚他现在在干什么呀？"

"没啥出息,"大许说,"在四川酒家干厨师。我虽然在厂子里,好歹也考上了电大,娜娜就更不用说了,人家是正儿八经的大学生,还是重点大学……"

"你越说越没劲了。"邵娜说。

大许也不以为意,哈哈一笑:"我罚酒,我罚酒。"端起杯子,一口干了。

大许还要再开一瓶葡萄酒,被邵娜拦住了。"晚上还要办事呢。"她说。

吃完饭,邵娜领我去了金处长家。

这金处长是我办回南京的关键性人物,南京肉联厂的人事处处长。人虽然在肉联厂上班,家却住在南工的校园里,可见和南工是有渊源的。至于是什么渊源,我没有多问。你说呀,要是金处长和南工没有一点关系,邵娜的家里又怎么可能认识他呢(大许说是他们家的"老关系",显然是以邵娜的家人自居的)?

去金处长家以前,我回了一趟招待所,去扛那只化肥口袋。邵娜在招待所门口的路灯下面等我。口袋扛下来后,我说:"里面的东西有一半是给你和大许的,先去你们家放下。"

"不用了,不用了,"邵娜说,"办事要紧。"不由分说,她就拐上了一条向右的砖铺小路。

那条路和他们家的筒子楼不是一个方向。我只好扛着口袋跟在后面,一面很后悔没有将给邵娜他们的东西拿出来放在招待所的房间里。我觉得自己在这样的环境里变笨了,像个傻瓜似的,任人牵着鼻子随便摆布。

金处长家的房子也很破旧,是老房子。看得出来,他们一家在里面住得有些年头了。客厅非常窄小,放了一张吃饭的方桌。金处长家已经吃过了。黑乎乎的天花板上垂下一只二十瓦的白炽灯泡,照着桌子上的一只贴了胶布的纱布菜罩,里面罩着几碗剩菜。房子里有一股隐约的饭菜馊味儿。一个小姑娘正趴在桌子边上做作业。

我们进去的时候,金处长正在一只脚盆里洗脚。他不急不忙地抬起腿来擦脚,一面让小姑娘进屋里去。擦完脚,金处长趿拉着拖鞋去倒洗脚水。他说:"你们再不来,我可要去睡觉了。"

倒完洗脚水回来,金处长说:"自己找个地方坐。"

邵娜在一张板凳上坐了下来。

一个半老太婆模样的女人从里面的房间里端了两杯茶出来,放在桌子上。邵娜和她打招呼:"阿姨,打搅你们了。"

女人微微一笑,没做回答,就又进去了。

这时候,我仍然站在门口,肩膀上扛着化肥口袋。因为金处长让"自己找个地方坐",似乎不是对我说的。他甚至都没有拿正眼看过我,就像我压根儿不存在一样。还是邵娜说:"把东西放下吧。"我这才放下了口袋。

我觉得自己有必要活跃一下,于是从怀里摸出一包香烟,抽出一支,上前一步递给金处长。"处长,吃烟。"

"我不抽烟。"金处长说,总算抬起头来,看了看我,"你是罗晓飞?是从南京下去的知青?"

"是。"我说。

金处长端起桌子上的茶杯,吹开茶叶,喝了一口。敢情,那两杯茶并没有我的份呀。

"这就奇怪了,我们经过外调,说是罗晓飞七二年就死了。"金处长说。

我一时不知道该如何回答，正在踌躇，邵娜开口了。"金叔叔，这里面的情况比较复杂，你听我解释……"

"小邵呀，"金处长打断邵娜说，"不是我不想帮这个忙，你爸爸也帮过我的忙，说起来都是自家人。正因为如此我就更要对你负责任了。这年头，什么样的人没有呀？你可不要上了坏人的当……"

我不由得脸红起来。这个"坏人"显然是指我了，不可能是别的什么人。邵娜也急了，嚷嚷着说："他不是坏人，我们是中学同学，下放的时候也在一个生产队上。"

金处长蹙眉沉思。"你和他多少年没见了？"

"四年。"

"还是呀，四年没见，还能记得那么清楚吗？我们外调的结果，罗晓飞七二年就死了，也就是说他七年前就死了。"

金处长的意思很明白，我是一个冒牌货，冒名顶替罗晓飞，也就是我自己。这事儿的确够荒唐的，但我一点也不觉得荒唐。让我感到荒唐的只是这里面的逻辑，然而羞愧慌张的情绪却告诉我，金处长说的没错，是一个事实，我被揭穿了。此刻，这个骗子就站在这里，被他们议论着。我真想找一条地缝钻进去算了。

只听邵娜说："如果他七年前真的死了，那我四年前见的又是谁呢？"

逻辑严谨，不容辩驳，甚至于咄咄逼人。看来邵娜也真是急了。她一急，本性就暴露无遗。邵娜的本性在我看来就是不依不饶，还有让人受不了的冰雪聪明。金处长顿时语塞。

邵娜刹不住："难道说，我见的是鬼不成？"

"这我们就不知道了。"

"所以说，金处长，你得听我解释。"

一个自称"我们"，一个称对方为"金处长"，显然事情已经谈崩了，连我这个出土文物都看出来了。下面就看怎么收场了。

金处长说："小邵，不是我不听你解释，你一个人的解释也有用，我们办事得凭材料，只要他能拿到梦安县知青办公室的证明，证明他是一个知青，我们厂就接收，其他事情我们不想问也问不了……听说那个罗晓飞还是畏罪自杀的……"

"不是那么回事。"邵娜说。

"你跟我说也没有用，只要他能拿到知青办开的证明，不管是谁我们都接收。"

"只要能拿到证明？"

"只要能拿到证明。"

金处长总算下了台阶，邵娜也总算是抓住了一根稻草。两个人都松了一口气。然后我们就走了。刚走到门口，金处长叫住邵娜说："让他把东西拿走。"

邵娜还在推让，我上前一步，扛起化肥口袋就出门去了。当时我心里想的是：这口袋里还有继芳让我捎给邵娜的黄花菜呢，不能就这么白白地给糟蹋了。

走到楼下，邵娜从后面气喘吁吁地赶上来。她责备我不识时务，没有把化肥口袋留在金处长家。看她着急上火的样子，我心里很难过。邵娜这是为了谁？还不是为了我吗？于是我的心一下子就软了。扛着化肥口袋，准备反身上楼送回去。邵娜把我拦了下来。

"算啦，"她说，"你交给我吧，回头我再递过去。"边说边来抢我的口袋。

这哪成呀。于是我们就在金处长家的楼下拉扯起来。我说："现在我扛，哪天送来的时候你再扛。"

"我就不能现在就扛吗？"邵娜说。

最后，邵娜抢下了口袋，扛在肩膀上向前一阵疾走。看着路灯下婆娑的树影里邵娜别扭的姿势，我觉得完全不是那么回事。她已经很久没有干体力活了，况且是扛口袋。这简直就是对她的侮辱。邵娜坚持侮辱自己，我也没有丝毫办法。

## 41

第二天，我执意要回梦安，邵娜也没有阻拦。她的意思是让我快去快回，去县知青办开了证明，尽快赶回南京。

大许一大早就去厂里上班了。邵娜上完两节课，送我去长途汽车站。由于时间尚早，我突然想起来去看一眼父亲。这个念头一旦出现，就再也压制不住了。邵娜反复地劝阻我，但无济于事。

邵娜的意思是我现在的身份特殊，老人没有准备，何况胜利在望（我看不出来），千万不要有什么差池。等有关的手续办妥了，再去看我父亲也不晚呀。邵娜又说，这么多年都过来了，也不在乎这一时半会儿，让我再咬牙忍一忍。

是啊，是啊，这么多年了，我甚至很少会想起父亲。我认为我们这辈子肯定是见不着了。我从来都不敢想和自己的父亲见面的情景。可现在，有什么已经起了变化，我已经来到了南京。父亲就在不远处的那栋房子里，正凭窗而立，等待着他的儿子。再让我遵守当年的誓言已经不能够了。

一股莫名的勇气突然升起，在它的支撑下我大踏步地向前走去，不顾街上车来人往。好在回家的路我非常熟悉，况且目标异常明确。邵娜跟在我后面，一路小跑着。她不断地提醒我："当心！当心！"

来南京后还是第一次，不是别人带着我，而是我领着邵娜向某处进发。

街景这时候也起了变化，滚滚向前的车流不再像以前那么令人畏惧了，城里人看上去也不再那么的凶悍霸道了。由于疾走，我不禁带起了一阵风，路边的行人纷纷避让。甚至那些高楼大厦也不再一味高大，显示出可亲的一面。

过马路的时候，我差点没被一辆带挂斗的解放牌卡车撞倒。司机从驾驶室里伸出头，大声地骂道："不想活啦，二哥！"

我并不觉得这是骂人话，就像我真是他的二哥一样。邵娜赶紧上前紧紧抓住我的胳膊，脸色吓得煞白。然后我们过了马路。

终于到了北下路旁边的三条巷。十年过去了，它还是那么的僻静。脚下的石子路隔着鞋底硌着我的脚，让我觉得那么踏实。我又看见了煤炭店、老虎灶、剃头店门前旋转不已的幌子。卫生院长长的围墙上探出盛开的月季，似乎还是十年前的模样。这番光景不禁使我激越的心情稍稍平复下来，变得复杂难言了。脚步也不知不觉地放慢了。邵娜终于和我走成了并排，她仍然在劝我："晓飞，还是别去了吧。"

"我就看一眼，没准爸爸不认识我了呢。"

"别把老人吓着了。"

"不会的，我有数，你尽管放心。"

"等把手续办完了，回了南京，再向你爸爸报喜也不迟呀。"

"要是办不下来呢？再说，我也不想再来南京了。"

邵娜急了起来——八成是故意的。"你怎么一点信心都没有？办这种事哪有那么顺的？总会碰到困难的。金处长不是说了吗，只要知青办出一个证明，他们就接收。"

"谈何容易，"我说，"要是我爸他还能动，让他跑一趟肉联厂，证明我是他儿子，也省得我去开证明了。"

"你真是在乡下待久了,脑子转不过来。"邵娜说,"这种事得单位出面,私人证明哪能行呀!"

反正,她就是不希望我去看父亲,这点我已经看出来了。我也懒得多费口舌,对邵娜说:"反正我想去看看。"

说话间我们已经来到四十八号大院门口。邵娜知道不可能再阻止我,蹙着眉头说:"那你进去吧,我这儿等你。"

我也不勉强,用手整了整衣服领子,就推开铁皮大门进了院子。

我们家住在院子东边的那排平房里,左手第二个门。很久以前,左手第三个门也是我们家。"文革"以后、我下放以前那间房子就被父亲单位的一个军代表的亲戚给占了,理由是我们家一共两个人,一间房子够住了。这当然和父亲遭到批判有关。他长年待在五七干校里,接受劳动改造,实际上后来我们家里只有我一个人。然后,我和父亲掉了个个儿,我去了广阔天地,他因为身体原因无法继续参加生产劳动,回了南京。父亲的问题也有了初步结论,叫做"靠边站"。工资照拿,但需要在当地居委会的监督下从事改造。一段时间以来,四十八号大院里的公共厕所就是归我父亲打扫的。所有这些信息都是我下放的头几年里从父亲不多的几封来信中得知的。毕竟十年过去了。

此刻,我的第一个反应就是院子变小了,就像以前院子的一个缩小的模型。院子还是那个院子,但比例不对。是我长大了?还是在广阔天地里待久了?或者时间化作空间,使往昔变得窄小?

其次是院子里过分安静,几乎没有人——当年它可是非常热闹的。

一个我不认识的男人推着自行车出来,狐疑地看了我一眼。然后哐的一声将自行车提过院门的门槛。

右边的平房前面,一个女人在两棵大树间拉着的铁丝上晾被子。一面晾被子一面拿眼睛觑我。

父亲的房子门窗紧闭，那门窄小得令人生疑。但无须怀疑，当年我用铅笔刀刻画的一个小人儿犹在，只不过刻痕已经暗淡，变脏了。我瞄准那小人儿，用右手指关节在上面叩击。就这样敲了好一会儿，门后终于有了一些响动。啊，我的老父亲趿拉着拖鞋来开门了。我告诉自己，无论父亲多么老迈都不要吃惊呵。可门打开后，我还是惊讶不已，万万没有想到，门后站着一个女人，而且还是一个少妇。套着一件宽大的男式圆领汗衫，下面是一条印花睡裤，满头的卷发器摇曳。

少妇面颊浮肿，眼睛里的一丝惊愕瞬间转变成了厌恶。"你找谁？"

我怯生生地问："请问罗家生在吗？"

"不认识！"说着少妇就要关门。

我心里想，这门一旦关上，就再也打不开了，我的父亲就永远地被关在了后面。情急之下，我伸出一只脚，插在门扇与门框之间，问少妇道："这里是罗家生的家吗？"

"不是！"少妇说，又要去关门。

我稍一犹豫，脚缩了回来，那门便在我的眼前重重地关上了。

院子里的那个女人这时已经晾好了被子，手里拿着一柄"爬山虎"在被子上面噗噗地拍打。空洞的响声在四周回荡着。我在平房前面徘徊了几步，最后鼓足勇气，再次返回去敲门。

这次门开得很快，就像那少妇关上门后就一直站在门后。她不无愤怒地看着我，头上的卷发器互相磕碰起来。

"我想问一下，罗家生搬到什么地方去了？"

"不是跟你说过了吗？这里没有姓罗的！"

然后砰的一声，门又被关上了。一句"二哥！"随着空气被从门缝里挤出来。这回，我再也无法领会它亲切的含义了，意义分明，是在说我是不受欢迎的乡巴佬。

我走出四十八号大院。一面走一面心有不甘地回头张望着。邵娜蹲在路边的一根水泥电线杆下面，看见我，站了起来。我告诉她说："我爸不住在这儿了，也不知道搬到哪里去了。"

邵娜没有搭理我。她的脸色蜡黄，表情似乎非常痛苦。

"你怎么了？身体不舒服？"我问。

邵娜没说话，转过身去就走。我只好跟在她后面。现在又变成她领着我了。

"邵娜，你到底怎么啦？"我再次问道。

她突然就停了下来，和走的时候一样突然。"叫你不要去，你不听！"邵娜说，眼睛直勾勾地看着我。我的心里一阵发毛。

她的反应不可能是因为在生我的气，肯定是有别的原因。我脱口而出："我爸他怎么啦？"

邵娜的表情一瞬间变得十分柔和，脸庞发亮，就像夕阳一样的映入我的眼中。那是一种纯粹、深入而又如此遥远的关切之情。从邵娜嘴巴里说出来的话却干巴巴的："罗伯伯两年前就去世了。"

"是吧。"我说。

## 42

车到梦安时已是傍晚，没有班车去成集了。即使有班车，我也不会马上就赶回去，因为已经答应了邵娜，要去县知青办开那个证明。离开南京以前，邵娜曾对我说，办回南京现在已经不是我的事了，而是她的事。如此一来，我反倒是有了一些动力。想起自己千里迢迢地前往南京，不也是因为继芳吗？这是两个给予我动力的女人，或者说是左右我行动的女人，以前如此，现在仍然如此。

我在继芳生银针的时候住过的那个小旅社里登记了一个床位,脱了鞋就上床了。房间里的灯一直亮着,同住一屋的人进进出出,但我并不觉得受到了打扰。比起在南京住招待所的单人房间,我心里踏实了许多。我想起了父亲,有些难过,但也不是那么难过。最让我难过的是想见而没有见到他,几乎见着了,但终于还是没有见到。

邵娜说我父亲两年前就去世了,就好像说的是另一个人,和我想见而没有见着的不是同一个人。一个已经去世,另一个则不见踪影、无处可寻。这是一回事,又不是一回事。自打七年前在老坟地我对父亲三鞠躬后,他就已经死了,已经死了的人是不会再死的。如果我不去南京,就不会有这档子的事儿了。当然啦,如果那天开门的不是一个戴着卷发器的少妇而是一个衰弱不堪的老人,还有我父亲已经死了这回事吗?父亲从那扇我熟悉的门后出现是完全可能的,也是必然的。说不清楚呵,也想不明白,生与死。然后我就睡着了。

蓦然醒来,看见父亲就站在我的床前,满脸苦愁地注视着我。不,那不是我父亲,而是一个半夜进来住店的人,一个和我父亲同样老的却活着的老人。

"小伙子呀,你打呼噜的声音太大了,像开火车似的,能不能小声点?"他说。

于是后半夜,我就不敢睡着了,听着那和父亲同样老的老人打着我这样年纪的人才打的呼噜。

第二天上午,我去了县委大院,梦安县知识青年办公室就设在大院里。我生怕在门口被门卫拦下。还好,进门的时候很顺利。也许是在南京待了两天,我的气质有了变化,门卫不仅没有阻拦我,甚至还向我指点了知青办的所在。

那知青办设在一栋平房末尾的一间房子里,门庭冷落,十分萧条。顺着平房向前走的时候,草越来越深,几乎都长到砖头铺的小路上来了。知青办的牌子也已经歪斜,字迹也已褪色。看来,知青工作真的已经接近尾声,快收摊子了。

办公室里只有两个人。一个就是著名的戴主任,其名头在知青中间如雷贯耳,我则是第一次见到本人。另一个看来是普通的办事员,甚至连办事员都不是,也许是勤杂工。我进去的时候,他正用一把拖把在拖水泥地。戴主任则坐在桌子后面,用一把指甲刀在修剪指甲。那指甲刀拴在一个钥匙圈上,钥匙圈上挂满了钥匙,并有一根银链子连在腰上。因此他说话的时候不时地有稀稀哗哗的声音发出。

我说明来意,请他们给我开一张知青身份的证明。戴主任给我的感觉是,这件事与他们无关,我跑错地方了。虽说如此,他并没有赶我出门的意思。大概是太无聊了,正好来了一个人,不免可以消磨一番时光。我倒是愿意他们尽快打发我走人的,无论这证明开还是不开。不论结果如何,我都可以给邵娜一个交代了。对继芳也是一样。

"怎么才能证明你是罗晓飞呢?"戴主任问。

"要是我能证明,就不来找你们了。"

"只要你能证明你是罗晓飞,我们就给你开罗晓飞是知青的证明。"

"这么说,你们是不准备开这个证明了?"

戴主任噘起嘴,吹掉玻璃板上的指甲屑。他说:"罗晓飞是知青不假,但他七二年就已经死了,我们有他的档案,你得首先证明他没死才行。"

"我没有死,我就是罗晓飞。"我说,"你说的那件事我也知道,是王助理办的案子,七二年的时候他是我们公社的公安助理。但我今天来不是要翻案,只是求你们开一个证明,这是两码事。"

戴主任不禁有点生气，把指甲刀往桌子上一拍。"你不要跟我绕，别想把我绕糊涂。"他说，"你说你是罗晓飞你就是罗晓飞啦？"

"我们能不能不谈我是不是罗晓飞的事？我要的只是罗晓飞是知青的证明，跟他的死活并没有什么的关系。"我说。

戴主任抬起头来，盯着我看了好一会儿，脸上浮现出了会意的笑容。"我晓得你的意思。"他说，"就算是罗晓飞死透了，化灰成泥，我们给你开这个证明也没有用！"

"怎么没有用？"

"这都想不过来？罗晓飞是畏罪自杀的，奸污生产队的耕牛，破坏春耕生产，就算他没有死也是个现行反革命，应该被开除知青队伍。罗晓飞不管死活都不能算是知青。我说你们这些社员群众，也不动动脑筋，尽想好事儿了！就是想好事儿也要找对路子呵！"

"找对路子？"我问。

"是啊，至少也得找个正常死亡的，要是能找到为人民的生命财产献出自己宝贝生命的，那就更好了。找个反革命，那不是找死吗！"

"找死？"

"便宜没占到，还要背一辈子的黑锅，不是找死又是什么？我这都是为你好啊！"

戴主任的话是建立在不相信我是罗晓飞的前提上的。看来，证明我是罗晓飞的确是必要的，而不是无关紧要的。在这一问题上无法蒙混过关。这个人并不傻，戴主任的名气不是吹出来的。真正傻的是我们，我和邵娜，以为跳过翻案一节就能糊弄过去，就能开出知青身份的证明。我故作无辜地问对方："你怀疑我冒名顶替？"

戴主任哈哈一笑，说："不是怀疑，你就是！这种事我见得多了，这二年知青大返城，也不是你一个人动这种心思。也有社员办成功的，花钱孝敬、找关系走后门，去了南京、北京、上海、天津，去哪里的都有。但人家的路子对呀，像你这样的，就是肯花钱，我们也不敢帮这个忙。给你开了证明也是白开，人家单位也不会接收，那不是骗你吗？"

我赶紧接过戴主任的话茬说："南京的单位我已经联系好了，只要你们开证明他们就接收。"

"哪有这么好的事？做梦想屁吃！"戴主任瞪了我一眼，"人家把你卖了，你还帮着数钱，死都不知道是怎么死的！我们讲良心，不干缺德的事，回去再想想办法吧，找个正常死亡的倒可以商量，有钱也不能往水里扔呵！"

"我没钱，但我的确是罗晓飞，是从南京下放到成集公社大范一队的知青。"

戴主任哼了一声，把指甲刀连同钥匙圈哗啦一声收进裤子口袋里。"那你就只有去找什么王助理、张助理了，让他来证明你是罗晓飞。"他说。

"是王助理，王学彬，你们可以找他去调查。"

"你别吓唬我，就是王局长也不敢蹚这趟浑水！"

## 43

离开知青办，我就赶班车回成集了。心情格外轻松。我已经尽力了，对邵娜和继芳都有了一个交代。不是我不想回南京，而是人家不让我回，我又能有什么办法呢？这以后就可以关起门来，继续过庄稼人的日子，南京，甚至梦安我都不会轻易再去了。

当然了，出来跑一趟也有好处。得知了父亲的死讯，外面的世界就更加和我无关了。最后的一丝挂念被掐断，可谓一了百了。邵娜也已经和大许结了婚，不是听说，也不是胡乱猜想，而是我亲眼所见。两口子虽然磕磕碰碰，口角不断，看上去不太融洽，但胜似融洽呵。更何况邵娜前途无量，真的没有什么好担心的了。在南京时我表现出的种种笨拙，甚至于丑态，真的非常及时和必要。无情的岁月使我在对方心目中的形象被破坏殆尽，还有什么比这更好的呢？四年前邵娜离开老庄子后我体会到的那种平静再一次笼罩了我，虽说有那么一点空虚，但毕竟开阔得近于无限了。

在那辆左摇右晃的班车上，我不由得欣赏起路边的乡村美景来。田块青黄不一，深浅各异，色彩丰富的大平原随着车行，沉稳而缓慢地转动着。远处的村庄和近处挑着担子走路的人都是我熟悉的，令人倍感亲切。公路两边的小河如此清澈，河水碧绿。水草向着一个方向倒伏漂浮，有如无数柔软的箭头指引着老庄子的所在。自始至终我都保持着沉静的状态，并被自己感动了。

老庄子上也很安静，男子汉和妇道们正在生产队的大田里劳动。甚至，村子上的狗也没有怎么叫，它们毕竟认识我，知道不是外人。

继芳在家，没有去上工。大概估摸着我今天回来，特地请了假。正月子上学去了。银针带着锅巴跑出桥口来迎接我。只是为好家那边静悄悄的，堂屋的门紧紧地关闭着。

自从大闺女出嫁以后，为好也不怎么出工干活了。他们家有为好媳妇、二闺女、三闺女挣工分，已经足够了。我满心以为听见响动，为好会走出门来，笑呵呵地说："兄弟，来家啦！"但是没有。

继芳烧了一大锅开水，把冬天才用的澡桶搬了出来，让我洗澡。虽然昨天晚上我在梦安的小旅社里已经洗过了，身上一点都不脏，但还是笑纳了。无论是县城的小旅社还是南京的招待所，用莲蓬头淋浴怎么比得上家里的澡桶呢？

我脱光了衣服，整个人泡在热水里，手臂担在澡桶沿上，双手搭拉在外面，闭上了眼睛。热气蒸腾中，继芳用一只葫芦瓢不断地添着开水。她抓起老丝瓜瓤子，抹上药水肥皂，在我的身上搓揉着。看我洗得舒服惬意，银针也要跳进来和我一起洗，被他妈挡在外面，不让靠近澡桶。银针就自己脱了裤子，光着两瓣小屁股。他的小鸡鸡就像是一把新茶壶的壶嘴，不过是向下的。

小家伙绕着澡桶跑了好几圈，想找一个突破口。继芳一面给我搓背，一面阻止他说："让你爹爹好好洗！"

我也拿银针开玩笑："你也是个小伙子了，光着屁股不害臊！"

"爹，你也不是光着腚吗？"他说。

我无言以对。这家伙聪明得很，大人往往说不过他。

继芳撩起澡桶里的水，浇淋在我的胸脯上。

"真的没有指望了？"继芳问，自然是指我办回南京的事。

"没指望了，再办下去没准儿要出事。"我说。

"出事？"

"我是有罪在身的人，再办下去没准要进监狱，那就偷鸡不着折把米了。"

说这些话的时候，银针已经跑到里屋里去了，钻进了被子里。他待在床上等我洗完，好让他妈接着给他洗。因此我们夫妻说起话来并没有什么顾忌。

"那就赶紧住手吧。"继芳说，"也是怪我不好，不该让你上南京的。"听不出有任何的失望。

想起接到邵娜来信的那天，继芳那样的恳求我，那么激动，我有点想不通了。我不禁睁开眼睛看了对方一眼，那张脸上平静如水，有的只是歉意和顺从。我于心不忍。"没什么，出去看看也好，也晓得了。"我说。

"是的呢。"

继芳不再说话，更加卖力地帮我擦洗起来。一时间只听见洗澡水在澡桶里晃荡，浇淋在我身上的声音，继芳捞起手巾的声音，以及喘息声。我们夫妻呼吸相闻。

银针隔着墙喊了一声："妈，爹还没有洗好啊？"

"急什么急？"继芳回头说，"有这工夫还不快去烧水！"

我突然想起来问继芳："怎么没见他大伯？"

"病了。"继芳说。

"什么病？"

"没啥，吓出来的，知道你去了南京，他就躺下了，两天没吃没喝。"

"要紧吗？"

"你这不是来家了吗？回头你去看看，就算给他大伯治病了。"

我站在澡桶里，继芳拧干手巾帮我擦身子。她手劲大得像男人，手巾被拧得干绷绷的，擦了好几遍，把我身上都擦红了。

继芳帮我套上衣服。她说："别忘了回头给邵娜写封信，我们虽然不办了，也要谢谢人家，难为她这一番心意。"

"知道了。"我说。

继芳说得一点都不错，为好得的是心病。洗完澡，我就去了为好家，推开堂屋的门，一直走到了里屋里。为好躺在床上，看见我马上别过头去，将脸冲着里面的墙。我知道这是他在生我的气，于是开门见山地说："老大，你可别想多了，我去南京是我爹死了，不是要办回去。这辈子，我就待在这老庄子上不走啦！"

为好一骨碌从床上爬了起来，对我说："你咋不早说呢，看把我给急的！下次回南京，要先告诉一声呵。"

"晓得啦。"我说。

为好将双脚伸下床沿，找他的鞋子，一面异常关切地问："老人啥时候去的？入土了没有？棺材板子可是桑木的？这事情可不能马虎呵……"

"南京人不时兴土葬，已经火化了。"

"怎么能这样呢，怎么能这样呢……"为好着急起来。

见他已经没事了，我敷衍了几句就出来了。

这以后，日子又恢复到我去南京以前的模样。我打理园子，为好给我当帮手，但我和他也说不上几句话。烦闷的时候，我就去瓦屋找礼九，听他说东道西。礼九也经常来我们家吃饭。届时继芳就炒上两个小菜，我俩喝上两盅。日子就这么过着。

一天，我和礼九在牛屋门前的地上下六路洲，一面晒太阳聊天。礼九说："说是淮阴人上河工，挖到一只大乌龟，眼睛有磨盘那么大，爪子有二亩地长，挖不上来，就又埋了……"

当时轮到我走棋，因思考棋局我没有答腔。礼九继续说："说是我们这摊是乌龟驮着的，你听说了没有？"

"没听说。"

"那你不是白跑一趟吗？"他指的是我前几天去南京的事。

"是白跑一趟。"我说。

这时继芳从瓦屋的院门外走进来，手上提着锄头。她的脸因为跑路红扑扑的。显然继芳是从生产队的大田里来的。

礼九连忙站了起来："哎哟喂，是弟妹，稀客稀客，怎想到到我这摊来的？"

"叫错啦,我们比你晚一辈,应该叫侄儿媳妇。"我开玩笑说。

"弟妹是随你,"礼九说,"你是我兄弟,她不就是我弟妹吗?"

"老不害臊,尽往小处赖!"

礼九张开缺了两颗门牙的嘴,呵呵地笑了起来。

继芳对礼九说:"他九爷爷,我找银针他爹说句话。"

"有什么话你就说嘛,礼九又不是外人。"我说。

继芳犹豫了一下,然后掀起衣服,从裤腰里面拿出一封折了好几折的信。"是仁军媳妇给我的,"她说,"信到队上有几天了,说是仁军不让给你看。"

我接过信,发现信封已经被撕开了。牛皮纸的信封上写着:成集公社大范大队一队知识青年罗晓飞收,下面印着"江苏省梦安县公安局革命委员会"几个红字。

"是邵娜来的?"继芳问我。

"不是,是梦安公安局的。"

"啥?公安局?"继芳顿时紧张起来。

我抽出信。信纸上面有题头,仍然印着红字"江苏省梦安县革命委员会",信的下面盖了一个大红公章。"没什么,他们请我去一趟公安局,了解一个情况。"我说。

礼九一副见多识广的样子。"有个请字就没事。"他说。

继芳问我:"你要去?"

"没准回南京有转机了呢?"我说。

"那我跟你一起去。"

"要是有事,你跟去也没有用,要是没事,你跟去干什么?"

"有个请字就没事。"礼九说。

我说:"礼九说得不错。"

继芳看看我，又看看礼九，不免将信将疑。我把那封信一折，习惯性地就要往口袋里放。继芳说："信给我，仁军媳妇说就让你看一下。"

我把信还给继芳，她掀开衣服，把它又塞进裤腰里去了。

由于这封信的干扰，泥棋是没法再下了。礼九也不挽留我们。我跟着继芳向院门外走去。

"到了县上，你帮我问一下，我们这摊是不是乌龟驮着的？"礼九在后面大声说。

"你放心，我一定帮你问。"

## 44

第二天一大早，天还没有亮，我就悄悄地溜出了园子，跑到梦成公路（梦安至成集）上去等班车。的确是起得太早了，公路上根本就没有人，更不用说车了。直到太阳升了起来，一辆班车才摇摇晃晃地开了过来。但它是从梦安的方向开来的，前往成集，所以我还得等。等车的时候我跳进旁边的一条干沟里，猫着腰，既为了避风，也为了躲人。我不想让老庄子上的知道自己又去梦安了。一个多小时以后，同一辆班车才从成集方向开了过来。

到了梦安、找到县公安局的时候已近中午。进门出乎意料的顺利。我报上姓名、公社、大队，还未说明来意，站岗的战士就撇下我，跑进了院子。过了一会儿，他领着一个人过来了，也穿着公安制服。我觉得此人十分面熟，好像在哪里见过。那人也盯着我一阵打量，同时脸上浮现出捉摸不透的笑容。他招呼我跟着他，我们向院子里面走去。

一路上我都在想，这到底是谁呢？我究竟在哪里见过？突然我就想了起来，是小七子，那张尖嘴猴腮的脸从记忆深处蓦然浮现。正好这时穿制服的人转过脸来，和我记忆中的那张脸咣的一声就重合上了。严丝合缝，就像榫头插进了榫眼里。

认出了小七子，自然就想起了王助理，那是免不了的。因此，当我看见王助理威风不已地坐在办公室里的时候，并没有显得特别吃惊。

王助理老了，但白胖了许多，头发更加的稀疏。横卧在前额上的那缕头发越发的金贵了。他拿着一把小梳子，正在梳那缕头发。前面的桌子放着一把裹在枪套里的手枪。枪套是打开的，半截枪柄露在外面。进门后，小七子把办公室的门反锁上，然后将我推坐在前面的一张凳子上。

王助理半天没说话，只是一个劲地盯着我看，一面梳理着头发。"还真像。"他终于开口说道，"你知道我是谁吗？"

"你是王助理。"我说。

小七子窜到前面来，说："瞎说！这是我们局长！"

我对王助理说："你是王局长。"

王局长哼了一声，并不十分介意。"他是谁？"他指了指小七子。

"我认识，但不知道名字。"我说。

"在什么地方认识的？"

"在我们队上，审查我的时候也有他。"

"哦，"王局长说，"那他给你吃过什么？"

我说："你让他把狗吃剩的半碗疙瘩汤端给我，狗护食，他没敢端。"

王局长哈哈哈地笑起来："看来你是假的，当时，你明明吃了那碗疙瘩汤！"

"我没吃。"

"你吃了。"

"我没吃。"

眼看王局长就要发作,小七子在一边插话:"他是没吃,大黄发狠,不让他吃。"

王局长说:"我记错了?"

小七子:"局长,是你记错了。"

王局长用梳子刮了刮头皮,说道:"年纪不饶人呵,这么说,他真的是罗晓飞了?"

"一个模子脱出来的,像得邪乎。"小七子说。

"那到底是,还是不是?"王局长不耐烦地问。

"是,是,他就是罗晓飞。"小七子连忙说道。

王局长转向我:"你没死?"

"我没死。"

王局长突然站了起来,一巴掌拍在枪套上:"说,你是怎么逃脱无产阶级专政的制裁的!"

我心想不好,这下子完蛋了。那感觉就像是你往后面一坐,板凳被人抽走了,一屁股坐在了地上。不过,反倒踏实了。我对王局长说:"王局长,你不要误会了,我来不是要翻案的,是你……"

"想翻案也翻不过来!"他说,"像你这种情况,我马上就可以把你关起来,判个死刑,你信不信?"

"我信,我信。"我说,"我从来就没想过要翻案。"

"那你去知青办想干什么?"

"想让他们开个证明,南京的一家单位愿意接收我。"

"算你识相。"王局长说着坐回了椅子上,"现在社会上翻案成风,很多人都想浑水摸鱼。"文革"期间,林彪、四人帮迫害老干部,的确是制造了一系列的冤假错案，但对于刑事犯罪分子，定案大多是准确的。你属于刑事犯罪，况且在逃多年，就算什么事都没有，就凭在逃这一条就够你受的了，何况在逃七年！好在你有自首表现，我们也可以既往不咎。你的案子可大可小，完全取决于你自己。所以我要奉劝你，凡事都要考虑考虑后果，千万不要铤而走险呵！"

王局长的口气缓和下来，手离开了枪套，拿起了梳子。

我说："王局长说得是，我绝不翻案，自讨苦吃。"

"话又说回来了，"王局长说，"这些年你也不容易，没个户口、名分，在社会上也不好混呀。该帮的忙我们还是要帮的，小七子，你说是不是啊？"

"是，是，我们局长是最关心群众利益的了。"小七子说。

"有什么要求，你尽管提出来。"

自从上次离开知青办，我已经绝了回南京的念头。当我认出王局长就是王助理，心里想的是，老庄子上的日子恐怕是过不成了，往后就要在监狱或者劳改农场里度过余生了。银针和继芳怎么办呢？我连想都不敢想。当王局长拍着桌子站起来，我知道这已经不是什么"恐怕"的问题了，抛妻别子、沦为阶下囚已是铁板钉钉。悔不该龌龊着要办回南京，听信邵娜和继芳的怂恿。女人哪，真正是头发长见识短……

难道说这一切竟是我的多虑？看这光景王局长不是要害我，而是要帮我。我不仅没有想到，而且死活也不敢相信。面对王局长帮忙的提议，一时我竟然张口结舌，真的还不如他要害我呢。

"你有什么要求，只要我王某能够办到的，一定给你办了！"

"我、我能有什么要求？不过是想开个知青证明……"

只听王局长说，"好说，好说，小事一桩！"然后他转向小七子，

"我和罗晓飞也多年没见了，好歹也是个熟人，你去食堂里打两个菜。"

王局长居然要留我吃饭。我慌忙站了起来："王局长，我就不在这里吃了。"

"客气啥？那半碗疙瘩汤你不是没有吃到吗？今天我补偿你！"他说。

小七子走过来，再次把我按坐在板凳上。他打开墙边的文件柜，丁零当啷地找出几只搪瓷菜盆，然后提上一只热水瓶，就开门出去了。

小七子从食堂打来饭菜，放在王局长的办公桌上，排开搪瓷菜盆。桌上的那把枪被王局长收进抽屉里去了。王局长弯下腰，从一头沉的柜子里拿出一瓶洋河大曲，里面的酒已经喝了一半。他将半瓶酒放在桌子上，对小七子说："去洗两个茶杯来。"

我说："我不喝酒。"

王局长眼睛一瞪："我让你喝你就喝。"

小七子洗了两个玻璃杯，湿淋淋的，拿来放在桌子上。王局长倒酒。他给我倒了满满的一杯，剩下的倒给了自己。我问小七子："你不喝？"

小七子未及回答，王局长说："酒就这么多，没他的份儿。"

我很想说，"我喝不了这么多，可以倒一半给他。"但转念一想，终于没有开口。

然后我们就开始喝酒。小七子以茶代酒，在旁边陪着。一共两个菜，一个猪血烧豆腐，一个青椒回锅肉，味道还真是不错。就这么一吃一喝，彼此自然亲近了许多。王局长说话也换了一种口气，听起来就像是多年不见的老战友，至少也是个远房亲戚吧。

"晓飞，这些年你都是怎么过的？"王局长关切地问。

"也没什么，就在村子里。"我说。

"哪个村子？"

"就是原来的村子，大范一队。"

"那你不就成了黑户了吗？"

"也不是，我结了婚，有了伢子。"

"哦。"王局长说，夹了一块带皮的肉，塞进嘴里咀嚼着，"没得户口，哪个肯把闺女嫁给你啊？"

他甚至已经不再说普通话了，而是随我，说起成集一带的土话来，亲切得让我坐立不安。但即使再亲切，我还是不知道该如何回答，因为说来话长，这里也不是一个说话的地方。

王局长不以为意，他说："晓飞，我有一事不明，既然你没有死，那我们发现的那具尸首又是谁的？"

"这个，这个……"

实际上，我是很想回答王局长的，但真的一时半会儿说不清楚。王局长的脸上浮现出诡异的笑容，他问："你是不是杀了什么人？"

我不禁一个激灵，马上警惕起来，酒也不敢喝了，菜也不敢夹了。"没有，没有。"我说。

"那是咋回事呢？"

我欲言又止。

"说出来又没什么关系，我不是说了吗，既往不咎，过去的事就让它过去好啦。"

"这个，这个……"

"我只是有那么一点好奇，就算你杀了人，找了个替死鬼，案子也过去那么多年了，已经过了追究刑事责任的年限了。"

他越是这么说，我就越是不敢开口了。只听王局长继续说道："说出来我们也好帮你呀。"

小七子在一边重复说:"说出来我们也好帮你。"

这以后,王局长就不再说话了。他的脸再次变得严肃起来,光泽退去,嘴角下撇,筷子停住。这时墙上的挂钟当的响了一下,已经是下午一点整了。我别无选择,只好斟词酌句抖抖呵呵地说:"死的是一个农民,是,是被他哥杀死的……兄弟打架,不小心,草叉戳的……后来,后来,我就顶了弟弟的窝子……"

"他叫什么名字?"王局长问。

"谁?哥哥,还是弟弟?"

"哥哥叫什么名字?弟弟又叫个什么名字?"

"哥哥叫范为好,弟弟叫范为国。"

王局长说:"后来你就成了范为国了?"

"是。"我说。

"范为好呢?还活着吗?"

"还活着,就在村子上,我们住在一个园子里。"

这番谈话以后,王局长就没有再问什么了。他的脸上又出现了笑容。

"喝酒,喝酒,喝了好吃饭。"王局长说,"这么点酒喝到这工夫!"说着他端起杯子,一饮而尽。

我也喝干了杯子里的酒。

吃饭的时候,王局长和我开了几句不无粗俗却也无伤大雅的玩笑。无非是我有福气,睡了人家的老婆,并且一睡就是七年,还睡出了一个"小把戏"。这番论调竟然和老庄子上的人一模一样。我始终没有缓过神来,战战兢兢的,生怕王局长又变回去,变得脸黑面青。

45

我赶下午的班车回了老庄子。进村的时候碰见为忠,他大着嗓门问:"为国,从哪摊来家呀?"

"去瓦屋找礼九下棋的。"我说。为忠也没有起疑。

我喜欢去瓦屋找礼九村子上无人不知。再说了,我空着身子,既没有挑担子也没有拎东西,也不像是村外回来的。

终于顺利到家。

继芳没有去上工,在屋里等候消息。插上房门后她告诉我,为好到处找我,甚至找到礼九那儿去了。好在继芳事先和礼九通了气,说我去成集街上看牙了。这几天我嘴里上火,半边脸肿得老高,为好他也是知道的。我只是惊讶于为好的嗅觉,看来上次的南京之行已使他成了惊弓之鸟。这次要是再往南京办,无论成与不成都得格外小心,千万大意不得。

继芳问我去公安局怎么说,我没有回答,而是让她把我当年当知青时用过的黄书包找出来。继芳一面翻箱倒柜地找书包,一面问我:"你要这东西干什么?"

我说:"要做最坏的打算,没准我要坐牢。"

于是继芳就不找了,坐在箱子上抹眼泪。"还有一种可能,"我说,"就是知青证明能开出来,那样的话,我就能办回南京了。"

继芳被我说糊涂了,我也没有进一步解释,只是让她帮我准备必要的东西。书包找到以后,我让继芳放进两件我的换洗衣服、一块肥皂、一把牙刷以及牙膏。我想了想,又让继芳把堂屋桌子上的《毛选》四卷放了进去。将装着这些东西的书包在门后挂好,我对继芳说:"接下来我们就等结果吧，是祸躲不过，是福也一样。"

然后，我就心安理得了，精神也放松下来。吃晚饭以前，我领着银针玩了一会儿。

我们来到园子西边的小河边上，捡起土块撇水花。我人大手长，银针自然不是我的对手。但我有意让着银针。如果他撇出的土块能在水面上跳三下，我撇的土块就只能跳两下。银针撇的土块跳四下，我的就跳三下，然后沉入河水里。银针自然十分兴奋，大呼小叫的。继芳看我们父子玩得高兴，似乎也不怎么焦虑了。

我和银针撇水花玩的时候，为好过来了。他笑呵呵地在我们身边走了一圈，什么都没说，也没有提白天找我的事。然后就倒背着手走回屋里去了。可见，他找我也没有什么特别的事，只是怕我又去南京了。

晚上，一家人早早就睡下了。因为早上起得早，又辛苦奔波了一天，脑袋一沾枕头我就睡着了。夜里我被一阵警笛声惊醒，由于比较遥远，听上去似幻非真的，我还以为是做梦呢。直到那声音变大，持续不断，我才确信这不是在做梦。

身边的继芳仍然在酣睡，蹙着眉头，咕嘎咕嘎地磨着牙。也难怪，老庄子上的人什么时候听过警笛声？对此没有应有的敏感。甚至村子上的狗都没有开始叫。我爬下床去，在黑暗中摸索着衣服穿上。直到我套上鞋子，村上的狗这才叫了起来。

继芳这时也醒了。她伸过一只手，在床上我空出来的地方摸索着。"他爹！他爹！"继芳叫道。

"我在这。"我说，"继芳，他们来抓我了。"

继芳一骨碌就坐了起来，木木地问："在哪摊？你咋知道的？"

"你听。"

"是狗叫。"

老庄子上的狗越叫越凶了,锅巴也加入了进去,拼命地吠叫着。警笛声混入一片犬吠声,反倒不像刚才那么突兀了。突然那警笛声完全消失了。我心里想,警车已经开到了大范大队部,再也没有路往下去了。全副武装的公安战士正从那车上下来,打着手电筒往老庄子上赶呢。因此我还有时间。

继芳也穿衣服下了地。我让她把门背后的黄书包取来。然后,我就将书包背在了身上。我斜挎着书包,端端正正地坐在床沿上等待着。继芳想起来要点灯,被我制止了。"你帮我点支烟吧。"我说。

烟点好以后,我开始抽。继芳又要去对面的锅屋里,把小哥俩喊起来,又被我拦住了。"继芳,"我说,"两个伢子就全靠你了,银针一定要让他上学。好好地把他们养大吧……"

继芳早已是泣不成声。一面哭一面说:"都怪我不好,都怪我不好……"

我反倒是心静如水,在继芳的抽泣声中慢慢地品味着那支烟。这是一支纸烟,而不是旱烟。我换纸烟抽也已经有些年头了吧?往后,恐怕连旱烟也没得抽了……

继芳坐在我边上,想把头埋在我怀里,被我推开了。我倒不是不愿意和她亲近,而是怕继芳的眼泪把我的衣服弄湿了。我不想湿漉漉地被他们抓走。

"去把堂屋的门开开。"我说,"他们进来的时候,你看好两个伢子,别让他们乱跑。"

继芳答应着,走进堂屋去开门。

只听脚步声杂沓,果然是冲我们园子里来了。我走到窗户边上,向外面看去,只见锅巴一面狂吠一面向墙根退去。手电筒的光柱照射在它光亮的皮毛上,一会儿晃到了这边的墙上来。地面上出现了土块的阴影。人影晃动,锅巴向前窜去,被一只穿着解放鞋的脚踢中。它呃呃地叫着,夹着尾巴逃开了。

奇怪的是,来人并没有从敞开的堂屋门进来,而是冲为好家的房子过去了。其中的两个人绕着房子跑向屋后。剩下的四个人,两个人用肩膀撞开为好家堂屋的门,冲了进去。另外两个人端着枪守在门口。我心里想,他们找错地方啦。于是离开窗边走到堂屋里,想走出去提醒他们。

黑暗中,继芳站在锅屋的门口,向我摆手示意,意思让我不要出去。

只听一阵呼喝声响起,为好就被他们从房子里提溜出来了。他上身赤裸,只穿了一条裤衩,被扔在堂屋门前的空地上。几支手电筒射出的光同时将其照住。为好媳妇和两个闺女这时也从门里奔了出来,衣裳不整,几乎半裸,哭嚎着扑向地上的为好。

"你们抓错人了,抓错人了……"为好媳妇说,同时看了这边房子一眼。

"你是范为好?"一个公安问为好。

为好:"我,我……"

"带走!"那人说。

两个公安弯下身去,将为好的双手反剪到身后,然后喀哒一声给他戴上了手铐。

为好被他们架起来,推搡着向桥口走去。为好媳妇和两个闺女像疯了一样,扑上去又拉又拽。那两个包抄的公安这时从屋子后面绕了回来,加入到阻止为好媳妇和两个闺女的行列中,总算是把她们推回到堂屋的大门里去了。我们家堂屋的门也被继芳悄悄地关上了。

我退回里屋，通过窗户继续向外张望。那群公安走了以后，为好媳妇领着两个闺女又冲了出来，哭喊着向桥口奔去。后面跟着一瘸一拐的锅巴。村子上更是人声鼎沸、犬吠声声，乱成了一锅粥。反倒是房子前面的空地上安静下来，月光照耀着为好落下的一只鞋子。

这时我回头看了一眼，只见继芳搂着小哥俩站在身后——他们是什么时候醒的？什么时候穿上衣服的？小哥俩的眼睛里闪烁着令人不安的惊恐。直到天亮，我们家堂屋的门始终没有再打开。

## 46

第二天一大早，继芳就跑到为好家那边去探望。没过一会儿她就回来了，脸色非常难看。我问继芳为好媳妇都说了些什么，她不答，出门抱了一抱柴火就去锅屋里做饭了。为好家的大门紧闭，烟囱也没有冒烟。我们家的饭做好以后，我问继芳，要不要喊为好媳妇她们过来一起吃，继芳说算了。

为好媳妇和两个闺女既没有做早饭，也没有要出工的样子。他们家的门每过一会儿就会拉开一条缝，接着又关上了。似乎有人从里面向外窥视。继芳吃完早饭也没有要上工的意思。甚至正月子要上学，也被她拦下了。"今天家里有事，明天再去。"继芳说。

我突然想起，早上仁军根本就没有喊工。难道说，老庄子上的人今天都不出工了？

从早饭开始，就有一些人陆续走到园子里来了，以妇女和老人、孩子居多。再后来，男子汉们也来了。锅巴因为昨天折了威风，不再吠叫，见了村上的人一个劲地摇着尾巴。它跛着一条腿，蹿高伏低的，显出一副巴结相。

来人走进园子里,来到房子前面的空地上,并没有继续进屋串门的意思。他们既没有敲我们家的门,也没有去敲为好家的门,只是对着两家紧闭的大门张望。似乎大家都在等待着什么。也难怪,为好被抓,总得有一个说法吧?但这说法到底是什么?我也不知道。

直到日上三竿,老庄子上的人物差不多都到整了:仁军、为巧、大秃子、礼寿、为忠、为巧他妈……我发现礼久没有来。这会儿我很想去瓦屋里找他,当然不是把他找到这里来,而是我去他那儿待待。我是一个怕热闹的人,眼看着这里就会有一番热闹了。

快到中午的时候,房子前面呆立的人群骚动起来,目光终于从两边的房子转向了桥口。锅巴也从地上跳起来,向桥口跑去。看来是来了什么人。果不其然,只听"没良心的白眼狼,不是人日下来的……"的骂声渐近,大闺女一路奔了过来。

她的身边跟着二闺女,一路拽着她姐的衣角,似乎在劝阻大闺女。那大闺女手上抱着一个孩子,大襟外褂的一角向下耷拉着,看来刚刚给孩子喂过奶,未及系上。一张大脸红扑扑的,几乎要放出光来,脚上的绣花鞋飞快地倒着。边走边骂,旋风一样地刮到了屋子前面。

为好家的大门嘎吱一声打开了,可大闺女并没有回家的意思,甚至都没有朝娘家看上一眼。她的脸始终冲着我们家的房子,自然也没有来我们家做客的意思。

人们纷纷让道,在空地上空出一块地方。大闺女就在那块地方站定了。这时为好媳妇和三闺女从房子里奔了出来,跑向大闺女,边哭边喊。为好媳妇喊的是"他爹啊,他爹啊……",三闺女喊的是"爹啊,爹啊……"。大闺女断喝一声:"哭啥丧啊!我爹还没有死!"

为好媳妇和三闺女顿时就住了嘴,也不敢跑过去了。

大闺女骂不迭口。她一边骂一边跺脚,身子晃个不停,几乎都要把怀里的孩子甩出去了。为好媳妇大概看大闺女骂得不方便，紧走几步，抱过孩子。孩子脱离母亲的怀抱，大哭起来，大闺女也不管。现在她每骂一句不仅要跺一下脚，双手还往两边用劲一甩。空地上的灰土被她跺得飞扬起来。

大闺女骂道："吃我们家的，用我们家的，哪样对不住你啊？把你养肥了，翅膀硬了，要飞了，要飞回南京去了，南京的逼好啊，洒花露水的！南京的逼再好也是个逼！我们农村的逼就不是逼啦？我们农村的逼你也没有少日！那个臭逼的男人才死，就把逼给你日，日下个小野种，我们家帮你养，我爹哪样对不住你啊！就是一条狗也晓得报恩，一块铁疙瘩也焐化了，真正是人不如狗，就会日个逼！你还会干什么？田也不下，工也不上，就晓得日逼，把队上的牛都日翻了，真正是个畜生！南京的那个逼在这摊日了还不行，还要把你勾到南京去日，都日出老茧来了，姓邵，怎么不姓骚的啊？真正一个骚逼！我日你妈个血逼！你还是个男子汉吗？缩头乌龟！……"

我离开了里屋的窗边，倒不是怕被人看见，是实在听不下去了。我走过去坐在床沿上，但还想坐得更低些，于是就拖了一张小板凳坐下来。但还是觉得太高。后来我干脆坐到地上去了。甚至，这泥地对我来说也还是太高了，真正是体会到了"找条地缝钻进去"的心情。我坐在地上，曲起腿，把脑袋埋在两腿之间。耳朵里嗡嗡直响，回荡着逼来逼去的声音。我心里想，这日子真是没法过了。人啊人，就像是一坨屎，死不足惜！

继芳比我要坚强，只听她命令正月子和银针说："把耳朵堵上！"

小哥俩很听话，用手乖乖地把耳朵堵上了。

安顿好两个孩子，继芳捋起袖子就要往外冲。她边走边说："看我出去，不给这小娘们一个大耳刮子才叫怪呢！"

我赶紧上去抱住继芳的腿。"算了,算了,"我说,"让她骂去。"

继芳哭了,但哭得不是很厉害,因为我抱着她,所以能够感觉到。"都是我不好,让你受这种罪……"她说。

我明白继芳说的不仅是眼前的事,而是所有的那些遭遇。我对她说:"你可别这么说,永远不要说这样的话。"

继芳叹息一声:"以前我说她妈是泼妇,你还不信。"

"我信,我信了。"

突然,大闺女住嘴不骂了,让人好生奇怪。继芳把我从地上扶起来,一直扶到窗边。只见礼贵不知道什么时候到了,挥舞着拐棍走到大闺女前面。他披了一件咔叽布的蓝褂子,不免有点不怒自威,不由得让人想起福爷爷。大闺女大概被礼贵给镇住了,愣在那里。礼贵对她说:"家去,赶紧家去!"

大闺女后退了一步。

礼贵环顾四周说:"一个个弄得没有规矩了,不嫌丢人现眼!"

"他把我爹弄进牢里去了……"大闺女分辩道。

"我们姓范的事轮不到你问!"礼贵厉声说道,同时拐棍往地上一戳,"赶紧家去,回你婆婆家去!"

大闺女还想说点什么,为好媳妇跑过来,把孩子往对方怀里一塞。然后招呼二闺女、三闺女,三人一道把大闺女架进为好家堂屋里去了。他们家的门再一次关上了。

礼贵抬起拐棍,在半空中划了一个圈,对老庄子上的人说:"散了,散了,男子汉去瓦屋里开会!"说完耸了几耸肩膀,那件眼看就要滑下去的褂子又被他耸了上去。

仁军重复道:"男子汉到瓦屋去开会,队上记工分!"

大伙儿纷纷向桥口走去,一副很不情愿的样子。大概是没有见到事主,也就是我和继芳。仁军是最后离开的。临走,他冲我们的房子喊了一嗓子:"为国,你也要来啊!不来的话,你们的事队上就不问了!"

会议在瓦屋的主屋里举行。

这主屋自打七年前那次提审以后,我就再也没有来过了。平时我去瓦屋都是直奔牛屋,主屋都懒得看一眼。七年过去了,主屋里的陈设一成不变,只是供桌上的灰更厚了。供桌上方的墙上,马恩列斯毛的画像犹在,但边角翘起。斑斑点点的痕迹自然不是领袖们长了老人斑,我估计是蝙蝠粪便之类的东西。

礼贵当仁不让地在那张唯一的太师椅上坐下来。其他人则自己带了长板凳或者小板凳。没带凳子的就沿墙蹲着,也有站着的。与会者是清一色的男人,老庄子上的男子汉。村子上共有二三十户人家,按每家两人计,一共来了四五十人。四五十男子汉往宽敞的主屋里一放,屋子里还是显得很空旷。

供桌很长,大伙儿基本集中于一头,以礼贵为核心。他的边上、身后都坐了人。我则一个人坐在桌子的另一头。这一格局并非人为,坐下来后我才发现,再调整已经来不及了。全村的男子汉和我对面而坐,礼贵说话也是对着我说的。这不禁使我想起了七年前,那时我是以一对五,现在倒好,以一对五十。不心虚是不可能的。

只有礼九有往我这边坐的意思。我看见他犹犹豫豫地走过来,但最后也没有过来。礼九一屁股坐在主屋的门槛上,位置居中。但我还是要谢谢他。

礼贵从桌子的一头发话:"你说这事情怎弄呢,他们一家老小的……"

我能怎么说？难道让我反驳礼贵？——所谓一家老小是不存在的。大闺女已经出嫁，二闺女、三闺女也老大不小的了，婆家都已经说下了。我们家才是一家老小的呢。老的虽然没有，小的的确很小，银针还没有上学呢。但我不可能这么说，所以就什么都没有说。

礼贵继续："他媳妇也不年轻了，要是在前几年，队上就帮她踅摸个男人了……"

这不过是旧事重提，揭我的疮疤。除此之外，我看不出这么说有任何必要。也许是礼贵在刻意模仿福爷爷。当年，那决定我命运的全体村民（男子汉）大会我没有参加，想必福爷爷也是这么开场的：这事怎弄呢？一家老小的，队上帮她找个男人……

只听贵爷爷说："我们也晓得留不住你，这女人、伢子在队上也活不成了，只有你把他们带到南京去。"

总算是有了新的内容，但想出来的办法却没有可行性。我忍不住说道："就算南京那边能接收我，开始的时候也只能我一个人去，不要说为好一家，就是继芳他们也得暂时留在队上。"

礼贵将烟袋往供桌上一磕，激起一阵灰土。"那不成，"他断然说道，"你姓罗，继芳是姓罗的女人，银针是姓罗的伢子，大范是不能留的。要走一起走，一家六口都带走！"

一家六口？想来礼贵把为好媳妇和二闺女、三闺女也算上了。我反驳说："可正月子不姓罗呀，为好一家也不姓罗。"

"这我们就不问了，没有男人撑门面，队上也养他们不起。"

村上的人这时候都帮起腔来，七嘴八舌地说道："就是的，一家六口都带走，我们村上养不起……你姓罗，不姓范，不是我们家的……要算账就一起算，不能光讨便宜不吃亏……"

我看出来了，礼贵这是在给我出难题。既然这样，就没有什么道理好讲了。什么姓罗、姓范，那真是一笔糊涂账，礼贵的用意并不在此，他不是真的要我把两家人都带到南京去。问题的关键还是为好，看来这事儿是绕不过去的。于是我对礼贵说："贵爷爷，为好被梦安公安局抓走，和我并没有直接的关系。"

"咋没有关系？要是你不去县里，他也不会被带走！"仁军跳了起来。

"就是的，不要以为我们农村人不懂，要不是你想办回南京，他们一家也没得事。"为巧说。

为忠说："大闺女说得丁点不错，喂不熟的白眼狼！"

礼寿居然也说话了："我们姓范的哪样对不住你？"

现场陷入一片混乱，除礼九之外所有的人都显得气愤难平，对着我指指戳戳的。大秃子从后面窜了出来，挥舞着瘦嶙嶙的细胳膊，结巴着说："打、打、打狗日的为国……"被礼贵一把薅住衣领，揉了回去。

礼贵抓起拐棍，砰砰地敲打着桌子腿。"别吵吵，尽说些没用的！人家要走，谁能拦得住？"说完，他转过脸来看着我。

在礼贵的逼视下，我心有不甘地说："其实，我也不想回南京。"

"不想回南京，怎么弄出这摊事情来的？"

"我在队上这么些年了，也生了伢子，真的不想回去了。"

"你在这摊说也没有用，"礼贵说，"要说到县上说去。只要你能让他们把为好放来家，我们就让你走，决不拦你，强扭的瓜不甜！"

仁军在边上接口道："只要你能让为好放来家，什么事情都好说。"

他们终于说出了自己的目的，看来是早就合计好的，有礼有节。我甚至怀疑大闺女跑回来骂大街，也是整个计划的一部分。礼贵当然知道我去县里求情，不一定就能把为好放回来，除非我自认是为国，罗晓飞是我冒充的。但他的话竟然说得那么漂亮。礼贵啊礼贵，真不愧是福爷爷看中的接班人，我不禁要对此人刮目相看了。某种只有对福爷爷才有的景仰之情在我的心里蓦然升了起来。

我对自己说，礼贵已不再是礼贵，他的身后站着福爷爷。甚至福爷爷也不是福爷爷，他的身后站着老范家的列祖列宗，就在那些画像的后面。以前，那下面不是供着他们的牌位吗？

这时候起了一阵风，墙上的画像不禁微微翕动，一鼓一吸的，真像是有人要通过那些画像开口说话了。正恍惚间，我听见礼贵问："咋说啊？"

我回过神来，连忙答道："我去梦安公安局就是。"

礼贵长舒了一口气说："只要为好到家，我让他闺女给你赔不是。"

"不然的话，"仁军说，"就算你走脱了，你媳妇、伢子在老庄子上也没有好日子过！"

"你们尽管放心，一笔写不出两个范字来。"我说。

## 47

当天下午，我就赶班车去了梦安。这次再也不必偷偷摸摸，老庄子上的人倾巢而出，为我送行。与其说是送行，还不如说是押送，但那一份期待却是真实无欺的。乡亲们眼巴巴地看着我登上了那辆开往县城的班车，车轮卷起尘土，霎时就把他们覆盖了。等到尘埃落定，村子上的人又冒了出来，仍然站在原地，动都没动。

"早去早回！"临行前礼贵嘱咐我说。

但我知道，去的是我，他们盼着回来的却是为好。只有礼九的眼神略有不同，也许他希望回来的也是我吧？当然了，两个人一起回来那就更好了，皆大欢喜。但这样的可能微乎其微。

继芳没有送我到车站，但我肩膀上的黄书包以及铺盖卷儿是她亲自准备的，此行的风险她完全了解。当班车在沙姜铺就的梦成公路上颠簸前行的时候，我在想，继芳定然关上了房门，正搂着小哥俩在哭呢。

在那家住过两次的小旅社里我登记了床位。不同的是，这次住宿的钱是队上出的。临来梦安的时候，为巧塞给我十块钱，让我收好，说是留着路上用。

第二天一大早，我前往梦安县公安局。熟门熟路，很快就到了。由于时间尚早，公安局的大门还没有开，站岗的战士也不在岗位上。我扒着传达室的窗户向里面看了看，还敲了敲窗玻璃，值班的人在小床上翻了个身，又睡过去了。于是我就去了街对面的烧饼店，买了两块烧饼，要了一碗白开水，坐下来开始吃。买烧饼仍然花的是队上的钱。

吃完烧饼，我坐在店铺里抽了一根烟，一面打量着眼前的这条小街。陆陆续续有了一些骑自行车上班的人，边骑车边劈劈啪啪地吐着痰。后来太阳升了起来，霞光照耀着路上的痰迹，不免金光闪闪。街上一下子热闹起来了。

我再次来到公安局门口，带尖刺的铁门已经打开，站岗的战士也站在门边的圆墩子上了。我拎着铺盖卷儿，犹犹豫豫地走过去，正琢磨着该如何说话，看见小七子从里面走了出来，手搭凉棚向街上张望。发现我后他喜出望外，一把抓住我的胳膊就往院子里领。进了院子，我不禁问小七子："你在门口等我？"

"废话，不等你等哪个啊？"他说。

我没敢再啰唆。小七子嘟囔说："我们局长真正是神机妙算。"我也没有敢多问。

和上次一样,我被带到了王局长的办公室里。进去后,小七子反锁了房间的门。这次王局长没有让我坐下。他静静地坐在办公桌后面,桌子上面没有枪,他也没有用梳子梳头发。王局长收拾得干净利落,只是安静地坐着,一面不无沉静地打量着我。早晨的阳光通过窗户照射进来,窗户外面小鸟啼叫、花树争艳,王局长端坐不动。大概是陶醉于这清晨肃穆的气氛吧?或者他还没有完全睡醒,也未可知。

过了好一会儿,对方这才问道:"来啦?"

我未及回答,王局长又说:"我就知道你要来。"

我不知道该如何回答,因为掂量不出这话的确切意思。只见王局长眉头微蹙,说道:"说吧,找我什么事?"

这不免提醒了我。是我来找人家的,不是人家请我来的。于是我说:"我来换范为好,求你们把他放了。"

"你不想回南京了?"

"不想了。"我说,"我不是知识青年,罗晓飞是冒名顶替的,我是范为国,范为好是我哥。"

"那好,"王局长说,"你写一份材料,把你说的写下来,再按个手印。"

没想到事情竟办得如此顺利,大大地出乎我的意料。看来,不去南京真的比去南京要来得容易,这真是天意呀。我刚才说的那几句话,是一夜没睡想出来的,王局长的回答竟然如此胸有成竹,就像早就排练好的。我不禁惊讶于我们之间的默契,这又是一种难得。事到如今,还有什么好说的呢?

这时候小七子递过来一张纸,上面印有"江苏省梦安县公安局革命委员会"的题头。我接过。王局长居然让出了他的座位,让我坐在他刚才坐过的那张椅子上写。恭敬加上害怕,我的屁股只是在椅子的沿上担了一点,没有敢完全坐实。

我动用了王局长办公桌上的文具,主要是蘸水钢笔和墨水瓶,抖呵呵地写起来。王局长站在边上看着我,一面说:"不要急,不要急,不要弄上墨点子,有的是时间。"

终于写好以后,王局长亲自启开印泥的盒盖,指示我按手印。我在涂改过的地方和"范为国"的名字上分别按上了手印,大功告成。

王局长收起材料,我让出了椅子,走到桌子前面来,听候发落。

王局长重新落座。他长长地舒了一口气,终于拿出了小梳子,开始梳他的秃头。"既然你把行李带来了,我也就不客气了。"他说,"关你几天,也好给你一个教训,这可是诈骗罪呵!"

"是,是。"我说。

我心里想,只要我进去了,为好就可以出来了。然而王局长并没有提到为好。不得已我问王局长:"那为好呢?"

"你坐几天牢,长长记性,"王局长说,"到时候我放你们兄弟俩一起回村子上。"

果真如此,那真是皆大欢喜了,没有比这更好的结果了。

"当真?"我问。

"我什么时候骗过你?"王局长说。

王局长什么时候骗过我?我正顺着对方的话茬往下想,小七子在边上插嘴道:"我们王局长向来大人大量!"

这时候王局长有了结束的意思,他问我:"你还有什么要求?"

我还能有什么要求?显然,不可能是开一份证明,证明我是知青了。除此之外,我还能有什么要求?但我肯定是有什么要求的,这会儿它就在我的心里面翻腾,呼之欲出,只是一时说不出来,卡在那里了。

只听王局长亲切地说:"不着急的,好好地想一想。"

时间一秒一秒地过去,墙上的挂钟咔哒作响。小七子来来回回地在屋里兜着圈,王局长嚓嚓地梳着头。窗外,鸟儿叫得更欢了。院子里传来按汽车喇叭的声音。另一侧的墙外似乎有拖拉机经过,哐哐唧唧突突突突的。突然,我想了起来。"王局长,我想和我哥关在一起。"我说。

王局长的回答异常干脆:"好,我成全你们。"

"多谢王局长。"

如我所愿,我被关进了为好的牢房里。那牢房除了我和为好,就再也没有别人了。不知道是不是为了迎接我,为好换了牢房,或者他原来就关在这里。

牢房不大,但也不小,八九个平方。泥地,砖墙,里面除了一只尿桶就什么都没有了。石灰水刷过的墙上没贴任何东西,也没有写上或者刻上什么字。有一些或大或小或疏或密的自然形成的斑点,是虫子的尿迹还是人的血迹或者别的什么痕迹,我就不知道了。墙壁上没有窗户,只有一个窗洞,几根铁制的窗棂直立着,将窗洞分割开。一道不无宽阔的光线自上而下地照射进来,灰尘起落,就像有烟雾飘浮其间似的。投射到地面,照在一摊稻草上。稻草上面铺着一条破席子。席子上面蜷缩着一个人,便是为好。

我进来的时候,为好动都没有动,但稻草窸窣作响,声音显然是为好弄出来的。他仍然活着,并且没有睡过去。牢房的门在我的身后康唧一声关上了,房子里为之一暗。我放下铺盖卷儿,就奔稻草过去了。待我坐在稻草上,上身往墙上一靠,心里面就踏实了。

我仔细地打量起为好来，发现他虽然躺着，头也没有抬，眼睛却一直在盯着我看。那双眼睛圆乎乎的，都不像是为好的眼睛了。我不禁想起了闺女、邵娜、继芳、正月子和银针。在我此生的某个时刻，他们都曾用这样圆乎乎的眼睛看过我，看得我心酸不已。真是没有想到呀，此时此地我又碰上了这样的眼睛，一模一样的眼神。也许是为好被关了两天，两腮深陷下去，那双眼睛才变圆的吧？我记得以前他的眼睛可是三角形的。

我不禁问道："哥，他们没打你吧？"

为好终于动了动，用胳膊肘支起脑袋。"打倒是没有打，就是饿得慌。"他说。

我慌忙拿过铺盖卷儿，手忙脚乱地打开。被子的夹层里继芳藏了一条云片糕。我取出云片糕，掰了一截给为好。后者接过，拼命地往嘴巴里面塞。大概是为了咽得顺畅些，为好坐了起来，也背靠着墙壁。这样我们就坐成了一排。

"别急，别急，"我说，"大糕有的是，可惜没有水。"

为好突然停了下来。我以为他噎住了，于是站起来去找水。牢房里除了尿桶里有小半桶的尿，根本就没有水。甚至连盛水的器皿都没有。

我到处找水的时候，为好那边悄无声息。突然，他就像刚醒过来似的问："你，你咋会在这里？"

我回答："哥，我来陪陪你。"

"你不回南京了？"

"我不回南京了。"

听闻此言，为好扔下云片糕，手脚并用地向我爬了过来。"兄弟啊……"看样子他很激动。

我赶紧弯下腰去，把为好又拖回到了墙边上。自己也靠着墙坐了下来。"哥，别这样。"我说，"过两天咱们一起回家，回老庄子上去！"

为好嚎啕大哭。"罗、罗晓飞，我对不住你啊……"

我纠正他说："我不是罗晓飞，我是为国，范为国，你的亲兄弟！"

这么说的时候，我不禁产生了一种奇怪的感觉，就像这话是我早就想对为好说而一直没有说的，就像我亏欠他的。这么多年了，我也想一吐为快呀。既然不能理直气壮地宣称"我是罗晓飞"，那就让我高喊"我是范为国"吧。既然，我欠自己的不能还上，那就还上我欠别人的吧。

这么想的时候，我发现自己欠别人还真多呀。我欠为好的，欠继芳的，欠礼九的，欠福爷爷的，欠老庄子上所有的父老乡亲。我还欠为国（那个死了的为国）的，欠我孩子们（正月子和银针）的，欠二闺女、三闺女，甚至也欠大闺女的。真是不想不知道，一想吓一跳。

为好不断地叫唤着："为国，为国啊……"叫得我热血沸腾、豁然开朗，仿佛牢房的顶上开了天窗，越来越亮，四周的墙壁轰然倒塌。我仿佛置身于半空之中，身下的烂稻草也变成了白云朵朵。我就坐在那白云之上，随风飘浮，搂着我的兄长为好。他像个孩子似的在我的怀里哭成了一个泪人儿。这么多年了，我们兄弟俩从来没有这么亲近过，真是不应该呀！

## 48

今天是范银针上学的日子。吃了早饭，继芳给银针换上了最好的衣服，我则把那只黄书包给了儿子。银针背着书包，跟着他哥走到门外的空地上，我和继芳也跟了出来。

我蹲下身来，帮银针收短了书包带子。那书包现在空瘪瘪的，垂在银针的身后就像一块尿布，但我看着高兴。空瘪瘪的尿布里饱含着我和继芳的希望。当我蹲下身来的时候，银针的个头就比我高了。再过些年，即使我站者、跶起脚，他的个头也还会比我高的。我很想对他说点什么，但说出来的却是："儿子啊，到了学校里，要听老师的话。"

这话听着不禁耳熟。当年，我开始上学的第一天，父亲也是这么对我说的。那遥远而模糊的记忆只是一闪，一阵清风吹过便烟消云散了。阳光照耀着我们家的园子，照耀着南面的村道，照耀着村道那边绿油油的田野，世界完全是新的了。

银针"嗯哪"一声，算是回答了我。

当我站起来的时候，继芳又蹲下去了。她开始为银针拽衣服，先拽罩衫里面的衣服袖子，再拽外面的罩衫。我不免在心里感慨，这就是双亲呵，银针的双亲。拽完银针的衣服，继芳又拉过正月子，为他拽了半天衣服。我再次感慨不已，这就是孩子呀，双亲的孩子，我和继芳的孩子。

继芳边给正月子拽衣服边嘱咐他说："带好你弟弟，别叫人家欺负他！"

正月子"嗯哪"了一声，答应了他妈。

这时候为好从他们家堂屋里走了出来。"银针，过来一下。"他说。

继芳推了银针一把，银针跑过去。

"你婶给你做了一双鞋，换上走。"为好说。

银针回头看继芳。继芳说："叫你换上你就换上。"

为好媳妇拿了一双新做的布底黑帮的小鞋走出来，蹲下身，给银针换上鞋子。

为好边抽着烟袋边问:"合脚不?"

"合脚。"银针说。

然后,正月子就领着银针向桥口走去了。锅巴相送一程。

看着小哥俩手牵着手的背影,为好对我说:"兄弟呀,你真有福气,两个大头儿子!"

这时,我也正看着小哥俩呢,不由得满心高兴。"哥,你要是乐意,就让正月子给你们当儿子,过继给你家,好不好?"我说。

为好的眼睛亮了。"当真?"他从地上站了起来,边磕烟袋边说。"那还不简单吗?回头让为巧写个帖子,贵爷爷当中人。"

"那敢情好啊,一笔写不出两个范字来!"说完,为好嘎嘎嘎嘎地笑起来。自从我走进兄弟俩家的园子,从来没有见过他这么爽朗地笑过。然后我们就商议定了,过继的事等正月子十周岁生日的时候就办。

"没几天喽。"为好喜不自禁地说,"没想到半截入土的人了,临了还得了这么大一个儿子,是兄弟帮我养大的。"

他越是显得高兴,我就越是觉得这事儿办对了,早该如此了。这么多年了,我怎么就没有想到呢?

我和为好说笑一通,然后分别进了自己家的房子。

回屋后,我发现继芳的眼睛红红的,大概是银针上学舍不得吧?或者是因为我答应把正月子过继给为好她心里难过。我劝继芳说:"就是过继,也在一个园子里住着,将来正月子是娶媳妇进门,不是嫁出去,总是在眼前的。况且伢子大了,能不知道谁是他亲妈吗?过继也只是个名分,他大伯心里高兴呀。"

见我这么说,继芳也就释然了。

我让继芳今天不要上工了,在家里忙几个菜。继芳大概以为是银针第一天上学,我想让小哥俩回家的时候吃点好的,就义不容辞地去了园子里的菜地上。她将各样蔬菜都弄了一点回来。又去房梁上割了一块腊肉，取下一只风鸡。继芳动作麻利，不一会儿几个菜就忙好了，有荤有素。

我让继芳把每样菜都装了一碗，放在一只"猫叹气"里。我从柜子里拿了一瓶双沟大曲，也放了进去。继芳也没有多问。她肯定以为我准备拿到礼九那儿，和他一起喝酒吃菜。我也没有多说，就提上篮子出门去了。

实际上，我并没有去瓦屋，而是奔了老坟地。

这件事，是我早就计划好的，要去给罗晓飞上个坟。趁着这大好的天气，风和日丽，去做一个了断。我的身上带着邵娜的一封信，是前几天去成集街上赶集时我从邮电所取的。这封信没有经过老庄子上任何人的手，甚至继芳也不知道。信的内容我早已经背得滚瓜烂熟。

一路上，我背诵着这封信，在心里和邵娜告别。再过一会儿它就将灰飞烟灭，不见踪影了。从今往后世上再也没有这封信，也再也没有我和邵娜这回事儿了。邵娜的信是这样写的——

晓飞：

你受苦了，十分抱歉！这都是因为我计划不周造成的，希望你不要丧失信心。事情总是要经过很多曲折的，黎明以前总是最黑暗的。不是说，冬天来了，春天就已经不远了吗？

我经过反复思考，觉得我们还是要从为死者平反昭雪开始。如果不能为你平反，即使证明你是罗晓飞也还是办不回南京。好在目前的国家形势对我们十分有利。告诉你一个好消息，我已经联系上了你哥哥罗胜，你姐姐罗莉也正在联系中。罗胜已经同意，以家属的名义要求为你平反。希望你不要气馁，耐心等待，最后的胜利一定是属于我们的!

　　祝一切好!并代我问候继芳和银针!

你的朋友邵娜

　　这封信现在就在我的手上。同时从怀里掏出来的还有一刀草纸。我把它们放在地上,上面压了一块土疙瘩。然后,观察起罗晓飞的坟来。

　　它已经不再是一座新坟了,不再那么特别和引人注目了。野草从地表一直蔓延到了坟头上,中间再也没有间隔。罗晓飞的坟和这里所有的坟一样,不过是一个小土堆而已,既无墓碑也没有名字。当年的那块写着"知识青年罗晓飞之墓"的牌子也没有了踪影。我找了半天,发现那木牌正被我踩在脚下,镶嵌在泥地里。我将其挖出。如今它已成了一块朽木,上面的字迹难以辨认。今天暂且一用吧。

　　我将那牌子栽在坟前,然后从篮子里取出几只装着菜肴的碗,在地上一字排开。这才掏出了火柴。先点燃了邵娜的那封信,再用燃着的信引火,点燃了带来的草纸。我从地上捡了一根树枝,当拨火棍用,拨弄着那小小的火堆。朗朗的日光下面,火堆显得十分暗淡,不一会儿就熄灭了。这时候起了一阵风,将灰烬吹得像黑蝴蝶一样的飘散开去。

　　然后我站起身来,向后退了一步,略整衣服,对着罗晓飞的坟和坟前的木牌开始鞠躬。一鞠躬,二鞠躬,一共是三鞠躬。鞠躬完毕,我看着那坟包说:

　　"听好了,罗晓飞,你已经死了八年了,也应该安息了,从今往后这世上再也没有你这号人了。人生一世,草木一秋,或长或短,或贫或富,都是一样的,都得死,死了以后就再也不分彼此了。没有人记得咱们，哪怕是儿女子孙呢。就算儿女子孙记得，他们的儿女子孙也记不得了。各人有各人的日子，各人有各人的命，所以呀，人要知足。活人要知足，死人就更是如此了。你是一个死人，死了八年了，还有什么不知足的呢？以前呀，咱们都没有活过，头一回做人就变活了，那是赚的。赚多赚少都是个赚，只赚不赔没啥吃亏的。对咱们这种情况来说就更是赚大发了。罗晓飞，你就安息吧，以后我也不会再来看你了。"

说完这番话再看那些坟，已然不同了。前后左右无数的坟包已连成了一片，线条极其柔和，甚至于美丽。就像是浪头一样，就像是浪头接着浪头，汹涌着向天边滚去。一瞬间，我竟然有了晕船的感觉，似乎马上就要摔倒在地。我赶紧以手撑地，不再去看眼前的坟。然后我将地上的几只菜碗收拾进篮子里，就挎上篮子离开了。

转眼之间，我就到了瓦屋门口，看见那座雕花门楼了。我推开瓦屋院子的大门，一步跨了进去，同时对着西边的牛屋大声喊道："礼九，礼九……"

牛屋里传出礼九的声音："在呢。"

"咱们来盘六路洲！"我说。

2008 年 11 月 17 日一稿

2009 年 7 月 3 日二稿

2009 年 10 月 21 日三稿

# 花花传奇

一

花花是我见过的最漂亮的猫咪，它来我们家的时候是一只小猫，刚断奶不久，和别的小猫没什么两样。它被装在一只鞋盒里带到我们家，那鞋盒便成了它过于宽大的床。花花小的时候活泼好动，一点也看不出来是一只与众不同的猫。是的，它的确是一只漂亮的小猫，但与别的漂亮的小猫没有本质的区别。它的美不过是一只小猫的美，远没有达到令人费解的程度。后来花花长大了，它的美就超出了猫的范围，怎么看都像是一个人，当然是像那些称得上美人儿的人。

这么说，你一定以为花花是一只母猫，但你错了。它是一只公猫，并且终其一生没有婚配过，也就是说它始终是童子之身，它的美因而就更加非同凡响了。它没有漂亮的母猫的那种娇媚，花花的美是尖锐逼人的，让人不敢正视，它自己反倒浑然不觉。如果它是一个人，我们多半会从旁窥视它，而避免与其正面接触。可花花是一只猫，看着它的时候我们尽可以肆无忌惮了。尽管它神秘的目光让我们害怕，但我们安慰自己说，这不过是一只猫，一只古怪的猫而已。况且，我们是看着它长大的。

花花小的时候，看不出任何异常。喜欢玩各种绳子、小球，在房间里跳来蹿去。在桌子下面寻找鱼骨头，有时不小心被主人踩着，花花发出一声瘆人的惨叫。由于它太小，不易引起人们的注意，而且它也不像后来那么小心谨慎，凡事大大咧咧、不知深浅。当时的花花是初生牛犊，在那些粗大的圆柱般的人腿间活动一点也不知道害怕。

我常常躺在床上，在被子下面蜷起双腿，一座柔软的大山便出现了。花花向山顶猛冲，或是在山脚下屏息凝神，伏下身去，犹如出没于非洲平原的真正的大型猫科动物。我的手也加入进来，它是另一种自然界里不曾有的奇异动物，进攻或是后撤，飞翔或是降落，花花并不认为那是我的手，它对待它的态度极为认真，毫不懈怠。后来花花终于能将我的手与本人联系起来加以考虑，至少它明白，我的手是受我这个人控制的。我这个人虽然体积庞大（相对小猫而言）但并无恶意，甚至对它颇为关爱。由于我的手与花花的体积相仿，它便把它当成了玩伴。高兴的时候，花花会和我的手玩上一阵，若遇花花缺乏兴致，我的手怎么逗弄它也无济于事，即便我使那人造的大山全面崩塌也没用。被掀下被子的花花耸耸肩抖抖毛便扬长而去了。

花花逐渐长大，失去了小猫那样的对世界的好奇心。不过它依然爱动，不同的是节奏如今完全由自己掌握。到目前为止它仍然是一只小猫，准确地说是一只半大不大的猫。花花是什么时候由于何种原因变得与众不同已很难说清。童年时代发生的事一定是至关重要的，遗憾的是在此期间我曾离家外出数月，至于到底发生了什么就不得而知了。退一万步说，即使当时我留在家里没走，发生在花花身上的事我亦不能尽数知道。它毕竟是一只猫，生活在床下墙脚，与我活动的天地大相径庭。况且它也不会说人话,猫的心思与需要,即便观察得再细致入微也不是人类所能完全了解的。反正,当我再次回到家里来的时候,花花就变了,变得十分反常怪异,令人难以理解。

我外出的时间其实不长,三四个月,最多也不超过半年。半年,相对于猫的生命时间就是好几年。也就是说,对花花而言,我一去就是数年,这数年正是花花成长的关键时期。如果落实在人身上,也许就是人格形成的重要阶段。古话说,七岁看到老,就是这个意思。在花花的"人格"形成时期我恰好不在它的身边,这期间定然发生了一些对它来说至关重要对我们而言无足轻重的事。这样的事一定发生过,但已不可能全面追溯了。

二

最可疑的一次,是楼下邻居家的孩子来借花花。

那孩子未到学龄,儿童喜欢动物乃是天性,况且孩子的父亲是我哥哥的同事,他妈妈是我嫂子的朋友,平时两家来往密切,关系非同一般。孩子来借猫,我嫂子虽然心里不愿意,但也没有理由拒绝。她将花花郑重地交到可可(借猫的孩子)手上,后者抱着毛茸茸的一团,下楼去了。我嫂子虽然放心不下,亦不能跟去照料,如果那样便显得太过小气了。她只是反复叮咛不可喂生鱼肠子给花花,并重复了让可可按时归还的话,这才依依不舍地离开楼道,回到房间里。两小时以后可可上楼敲门还猫,比约定的时间甚至还有所提前,他准是玩厌了——孩子和猫一样都没有长性。花花从可可的怀抱中蹿出,飞快地跑过客厅钻入床下不见了。虽然花花神情惊慌，但我嫂子注意到它皮毛无损，安然无恙。直到第二天早上花花也没有呕吐，说明可可并没有给它吃生鱼肠子。但它就是缩在床下不肯出来，并且发出一种前所未闻的凄厉的怪叫。我嫂子无论怎样呼唤它都无济于事，无论怎样温言软语也是白搭，到后来我嫂子已是泪水盈盈了。她一面吸鼻子一面用小勺敲着猫食盆的边沿，那里面盛着牛奶，后来换上了鱼汤、整条的红烧鲫鱼。

没人知道花花被借出的两小时内到底发生了什么，从此之后花花的性情大变，走上了一条非同一般的怪猫之路。它再也不敢游荡于桌腿和活动的人腿之间了，即便是家里人平时也难以知道它的所在，即使知道它在何处也无法接近。谁都知道我们家养了一只小猫，但没人见到过它真实的身影。来人是凭借一股特殊的气味得知我们家养猫这一事实的，而非我们故意捏造，但要追溯那气味的来源却几无可能。越是如此就越激发了孩子们的好奇心，他们在我们家各处呼唤不停。我嫂子作为花花的主人有时也帮着呼唤，但她放心得很，因为知道即使是她亲自出马花花也不会轻易现身。随客人到来的那些孩子爬高上低，甚至翻箱倒柜，我嫂子在一旁暗自好笑。她知道花花已经躲藏好，它是一只聪明的小猫，藏身的地方是那些愚蠢的孩子不可能想到的。我嫂子本人也不愿猜测花花究竟藏在哪里，如果她知道了确切的地点会担惊受怕的，所以不如不知道，不如无条件地信任花花。我妈突发奇想，说以后可将存折藏在花花藏身的地方，万一盗贼光顾也可减少损失……

花花虽然是我们家养的猫，但它直接属于我嫂子。养猫的主意是她的，平时照料花花最多的也是她，她直接对花花的一切负责。除我嫂子之外的全家人只是帮忙而已，尽其所能，并无具体的义务。花花由于受了刺激，到处拉屎撒尿，它选择的方便地点都很隐蔽，而且更换不停。我嫂子负责打扫花花的排泄物,这已经够令人蹙眉的了,况且还得先将排泄物找出。如上所述,花花是一个捉迷藏的高手,它能将自己隐藏得无迹可寻,何况是一泡比它的体积小得多的猫屎。如果是一泡猫尿,就更无体积可言。我嫂子完全是凭嗅觉将它们一一找出来的。每天她都得让我哥哥或我帮忙,移动立柜书橱,掀起床板棕绷。她扫除猫屎,用干煤渣吸走猫尿,还要将被污染的物件拿去洗净晾干。那时候我们家毫无整洁可言,甚至混乱一片,家具在房间的中央横七竖八挤成一堆,永远像刚刚搬来或即将搬走——搬家公司的卡车正在楼下等候。在此充满临时感的居住环境中人的情绪不免受到影响,花花却如鱼得水。那些年里我们家有如荒野丛林,人类难以有下足之地,空气中永远弥漫着猫科动物特有的腥臊气味。时旷日久,神经逐渐受到麻痹,到后来那气味已很淡漠,几乎闻不出来。鼻子的灵敏度大大降低了,此时再要将一泡猫屎准确地找出已非一件易事,要花费比原先更多的时间和遭遇更多的失败。由于自知鼻子不如以前那么管用,我嫂子时刻都在怀疑存在被她遗漏的事物。她成天疑神疑鬼的,东瞧西看,一面吸着鼻子,并且就此养成了习惯,像长年不愈的感冒患者。

也有美好动人的时刻,我嫂子坐在桌子旁,怀抱着花花,后者四脚朝天,露出粉色的肚皮。我嫂子聚精会神给花花捉跳蚤。桌子上放着一碗清水,我嫂子每捉住一个先用两片指甲挤死,然后再移到指尖上浸入水中。半小时以后水面上黑乎乎的一片,都是从花花身上捉出来的跳蚤。花花身上的跳蚤似乎无穷无尽,因此我嫂子总是有机会为它服务,那温馨感人的一幕一再重现。这时我们家里的人除了我嫂子已无人可以接触花花,即便是我嫂子双手上也留下了花花利爪的道道血痕。我嫂子不以为然,也不去注射狂犬疫苗。我哥哥恐吓她说,狂犬病毒的潜伏期最长为二十年,二十年中说不定哪天就会发作。我嫂子反驳说，花花洁身自好，从不与外界接触，因此不可能传染上狂犬病。它之所以连家里人都咬，行为乖僻，乃是心理原因，与病毒并无关系。花花躺在我嫂子的臂弯里就像一个婴儿，它是那么漂亮，两眼瞪得老圆，任凭我嫂子的手指在它的肚皮上翻找，将上面的软毛拨过来拨过去。花花看起来很舒服，甚至闭上了眼睛，喉咙里似乎还发出了咕噜声，可你千万别给它的假相蒙骗了。说不定就在这时——在你完全放松毫无戒备的情况下，在这催眠曲般和平的画面中，那襁褓中无助的婴儿会突然跃起，伸出它那可怕的利爪。有一次我嫂子精力过于集中，头垂得太低，差一点没被花花挖出眼珠。她的鼻子被抓破了，并留下了一道永久性的伤疤。我嫂子照料花花的工作不仅繁重，而且充满危险，难怪需要心无旁骛呢！

　　她除了上班就是照顾花花，如今我嫂子很少有时间做家务，烧饭的事也不知不觉地交给了我妈。我妈六十多岁，身体亦不好，以前只是在厨房里当当我嫂子的下手，如今我妈在厨房里掌勺，掂动着硕大的炒锅，我嫂子甚至连下手也不做。从上街买菜开始，所有家务活我妈全包了，最后洗碗也是她老人家。她享了一辈子的福，到老了竟然还要下厨房，伺候媳妇吃喝。我妈是独养女，从小不会干家务，能做到这一步已很不易。开始的时候我妈没回过味儿来，还感到挺自豪——如今终于可以独当一面主持厨房做出一桌饭菜来，居然也能顿顿花样翻新。我嫂子一个劲地夸我妈做得好吃，她自己是自愧不如。我哥哥和我也只好随声附和。一段时间以来我妈做饭的积极性很高。我嫂子每天也下厨房，那是为了花花。她在火上熬猫鱼肠子，直熬得房间里臭气熏天，人人掩鼻。但有时，我嫂子煮的猫食也香气四溢，那是她上街亲自采购的新鲜小鱼，买回来后还能在脸盆里游。每逢节假日我嫂子都要亲自采买，亲自下厨房烹调，最后亲自洗净灶具碗盏，但这一切都与我们（包括她本人）的饮食无关。我妈上了年纪行动不免迟缓，为及时给花花做饭，有时她会与我妈争夺厨房。更不应该的是我嫂子所做的猫食其香气盖过了我妈做的人饭，让我们不禁垂涎欲滴。一次我哥哥将我嫂子做的猫食吃了一勺，并大夸我妈做得好吃。另一次我尝了一口我妈做的糖醋鱼，难吃无比便以为是花花的晚饭。有了这两次误会，我妈做饭的热情就一落千丈了，她再也无力像真正的大师傅那样掂动炒菜的铁锅了。

我嫂子不帮我妈做事不是故意的。她成天围着花花转在很大程度上也是为了我妈。如果她不管花花我妈不是还得管？如果她不做猫食我妈做的人饭不是还得分一份给花花？这些都不是最重要的。重要的是我妈天生对小虫子敏感。夏天的时候如果房间里有一只蚊子她就睡不着觉，如果身上被咬了一个包我妈会痒得彻夜难眠。对蚊虫有强烈反应的她竟然特别招惹蚊子，如果有一房间的人蚊子只叮着我妈咬，对他人而言我妈是天然优良的避蚊器。蚊子尚且如此，跳蚤就更苦不堪言了。自从养了花花以后我妈的身上也是一道道的血痕，当然那不是花花抓的，而是我妈自己所为，是她抓挠跳蚤叮咬的包块所致，因而归根结底还是因为花花。看着我妈为花花所累，我嫂子深感内疚，除了花更多的时间捉拿花花身上的跳蚤别无他法。将花花抛弃送人是绝无可能的。我妈已经看出，我嫂子对待花花的态度就像对自己的儿子。她老人家与我嫂子都是深明大义有知识的女人，如果不是因为花花，婆媳关系将融洽得一塌糊涂。

关键在于花花，而关键的关键是花花身上层出不穷的跳蚤。我嫂子也曾买了猫咪乐——一种防止跳蚤的药物项圈，给花花戴上。结果，跳蚤是从花花身上逃走了，花花是免遭其苦了，是乐了，但逃走的跳蚤并没有被消灭，它们四散而去，最后在我妈的被褥上集合。我妈并没有戴什么猫咪乐，其后果可想而知。她老人家可比花花难办多了，既没有猫咪乐项圈，也无人终日为她捉拿跳蚤。看着我妈那被自己抓得遍体鳞伤惨不忍睹的身体我嫂子没办法，只好将猫咪乐从花花的脖子上除去。大部分跳蚤闻讯后返回花花的皮毛上生活，但仍有一小部分留了下来。虽说一只跳蚤一个咬包足以让我妈彻夜不眠，但她刚从几百只跳蚤数千咬包下解放出来，虽然身上仍活动着十来只跳蚤仍有几十个咬包，她还是感到松快。也就是说我妈忍受跳蚤的能力在逐渐增强。看着我嫂子日以继夜地在灯下勤恳地捉拿跳蚤，我妈也不便再说什么。

我哥哥作为孝子发誓要干净彻底地消灭所有的跳蚤，在它们从花花身上逃走之前就全部歼灭之。他拿来一罐杀灭苍蝇、蟑螂及各类蚊虫的喷雾剂，对准花花就是一阵狂喷。花花发出一种似曾相识的怪叫。它没有逃进床下橱后这样的地方，而是跳上窗台。也许攻击来自于房间内部，花花觉得此间已找不到安全，因此才向外逃窜的。我们家位于七楼，幸好窗户上蒙着一层塑料窗纱，否则花花不顾一切地跳将出去，后果不堪设想。它扒着窗纱，由于前进受阻只得向上猛蹿。花花的前肢已将纱窗钩破，利爪将全身的重量吊住，下肢仍在扒拉个不停。它四肢张开，突现于窗户具有的长方形的光亮中，我们的眼睛由于逆光，只见花花的一个黑乎乎的背影。花花上下不得，发出声声惨叫。我哥哥手持喷雾器，将其喷了个正着。含有很浓的敌敌畏气味的药雾在房间里飘散开去，并凝成水滴从花花精湿的皮毛上滴落下来。我哥哥想一劳永逸地解决问题，况且面对凶悍的花花此乃是不可多得的良机（它将自己固定在窗户中央无法动弹）。我哥哥尽情地喷射，消耗了大半罐药水。花花的叫声转而微弱，它几乎姿势不变地掉落到窗户下面的地板上。

我哥哥自知闯下大祸，尽其所能地投入到对花花的施救中。他用清水冲洗花花，换了一盆又一盆的水，后来干脆将花花置于水龙头下。后者也不挣扎，任其摆布。若在平时让花花洗一个澡何其困难！每次都是我嫂子亲自动手，让我哥哥拿住花花的后腿。每次给花花洗澡都是以我嫂子的手臂上多出几道血痕为代价的，而且由于花花有力的反抗，每次都不能洗得完全彻底。这次总算尽兴，不仅打了两遍香皂，还用清水反复冲淋。我哥哥用干毛巾将花花揩擦，再用电吹风的弱挡送出缓缓热风，他甚至给花花剪了前后爪的"指甲"。我嫂子下班回家时只看见我哥哥悉心照料花花的一幕，另外花花的软弱顺从让我嫂子产生了些微妒意。由于她嫉妒的情绪作祟，因此无法清醒地察明真相，我哥哥使用喷雾器一节就此瞒过了。花花呕吐了几次后逐渐康复，现在它除了我嫂子再也不可能信任任何人了。它以加倍的疯狂突袭我嫂子——那唯一可能接近它的人。我嫂子的手臂上新伤旧痕，相交叠摞，在与花花的来往中她也练就出一套躲闪的绝技，要是换上旁人，手上的伤痕还会多出几倍。对于花花沐浴后的感冒以及感冒后的性情变化我嫂子当然有所察觉，但她没有深究。她定然怀疑我哥哥对花花做了点什么，女人的本能告诉她此事关系重大，一经道破没准有离婚的可能。我嫂子不愿与我哥哥离婚，我哥哥也一样，因此他们学会了相互回避，对花花洗澡一事讳莫如深。我哥哥的那副做贼心虚的模样就像是外面有了女人。

三

可可后来又来借过几次猫，我嫂子由于熟人情面依然不便拒绝，当然，花花再也没有第二次落入可可的手中。我嫂子很大方地说："借猫玩？可以啊，只要你能找到花花。"可可进到我们家里来找花花，无论他怎样努力总是一无所获。这以后玩猫的游戏就变成了找猫的游戏。由于花花是永远也找不到的，开始时激起了可可的好胜心，到最后只能使他气馁。有时候我也不禁纳闷，花花究竟把自己藏到哪里去了？竟能躲过可可这样精明机敏的孩子。一次可可走后我打开写字台中间的抽屉，想取出文具写点什么，触手之下毛茸茸暖乎乎的一团，竟是花花团身藏在里面。它是从桌肚后面的空当进去的——当然不能设想花花自己打开抽屉进去再自己将抽屉关上，无论花花如何聪明也不可能完成这一系列动作。花花从抽屉里蹿出的同时遗下一泡猫尿，浇灌在稿纸信笺等文具之上，因此一段时间以来我写给朋友们的信以及寄往编辑部的手稿上皆有一股特殊的淡淡的腥臊气味。

花花一向对上楼的脚步声十分敏感，即使它正在吃食，听见楼道内的响动必然停下。它像狗一样地伸长脖子竖直耳朵，直到判断出那脚步不是往我们家而来的，这才放下心来，埋下头去继续进食。对于可可的脚步声它的反应尤其强烈，不论这脚步声向何方而去，只要一在楼道内出现花花立刻隐匿。可可家住我们楼下，每天至少两趟上下楼梯，因此花花每天至少隐藏两次。脚步声实际上只到可可家为止，或者从可可家出发向下而去了。平均每两月才有一次那脚步声通向我们家门口，后来由于可可始终找不着花花，脚步声逼近的次数就越来越稀了。随着可可的长大，半年一次，后来干脆就没有了。花花的反应依然如故，只要可可没到自立的年龄，还住在父母家里，每天必将上下公用的楼梯，花花的过激反应就无法停止。哪怕他已是一个成人，体格的变化使步伐变得沉稳，花花依然能够听出那是可怕的可可在走路，它不禁浑身战抖起来。我们一看花花的模样就知道，可可下楼去了，可可回家来了，或者在纷乱的脚步声中有可可那小子的。我们的判断万无一失。

后来花花又活了七年。这七年花花是在可可那可怕的脚步声的伴奏下度过的，它一天都没有停止过，有时很有规律，不过也常有意外。没准什么时候就会来到我们家门口。可可敲门，他已经长成一个高大的小伙子了，虽说很陌生，但我们坚定地认为那是可可——他上楼的脚步声使花花魂飞魄散，逃得无影无踪。他上门再也不是借猫玩了，他来抄写电表收取电费，或者因为我们家的厕所漏水将他们家屋顶渗潮了。总之是为了邻里间的一些公益或私益的事务，小伙子已经能够帮助父母分担责任了。他比小时候要害臊，在门前踌躇扭捏着，这个年龄的孩子是最不自信的。他定然已经忘记了小时候曾来此借猫，忘记了他将花花抱往楼下的平凡的两小时。那两小时过于普通乏味因此他不再记得，可对花花而言却是终身难忘的、惊心动魄的，是命运也是劫数。我一时冲动，真想告诉这个不自信且健忘的小伙子：对于我们家花花来说，他就是上帝，只要他跺一跺脚，花花肯定吓得屁滚尿流。

花花对可可的惧怕终生不能缓和，对我哥哥则另当别论了。一来我哥哥对它的伤害程度不及可可（至于可可如何伤害了花花始终不得而知，因此在想象中就越发严重了），二来发生的时间也在后。虽说对花花而言是雪上加霜，但在心理上多少也有所准备。更重要的是我哥哥不是有意的，伤害花花是由于过失。对于花花这样聪明的猫咪来说，这点区别还是可以觉察的。我哥哥就生活在这套房子里，他有的是时间让花花逐渐明白这一点。我嫂子因乳腺癌去世以后花花就更无选择了，除了亲近我哥哥外再也没有出路。我哥哥也一样，别无选择。我嫂子在世时为了捍卫我妈的利益他曾多次提出将花花送人，那时候，从理论上说遗弃花花是可能的。而现在，赡养花花却有了某种继承遗志的意思。我嫂子临终时进行了正式的"托孤"，说她最放心不下的就是这个花花，希望我哥哥今后好好待它。我哥哥流着眼泪答应了，我嫂子这才放心地合上眼睛。因此不论我妈怎样抱怨跳蚤，抱怨悲愤的花花如何发狂，把家里的皮沙发都抓破了，阳台上所有的花朵都被吃光了，我哥哥始终听而不闻。他一点也没有趁机将花花抛弃的意思。他现在宽容多了，将花花的种种破坏之举都能当成儿童可爱而正当的顽皮而加以原谅。现在的花花不仅是一只猫咪，而且是他的儿子，不仅是他的儿子，而且是没有娘的孩子，不仅是没有娘的孩子，有时候甚至就是孩子他娘本身，是我嫂子的代表。我哥哥不禁睹物思人啊，将那满腔的遗恨都转化到照顾花花的温情之中。

　　我哥哥接过了我嫂子手中的饭勺，开始为花花熬猫鱼肠子。他每天一次下楼捡人家烧过的煤渣，供花花大小便之用。城市发展的速度异常迅猛，烧蜂窝煤的人家越来越少了。我哥哥每天下到楼下去，向仍住在平房里的居民讨煤渣。后来他们也都用上了罐装液化气，我哥哥就得走得更远，一直走到有烧煤炉的穷人存在的地方。为讨到珍贵的煤渣，我哥哥施以小恩小惠，用公费医疗给人家开一点药丸，或者送人家一两本过期的杂志，直到对方的胃口越来越大，我哥哥无法予以满足。那烧过的煤渣本来是无用的，即使不给我哥哥他们也会抛入垃圾箱中。一段时间以来，我哥哥干脆去垃圾箱中翻找，日久天长，技术逐渐纯熟，动作的干净利落和程式化就像一个真正捡破烂的。我哥哥的行为感动了善良的邻居们，包括楼层上下我哥哥单位里的同事以及街对面开杂货店做小买卖的人家。他们听说我哥哥养猫是为我嫂子，而我嫂子年纪轻轻的就去了实在可怜。我哥哥笨拙而张扬地照顾着花花，不禁成为小区居民段内的美谈。都说我哥哥心眼好，不容易，就像他真的在千辛万苦地拉扯我嫂子留下来的孩子似的。他像要饭花子一样，向人家乞讨煤渣和猫鱼肠子，到后来不必亲自出马，自有人会送上门来。都知道我们家需要这两样东西。附近所有烧煤炉的只要稍有良心都会将烧过的煤渣送往我们家门口。每天数次有人敲门,门开后递进一塑料袋血淋淋的鱼内脏。这年头鱼比肉便宜,且吃鱼益处多,吃鱼的人家和每家吃鱼的频率前几年都无法与之相比。这一带所有被吃的鱼的内脏都集中到我们家里来,即使花花有再大的胃也消受不了,况且它不过是一只过分神经质因而食欲不佳的小猫。我们不愿拂了众人的美意,只得一一收下,除部分被冰冻在冰箱里加以保存外其余都原封不动地弃于垃圾袋中。我们家门前,燃烧过的煤基也堆砌如山,甚至正常的出入都受到了阻碍。我哥哥和我趁着月黑风高分批分期地将其转移下楼,抛入垃圾中转站。为搬运众多的垃圾,我哥哥总体的劳动量丝毫未减,甚至还得我从一旁帮手。当然感受与昔日有所不同。以前,他是把煤渣和鱼肠子往家拿,现在是将它们弄出去。后者无论如何是由于富余所致,因此干起活来心理上比以前踏实。

  我哥哥抚养花花的义举使我们家与邻里的关系大为改善,走动也更加频繁。当然,主要是他们到我们家来。花花依然不肯露面。这个备受关注的孤儿也太不给人面子了。现在不仅儿童,大婶阿姨们也在我们家里四处呼唤花花,满屋子乱找。人多嘴杂,我们家成天闹哄哄的,地板上满是歪七扭八的各式脚印,别说花花,就是我也想找一个清净的地方把自己藏起来。我当然可以一走了之,对花花我不具有任何意义上的义务。我哥哥就不成了,他得陪着来人,听他们传经送宝。来访者中家里养猫的不在少数,需要这么多煤渣供猫儿方便却未曾听说。他们告诉我哥哥应该训练花花,使它像人一样地蹲在搪瓷马桶上排泄,至少应有一个固定地方,以方便打扫。使用煤渣,这方式过于原始了。我哥哥只好一一向他们解释这猫如何的奇怪,到处拉屎撒尿乃是恐惧所致。它如何的怕人、认生、害羞和不喜热闹,我哥哥暗示说在这一点上它很像主人。来访者听不出我哥哥话中有话,但花花是一只怪猫这点他们已经知晓。它如此奇怪，竟然不喜与人为伍，是典型的孤儿性格。也有人认为花花之所以这样是由于性压抑。"花花到现在还是一个童男吗？"他们问。"是啊，"我哥哥说，"它连家里人都怕，别说是陌生的猫了。长这么大，花花没有出过这座楼。"

来人说："问题的症结就在这里。应该给它找一个老婆冲冲喜了。"

几天后，一只经过多方筛选脱颖而出的波斯母猫被送到我们家。它身负与花花配对的重任，在我们家一住就是半个月，最终却一无所成。

花花倒不像怕人那样怕它，它们毕竟是同类，但也没有同类之间具有的特别亲近感。小母猫是花花成年以后见到的唯一的一只猫，它（花花）理应表现出莫大的热情，然而却没有。花花对小母猫不冷不热，更没有面对一只母猫时所应有的急不可待。它一副司空见惯的模样，不惊不乍，倒是那母猫寡廉鲜耻，围着花花打转，并同时发出要求交配的种种淫荡叫声。它将头脸伸往花花的两腿之间，嗅来嗅去，花花为躲避骚扰，跳上了板凳。小母猫围着板凳转圈，并从下面抬起爪子够花花的尾巴。若是它也跳上板凳，花花立刻跳下，决不与其待在同一张板凳之上。吃饭时花花总是回避一旁，让小母猫先吃。小母猫一面咬住鱼头一面发出警告的哼哼声，不让花花靠近食盆。花花表现出十分的高风亮节，显得极有风度，要知道那食盆本来是它的。小母猫吃饱喝足以后花花这才上前勉强吃上两口。排泄方式上小母猫却胜出一筹。它果然像人一样蹲在抽水马桶上，前爪撑住马桶边缘。花花却一如既往地到处撒野尿拉野屎，虽说弄得房子里气味不佳，但使我们避免目睹了猫儿对人类的绝妙模仿——那让我们感到很不好意思。一周以后，当得知母猫的主人将要来探望的消息，我哥哥赶紧给小母猫洗澡。它似乎很习惯这套程序，吹风时眯着眼睛直打呼噜。我哥哥还往小母猫的身上洒了一些我嫂子留下来的香水，由于那熟悉的气味我哥哥一时神思恍惚。他轻轻地抚弄着小母猫肚皮上柔软而干净的绒毛，一旁的花花视而不见，也就是说它一点也不嫉妒。后来小母猫被抱走了，花花也一如往常，平静得令人难以理解。有时候我们不禁怀疑：那母猫来过我们家吗？花花曾经与一只并非是它的猫相处过吗？是的，花花依然是一个童男，没有享受到丝毫的婚姻乐趣，但我哥哥毕竟为它娶过亲，我嫂子地下有知也应该感到安慰了。他们的花花不是没有机会认识母猫，也不是没有母猫看上它，而是它自己高傲得对婚姻和母猫不屑一顾。既然花花自己选择了独身的道路，大家也只好尊重它。

我嫂子死后，虽然一段时间来花花备受我哥哥的宠爱，可好景不长，因为跳蚤问题没有得到恰当解决。我嫂子生前，是她每天在灯下给花花捉跳蚤。我哥哥虽然可以捡煤渣、讨猫鱼肠子，但让他给花花捉跳蚤显然勉为其难了。试想我哥哥一个大男人，成天怀抱一只小猫咪，在它的肚皮上翻翻找找，成何体统？就算我哥哥可以忍辱负重，他也没有这样的细心。给花花捉跳蚤不仅需要温柔爱意，同时需要高超的技巧，我哥哥只好知难而退了。我妈虽然饱受跳蚤之苦，但我嫂子尸骨未寒，一时也很难提出将花花抛弃的建议。后来花花成了整个居民段小姑娘老太太们关注的对象，我妈的要求就更难说得出口了。考虑到我嫂子生前婆媳关系不错，我妈对我嫂子很有感情，她忍受花花也不完全是非自愿的。我妈也曾考虑过代替我嫂子的工作，给花花捉跳蚤，但她毕竟年纪大了，眼花手颤，平时穿个针什么的还得我帮忙，何况捉拿跳蚤这样需要高度敏捷和准确性的工作？因此，我妈就将希望寄托在未来的儿媳妇身上了。

我嫂子去世刚刚月余，我哥哥提出再娶的事本不合情理，但考虑到续弦的对象是以下列要求为先决条件的，热衷于我们家事的人们方才恍然大悟。

这人（选择对象）必须喜欢动物，更确切地说就是喜欢养猫。她不仅喜欢养猫，而且要善于侍弄，确切地说就是给猫捉跳蚤有一套，并且她本人没有养猫。这样的条件十分奇怪，不禁使人生疑：这家人到底是娶媳妇，还是给猫儿找一个后妈？相亲的姑娘进了我们家的大门，闻见那动物园一般的气味，便明白了一切。

我哥哥续弦不成，他和我妈又将目光转移到我身上。此时我和女朋友的恋爱已经谈了两年多，完全可以结婚了。他们欢迎我婚后搬回家里来住，我哥哥主动提出让出他和我嫂子的卧室。本来，我妈考察了徐露（我的女友）很长时间，一直不同意我们结婚。徐露见机行事，假装成喜欢花花的样子。她还将花花抱在怀里，正儿八经地给它捉了几回跳蚤。只有我知道每次结束后她都将捉跳蚤时穿的衣服一件不剩地换下，装入一只带拉链的塑料袋中，然后抛入她们宿舍楼下面的垃圾箱。每次她都让我陪她上街挑选内衣外套，这时我就意识到，这又是一个捉跳蚤日。我悄悄地对徐露说，这些衣服洗了还能穿。她置若罔闻，我行我素，将换下的衣服即时抛弃。她那样急切和紧张，就像在抛弃杀人的血衣。夏天还罢，反正身上穿的衣服不多，天气逐渐冷起来之后捉跳蚤所需的资金就难于维系了。顺便说一句，徐露买衣服的开销一向由我这里支出。虽然她宁愿委屈自己，穿着尽量廉价的衣服去我们家给花花捉跳蚤，但我还是厌烦了这套把戏。当我妈不答应我娶徐露为妻的时候我实在是很想娶她，现在，眼看着我妈就要松口，我却没有了当初的热情。人这玩意儿就是这么难说。在紧要关头我向我妈透露了徐露的阴谋。最让我妈激动的是，其实她（徐露）并不喜欢花花，婚后也不打算随我住回家里来。

徐露知道与我结婚无望，从此再也不给花花捉跳蚤了。迫不得已到我们家来时（她仍是我的女朋友），她毫不掩饰地掩住口鼻，不碰我们家的杯子，不坐我们家的椅子，站在我们家的客厅里，尽量地使自己四不靠。如果有可能她愿意悬挂在半空。她一副深入虎穴的英勇模样，一面拼命念叨着："臭死了！臭死了！"

## 四

我们家住七楼，顶层，七楼之上就是覆盖整座住宅楼的楼顶。楼道里有一扇方形的天窗，可以借助梯子从那里登上楼顶。楼顶上砌着一只巨大的供应五楼以上住户用水的水箱，另外零星地竖立着一些电视天线，除此之外一片荒凉。倒是一个空旷无人的所在，面积也不小。四周没有与之比肩的楼房，从楼顶上可以远眺这个城市的宏伟轮廓，金陵饭店和长江大桥分别作为一个灰影被收入眼底。往楼顶上一站，便感到劲风扑面，至少空气新鲜，心胸顿时开阔了许多。

夏天时有楼内的住户爬上来乘凉，后因担心顽皮的小孩失足跌落，居民就被禁止登上楼顶了。国庆节燃放焰火除外，楼内的居民拖家带口，从天窗那里鱼贯而出。在此处观看焰火条件可谓得天独厚。后来人们又利用此地看月食，看彗星，总而言之看一切人为的或自然的天象，我们的楼顶快成天文台观测站了——有人居然真的架起了高倍望远镜。因为来往的人多，踩坏了脆弱的隔热层，使顶楼住户雨雪天气屋顶渗漏，楼顶观测站这才永远地关闭了。

我哥哥不知如何买通了房管部门，弄来打开楼道天窗的钥匙，悄悄地将花花偷运上去。他在踩坏的隔热层破裂处放置了一张棉垫，供花花睡觉之用，从此花花就生活在广阔的楼顶上了。由于水泥隔热层的存在，实际上花花并未暴露在日光风雨中，它活动于楼顶沥青与隔热的水泥板之间，条件比想象的要好。按我哥哥的话说："花花享有南京市最大的人均住房面积。"可不是，整个楼顶现在都属花花所有。整个楼顶的面积就是每层四户住房面积的总和，加上楼道，至于到底是多少，我简直算不过来了。四户人口相加约有二十，也就是说花花一人（猫）就住了二十人那么大的地方，与从前在我们家的某个角落或抽屉里藏身，实在不可同日而语。

每天我哥哥将猫食和清水送上楼顶，他呼唤几声"花花……"，直到对方在听上去很遥远的隔热层深处应答一声，我哥哥这才放心地从楼顶下来。每天如此。有时我也随哥哥上去看望花花，自然，除了一些表明它存在的迹象外并无花花的踪影。即使是所谓的迹象看上去也十分可疑，比如几根被阵风吹起的肮脏的毛发或一截干枯的粪便。花花在楼下时，虽然它一般不出现，但种种明显的迹象有力地提醒着它的存在。比如跳蚤，时刻叮咬着我们。自从花花迁出以后，那跳蚤是一日少似一日，在我们的大力扫除下和全家性卫生运动中几无存身之地。至于猫尿的气味也越来越淡，逐渐变得似是而非。突然置身于一个清洁无臭的环境中我还真有点不习惯。我来到楼顶试图重温某种往日的气氛，结果很让人失望。这里虽然遍遗花花的屎尿，我哥哥也从不用煤渣清扫，但由于是露天环境，空气流通，时而还狂风大作雨雪交加，那星点排泄物的腥臊早已荡然无存。至于跳蚤能否在此艰苦的条件下生存是另一个问题，它们多半集中于花花的身体上。如今花花永远地摆脱了洗澡的困扰，那纠结的皮毛是跳蚤们唯一的生存之地，想来此间的繁衍已趋于饱和。好在这些都已与人无关，乃是发生在跳蚤与猫儿之间的生物战争。

我哥哥将吃剩的猫食和盛水的盆子从楼顶取下，换上新煮的猫食，在盆中盛满清水，再拿上楼顶。到后来他不再呼唤花花，前一天的猫食状况即能表明花花是否安然无恙。若猫食纹丝未动可能是花花生病了，当然也有挑食的可能，我哥哥必须一一加以分辨。如今他的工作量大大减轻，不必再为煤渣和跳蚤的事烦神，在花花饮食这件事上有精力做到更加体贴。若是花花生病了，我哥哥会格外认真地做一顿病号饭，一方面琢磨花花的口味，一方面小心翼翼地拌入土霉素之类的药粉。再后来我哥哥发现花花不吃饭并不是因为生病，它的体格甚至比在下面时强壮多了。和野外无拘无束的生活相适应，花花越来越讨厌熟食。这样的结论一经得出，我哥哥的工作顿时又轻松了许多。现在，他根本不必去炉火上烹调（从此免除了每日定时飘荡在我们家里的恶臭或奇香），将讨或买来的猫鱼直接拿上去喂花花。至于那楼顶是否可以被视为野外我哥哥却不敢肯定，那上面既无花也无草，也无其他的动物（除了花花和跳蚤），虽是露天，却与四周互不接壤。那儿就像是另一个星球，可怜的花花出没于此，难怪它是一只世界上最奇怪的猫了。

我们家所在的住宅楼呈"工"字形结构，上南下北左东右西，我们家位于下面一横的左边。每层各有四户居民，分别位于两横的左右两侧，"工"的一竖为楼道。在现实中两横之间的距离比想象的要近，我们家阳台对着前面住户北屋的后窗，距离不过两米，以至于夏天他们家空调排出的热风直往我们家里吹。后来，我们家的花花移居阳台，散发出的阵阵腥臭使他们家不敢开窗——这是后话，此处略过。

我哥哥利用住宅楼的这一特殊结构，给花花送食物时不再亲自登上楼顶。他站在阳台上，将准备好的两只塑料袋（一装猫鱼一装清水）抡起，"嗖嗖"两声便扔上了对面的楼顶。花花会自己扒破塑料袋吃东西。装水的塑料袋由于撞击的力量"噗"的一声破裂，清水流溢，花花便反复舔着某一块潮湿的水泥。开始时我哥哥生怕水分被楼顶的水泥吸收，后来，塑料袋扔得多了，水流便在低洼处聚积起来，形成了一个小水塘。以后我哥哥就专往那自然形成的小水塘里扔，加上投掷准确性的逐步提高，使小水塘充盈并非一件难事，至多三塑料袋的水量便能办到。在炎热异常的夏天，楼顶蒸发得厉害，我哥哥就在塑料袋里装上冰块。一来可供花花降温，二来，蒸发得也慢，花花完全可以在冰块融化以前饱饮一顿。

为了花花，我哥哥可谓费尽心血，考虑得十分周到和细致。即便这样，他还是感到内心愧疚，主要原因是花在花花身上的时间已大不如前了。一切都那样方便和顺当，令人难以置信。现在，每到饭前时间花花会主动地提醒我哥哥。它走到"工"字上面一横的左边，伸出脑袋冲着我们家阳台（"工"字下面一横的左边）喵喵地叫唤。它十分明显地表达了亲近的愿望，让我们喜出望外，也不禁悲从中来：一定是花花孤独得再也无法忍受了。我们一面听着久违的花花的嗓音，一面泪眼模糊地端详着它那有如隔世的身影。以前花花的皮毛黑白两色，犹如昼夜般分明，而现在它简直成了一只灰猫。一来可能是花花已经老迈，黑毛变白了。二来，也许成天不洗澡，也无人或别的猫帮忙清理毛发，白毛因此变黑了，灰色乃是不清洁和邋遢留下的印象。

我哥哥每日抡圆了膀子，嗖嗖地从阳台向楼顶运送猫食。做这件事时他毫无表情，如一切人所做的日常和本职的工作，既熟练准确同时也无多大的兴趣。可在旁人看来，这事儿却十分奇怪。我哥哥越是一副不明就里的模样，他的行为就越发具有魅力。那时我已经搬出去另过，有时回到家里，仅仅是为了观看一番我哥哥给花花喂食。我不仅自己看得如痴如醉，还将此作为一景介绍给大家。徐露由于和我的关系自然先睹为快，我的其他朋友也陆续前来，装作借书或混饭，其实不过是想了解我哥哥怎样饲养花花。更多的人因无机会亲眼目睹，只能凭借道听途说。到后来我哥哥养了一只怪猫已没有人再提起，人们感兴趣的是他养猫的奇特方式。这方式既奇特又优美，富于激情、想象力、动感和效率，如果不是我在这里提及，我哥哥至今还浑然不觉呢！

每隔一段时间我哥哥会爬上楼顶，收拾塑料袋，清扫垃圾，花花偶尔也会出现，它已不像当初那样避人了——也许是如今很难见到主人的缘故。我哥哥从阳台上向上扔食时，花花甘冒坠楼的危险来到楼顶边沿看着他。到了晚间，室内亮起了灯，如果不拉窗帘的话花花可从楼顶上看见里面一家人的活动。它这样观看过吗？或许每日如此？满怀深情地凝视着，并陷入了猫科动物特有的沉思，直到东方发白。

一天，我随哥哥来到楼顶，花花也不回避。我哥哥一面给花花喂食一面伸手抚摸它的脊背。我哥哥从花花的身上捋下一团团的灰毛，那毛既软又细，像肥皂泡一样，在我哥哥的手上转眼不见了。我眼睁睁地看着它们被风吹得在楼顶上滚动，并跑远了。我哥哥就这样，一面给花花捋毛，一面和我说话。我们的谈话与花花无关，我哥哥也不朝花花看上一眼，只是不时地将右手手指相互摩擦，以便将粘在手上的猫毛弄干净，完了再去花花的背上梳理。花花的注意力亦不在此，它十分投入地进食，大嚼狂咽，为用上足够的力气而歪着头。此时远处的太阳正逐渐西沉，我们的脸上出现了那种明亮的黄光，接着又突然黯淡下去了。我哥哥谈到我们共同认识的某人，当年她为了爱情辞职从东北来到南京，给某某生了个儿子。如今，儿子长大了，上一年级了，他们却离了婚，她又孤身一人地回东北去了……这的确是一件不幸的事，我听后频频点头。但这样的不幸与花花又有何干呢？的确，一切都是不相干的：花花的进食和秋天的掉毛，我哥哥的信息与他手上的动作,我的倾听以及思考。同时一切又都是一致的、情景交融的、相互感染和中和的,它们统一于秋天的某一个傍晚出现在这楼顶上的特殊光照。

## 五

由于邻居们的抗议,花花被迫再次移居楼下。

他们认为它在楼顶上随处拉撒保不准会弄进水箱,污染水源。虽说水箱上面有沉重的水泥盖板,须合两人之力方能掀动,但谁又能保证四周没有其他的缝隙与水箱相通?而花花的小便没准就撒在了那条不为人知的缝隙上了。况且水泥本身有良好的渗水性能,就算花花不通过某处的缝隙仅在水泥盖板上方便,天长日久也会渗入水箱。更别说那飘忽不定的气味,无孔不入,可以想见的,它整日吹拂着水箱内的水面,将水质硬是熏出了一股十分奇特的味道。除我们家以外的五楼以上十一户居民都同时感受到了。当他们来到楼顶,看见四处星散的干缩的猫屎以及鱼类的枯骨更觉得忍无可忍。他们从水箱中取得必要的水质样本,送往有关部门化验,以期得到不利于我哥哥的证据。但由于有关猫科动物排泄物成分的资料不全,此事便不了了之。邻居们转而控诉他们的房子普遍漏雨,归咎为我哥哥在楼顶上养猫不免来回走动,踩坏了隔热层。幸亏他们还没有糊涂到认为是花花踩坏的,即使是一只金钱豹或东北虎也没有如此沉重的步伐。但他们依然可以移花接木,采取诬陷的手段。那楼顶上的隔热层早在我哥哥上去喂猫之前就已经碎裂了多处,是昔日他们携家带口在此地观看焰火、月食和彗星造成的。有关房管人员不由分说,根据楼顶的踩踏痕迹以及各家墙壁上发黄的雨斑就断定我哥哥有错,他们勒令他将花花迁出楼顶。面对房管人员的不公,我妈很生气,试图与之争辩。我哥哥却微笑不语,他根本否认花花的存在。"谁说我在楼顶上养猫啦?把它找出来给我看看。"我哥哥说。自然,此刻花花早已在隔热层下躲藏好。对于它的躲藏术与耐心我哥哥有充分的信心,因此才胆敢在猫屎和鱼刺这些次要的证据面前大言不惭的。邻居们明知我哥哥说谎,却没有办法揭穿他。情绪激动者居然要求掀开全部隔热层,以便在房管人员面前证明他们是正确的。这样一来却与他们的初衷相背。他们状告我哥哥是想保住隔热层以使房子免于渗漏的威胁,可现在却要以破坏它的代价来揭露我哥哥的狡诈。此事如何行得通?我哥哥本质上也不是一个坏人,他之所以否认花花存在于楼顶上的事实乃是对邻居们的举动感到愤慨。邻里之间的小事完全可以以协商的方式解决,又何须惊动房管部门?而且是在我哥哥一点不知情的情况下,所有平日和睦相处的邻居突然就团结成了一个对付我们家的集体,实际上不过是为了对付一只可怜的小猫。我哥哥越想越气愤,当面说谎是想刺激这些愚顽的邻居。然而他们毕竟是邻居,事情也不能搞得太僵。就在众人进退两难之际我哥哥给了他们一个台阶,他承认花花的存在。"的的确确,它就在这楼顶的隔热层下。"我哥哥诚恳地说,"但是,我却没有办法让它出来,并且抓住它。"说完他装模作样地呼唤起花花来。在场的所有人也帮着我哥哥左呼右唤。"咪咪,咪咪,咪咪,咪咪……"方才争执不休恶语相加的人们突然变得极尽温柔,竞相发出柔软娇媚的声音。然而无济于事,花花一言不发,倒是邻居中有人开始怀疑花花是否真的存在。我哥哥肯定地告诉他们:"它在下面,我昨天还看见了呢!"如此谦恭礼让的气氛几分钟前根本无法设想,早知如此事情就好办多了。此刻邻居们觉得与一只孤立无助的小猫为难实在有些过分，我哥哥也因为惊动了众人而于心不安。他对火气顿消的邻居们说："你们先下去吧，我慢慢地骗它出来。花花是一只胆小的猫，没见过这阵势……"邻居们临去前对趋于平静的我哥哥说："也不急在一时半刻，能骗出来就骗，骗不出来在上面养个一年半载的也没关系。"

此时正值初冬时节，楼顶临高，北风劲吹，刚才彼此争执时没有发觉，现在火气一去只觉得浑身发冷。众人缩头夹脑地陆续下去了。我哥哥和我唤了一会儿花花，见它全无反应，也从天窗下到楼道里。

当天夜里一场大雪飞旋而下。第二天上午即有邻居前来敲门，他们极为关心花花的安危：在一片冰天雪地中它会不会冻死？看得出来，他们是真诚的，不像是趁机要将花花弄下楼顶的诡计。我哥哥不无欣慰地告诉他们：花花已经搬下来了，在大雪降落以前。现在，它就在我们家的阳台上。说着我哥哥领来人走上阳台，并非为了凭栏远眺下面的雪景，而是将刚刚搭建的古怪的猫房指给他们看。

那猫房建在阳台的东北角，由断砖碎瓦拼接而成，上面盖着油毡和塑料布，南面有一个书本大小的出口。只砌了西南两面的墙，东面是阳台实心的底部，北面靠房子的外墙。猫房的缝隙处塞满了小木块和白色的泡沫塑料，说明是在仓促中就地取材勉强搭成的。来人只看见了与阳台的整洁毫不相称的猫房，并没有看见花花。花花此刻自然是在猫房里。来人降低高度，通过门洞向里瞧。还没等他稍稍看得清楚，就听见一种"呲呲"的声音，乃是花花向来人发出了警告。来人并未看清花花的模样，但听到了它不容靠近的威胁之语，因而断定了它的存在。花花既然存在于我们家的阳台上，也就不再活动在上面的楼顶上了。我们家与邻里之间的紧张关系至此宣告解除。

花花的活动被严格地限制在阳台之内。这样，只要通向阳台的门不开,室内依然可以保持整洁。时间一长,花花也就习惯了,现在即使是通向阳台的门开着,它也不会迈进房间一步。我们家的三间房间和客厅对花花而言是完全陌生的世界。在阳台上,如果花花受到威胁,它会钻进东北角上的猫房,而绝无可能窜进房间在床下的某处或抽屉里藏身——像它小时候那样。阳台上的猫房是如今唯一可能保护它的屏障,除此之外长方形的阳台上空荡荡的,并无一物。本来我妈还在上面养了不少花草,花花就像一只山羊,有吃草的习惯,连那些味道有异无法下咽的花木最后也被花花的体臭熏死了。如今的阳台上只见一些叠摞着的花盆以及里面干缩成一块的硬泥,可以遥想当年花繁叶茂的景象。花花若不想在阳台上待只有钻进猫房。如果它既不想回猫房,又不敢走进房间,同时又觉得在阳台上待腻了,再也不能忍受,那就只有越过阳台栏杆跳下去自杀。

## 六

后来我哥哥去了南方,我妈也找了一个老伴,搬出去住了,照顾花花的重任就落在了我肩上。我放弃自己的房子不住,搬回原来的家,目的就是为了照顾花花。否则的话我哥哥就不能去南方发财(耽误了前途),我妈也不能再找老伴(影响到老人晚年的幸福)。在此之前我哥哥一直没走,我妈始终不答应管伯伯的追求,也都是为了花花。他们的想法其实是,等花花死了,而后各奔前程。没想到花花历经艰苦,竟然越活越年轻,丝毫也看不出一点老相。如今,它那拒绝结婚的童子之身看来是派上用场了。这猫在阳台上跳跃腾挪,玩自己的尾巴,体毛也由灰色渐渐地转变成黑白两色,它的确是活出一点名堂和不同来了。我哥哥和我妈不禁害怕,心想,我嫂子活不过这猫,难道他们也……?将花花抛弃或故意饿死委实于心不忍,但如此耗在一起何时是个了局呢?这样我便搬了回来,我哥哥和我妈因此在我嫂子去世三年后获得了自由。

我每天上班,下班后抽空照料花花,其实并不费神。有关花花生活的基本制度业已建立,在我哥哥走后仍保持不变。我没有将花花放进房间里来,以免跳蚤之灾。它依然生活在阳台上,在那儿吃喝拉撒,吃的是生鱼内脏,也不用上火去煮。排泄物无须煤渣的掩盖,我定时将它们清扫出去。只是那股气味遗留下来,挥之不去,当然,也只是局限在阳台上。我们家的阳台并没有像上下楼邻居那样包起来,变成一间计划外的玻璃房子。尽管邻居们反复建议,我依然让它敞开,这样空气流通风雨来往,异味自然减半。而邻居们要求我包阳台的真实目的乃是阻止异味的扩散,只留给我个人吸收。他们认为花花制造的臭气在半空中飘散开去,会洒落到他们晾晒在各自阳台上的衣服上。我们家的阳台在七楼,与其平行的住户尚不能幸免,住在下面的人家就更遭罪了。他们认为将自家的阳台包起,就是为了隔绝那无所不在的气味。这笔包阳台的费用理应由我来承担——除非,我将自己家的阳台也像他们那样包裹起来。我回答说,正因为他们包了阳台所以我才不用包。如果他们答应把已经包好的阳台通通拆除,我保证将自家的阳台包好。这么说话,自有点势不两立的味道。他们无法拆除已经包好的阳台,因此我家的阳台就天经地义地暴露在露天里了。

自己晾晒衣服倒是一个问题,尽管我将晾衣绳结得很高,几乎贴着了阳台的顶部。我的衣服在花花生活区的上空飘扬,它们的下方便是一泡热气袅袅的猫屎。后来我钉制了铁架,将洗好的衣服伸出阳台去晒，花花的熏染不过由垂直变成了平行方向，烦恼依然如故。此时我偶尔读到了一本专业书，上面说香与臭实际上是同一种气味。具体说来，香即是臭的稀释，而臭则是香的浓缩了，关键是一个比例问题。我大受启发。在我们家阳台上晾晒过的衣服上确有一种似有若无的气味，如果说是臭并不那么明显，要说已达到香的比例也未免过分。反正当时不知道我养猫的姑娘都比较愿意接近我，我观察到她们在我身边时深深地呼吸，一副陶醉其中的模样。我不敢将此归结于我个人的男性魅力，我宁愿归功于花花。我正是这样向徐露解释的，她因为那些女孩在我的衣服上故意磨蹭而嫉妒得发狂。

本来徐露是不愿搬来与我同居的，她不喜欢猫，尤其不喜欢花花。当年她试图通过花花讨我妈的欢心，结果未遂，因此留下了心理创伤。进驻我们家完全出于无奈。面对那些喜欢花花气味的女孩徐露心生一计，她要让自己身上也沾上与我一模一样的气味，也就是花花的气味。别人一闻这气味就知道她和我是从一个被窝里爬出来的，有极深的渊源关系。必要时徐露还可暗示这气味的源头是她，是从她那里产生的，被我在肌肤相亲时蹭上，我有口难辩，于是她阴谋得逞。但要做到这一点，前提是搬来与我同住，两人吃喝拉撒在一起，衣服也晾在同一个阳台上。为了爱情，徐露当真做到了所有这些，不禁使我感动。为多沾染上一些花花的气味，如今花花的生活也都是由她来料理了。尤其是清扫粪便这样的脏活，徐露不厌其烦，从不叫苦。在她的身上我仿佛看见了当年我嫂子照顾花花的动人身影。无论我哥哥或是我，甘愿为花花吃苦受累，但照料起来总不是那么一回事，总得有一个女人，事情才顺理成章，才能呈现出一派安宁温馨的景象。当然，徐露从不把花花抱在怀里，为它捉跳蚤、洗澡，她和花花在身体方面是隔绝的。但她可以正常地出入于它的左右，沾染它的气味，呼唤它的名字："花花。"它有时也欣然作答："喵喵。"他们目光相交，彼此便有了某种程度上的心领神会。但要说到爱与信任终究是夸大其词。比如她从不考虑它的性生活，想着为花花娶个老婆，也没想到带它暂离阳台，去外面见识世界。徐露没有为花花织过毛衣——像我嫂子那样，更不曾尝试利用自己的权威将花花从囚禁的生活中解救出来。

那段时间里我们很少出门，除了上班（我）或者上学（徐露）。徐露不愿我在外面瞎窜，接触那些恭维我体味的女孩，她来我们家照看花花，实际上是看着我。我们不知不觉地过起了与世隔绝的小日子，我买菜做饭，徐露照料花花，无论从哪方面看，这都像是一个三口之家。当然啦，由于徐露对花花的态度不卑不亢，照顾周到但热情不足，看上去就像是一个后妈。也幸亏有了一个花花，否则我们无聊的同居生活也不可能维持那么久。花花正是我们毫无希望的生活中的一项有趣的内容，我们学会了静静地观察它。对我而言，值得了解的除了花花以及有关花花的事物还有花花与徐露的关系，或者说是徐露与花花的关系。那么，徐露是否也这样观察我和花花呢？如果她像我这样深感空虚的话也会如此。在这所房子里，我和女友分别观察着花花的生活，我们时常交流各自观察的结果，并得出一些结论，但也有不予交流的部分。关于对方与花花之间的关系这一部分即是不宜公开的，这里面有某种贬损的意味，将对方（具体地说就是徐露）降低到了花花的位置。对花花而言可能是一种提升，把它当成了与徐露平等的人。因此此事还是不谈为妙。要不是无聊到无以复加的地步我也不会堕落至此的（以观察徐露与花花相处为乐）。

这期间徐露画了大量的花花的速写，有各种动态和表情。画上的猫儿大小不一，有的是某处放大的局部，有的是整体的线描轮廓。徐露所画的，勉强可看作一只猫，至于是否是花花就很难说了。她从未受过专业训练，画猫纯粹是自发的，其才能和自由跃然纸上。我很喜欢徐露画的猫，并且大感惊讶，但隐隐有某种担心，因为她除了画猫从不画别的。后来她越画越多，每天都有几十幅作品问世，各种表情怪异的猫从纸上向我狞笑，其中自然寄托了徐露的情绪。每每她与我吵架后便奋力作画，或者排卵期担心怀孕也是画猫的高峰。徐露疯狂画猫与她的想法与心思有关，我明知道这一点却不能从她所画的猫那里看出具体的意义，心情不禁越发沉重与紧张了。徐露显然不是想练就画猫的绝活，以后好去画界混碗饭吃。她虽很勤奋但态度极不认真，画稿随处丢弃，并且所用纸张也是随手拿到的，信纸背面、书刊的空白处以及台历桌布上都充斥着徐露所画的怪猫，所用的画笔从圆珠笔到记号笔各种都有。我们家的阳台上有一只奇怪的猫，家中到处每天还在产生各种虚构想象的猫，它们的形象无处不在，这日子简直令人疯狂。不画猫的时候徐露搬一把椅子坐在阳台上沉思，眼睛直勾勾地盯着花花，或者不看花花，此刻她的脑海里必将浮现出各种更加飘忽的猫的形象。有时我觉得，徐露越来越像一只猫了，不仅她的身上永久性地沾染了花花的气味，她的模样、行为以及个性也越发怪异了。她整个的人都处于变化之中，而变化的终点似乎就是阳台上的花花。这么考虑徐露时我不免想到自己，是否我也一样，在向花花靠近？如果有一天在大街上我们被人指认为两只大猫，也许我并不会感到惊讶。

我们的日子显然不对劲，有时我不禁想，这是否是由于花花的魔法？它显然越活越年轻了，并且越来越漂亮。我从未见过如此漂亮的猫，冷漠矜持，猫脸上的线条十分完美。那超然的美丽透露着神秘，使你不得不朝它看，因此说我们观察花花也不完全是无聊生活中无可奈何的选择。我们闭门不出，注意力转向阳台是受了花花神秘的吸引——这一点我们是后来才发现的。我们在阳台上一待几小时，忘记了吃饭和各自的本职工作，即便离开阳台，我们的目光也总是不由得转向那通向阳台的木门。木门从来没有关上过。卧室里有一扇窗户也是对着阳台的，有时我们也通过它观察花花——似乎一扇木门还嫌不够。如果有可能我们想将房间与阳台之间的那堵墙推倒，或换上玻璃幕墙，因为砖石水泥妨碍我们观察花花优美的存在。若是将花花放进房间与我们共居一室也不是办法，即便不考虑跳蚤因素，它也会逃得无影无踪，躲在床下橱顶上，位于我们的视线以外。让花花待在一个无处藏身的固定的地点，在我们想看到它的时候就能看到，阳台自然是最合理的选择。由于想看到它的时候越来越多，于是便有了某种倾向：我们也要搬到阳台上去与花花一起过了。没事待在阳台上已成为我们的习惯，更有甚者，我们越来越喜欢在阳台上工作了。徐露像一个小学生，搬了椅子和一张较矮的塑料凳在阳台上做作业。一小时前我刚刚嘲笑过她，一小时后自己便以同样的姿势（坐在小凳上，埋头于椅子上的纸张）开始在阳台上写小说。徐露的作业本上画满了花花，我的小说不知不觉地就变成了这篇《花花传奇》。后来，更多方便我们生活的用品被搬上了阳台，热水瓶、饼干筒、烟灰缸……再后来电线也拉到了阳台上，晚间一百瓦的灯泡照得阳台如同白昼，加上电视、音响的引入，我们家的阳台再次充满生机。此时花花却退却了，它不再与我们并排躺在阳台上晒太阳。更多的时候花花宁愿钻进猫房不出来。它一旦从我们的视野里消失，我们便感到了无生趣，来阳台的本来意义便不复存在了。花花拒绝与我们过分亲近更增加了它的魅力。它坚持独立自处的猫的生活，而决不向我们献媚邀宠。出于对此不可理解的精神世界的敬意，我们偃旗息鼓，悄悄地撤出阳台。我们搬走了带去的本来那里没有的一切，包括照明的灯泡，只留下一泡原有的猫屎。从此我们便将水泥阳台当作了未开发的自然环境，而加以维护和保存。清扫花花排泄物的工作如今变得可有可无。凡是自花花进驻以后那儿业已存在的东西都是值得尊敬和保护的,将其去除须三思而行,需要审慎郑重的态度,除非万不得已一切以维持原样为好。我们不再轻易地踏上阳台,如今洗好的衣服也是在房间里阴干的。由于通往阳台的门整天不关,那股原始兽穴的气味源源不断地灌满房间,因此衣服所需的熏香完全不成问题。在此极端开明的态度下,花花又开始在阳台上露面了,甚至睡觉时也不怎么回它的猫房。它躺在自己的几摊干湿不等的猫屎中间感到尤其的自在。

  我们通过敞开的木门和井向阳台的窗户,日夜不停地凝视着花花,而对方骄傲得从不向我们目光投去的方向看上一眼。它不与我们对视,但很愿意成为我们的观察物。有时候它自动跳上窗台来蹲好,以便我们在房间里看得更仔细些。花花背对着我们一动不动地凝望着。显然,目前它不处于休息睡眠状态,精神也毫无恍惚迷离之状。它后腿弯曲,前肢竖直,坐成一座猫的雕塑。它如此聚精会神,从我们的角度看不见它的目光,单见那深沉而凝重的背影。花花的前面是阳台铁制的栏杆,栏杆下面便是半空。花花瞪视的正是这一虚空。下面的街景和人物处于不断的变化之中,花花的目光毫无游移跟随的动态,因此聚焦处并不在下面的街道。它只是瞪视着一片虚空,寂然不动,这使我们不禁担心起它下面的决定。花花是否会突然越出栏杆,跳下阳台自杀?如果它这样做我们也不会感到意外。我屏息凝神,生怕惊动了花花,并将一根手指竖直在嘴唇前,示意徐露也不得轻举妄动。我们有心救花花一命,但自知动作的敏捷和速度都不能与其相比,况且花花距栏杆的距离比我们近得多……因此我们只能静观待变。类似的危机出现过几次,然而没有一次真的如我们所想的那样花花跳下楼去了。到后来我们终于明白了,花花只是陷入沉思而已,并无自杀之意。

有时我想，那阳台是很容易失足的。阳台上的栏杆是根据人类的高度设计的，恰好挡在我们的腰腹附近，对于像花花这样的一只小猫而言，完全可能从栏杆的间隔处掉落下去。可花花在此生活了多年，一次也没有遭遇这样的危险，看来它对高度（或深度）一定有精确的认识。它知道从七楼跌落下去是致命的，不像在伸进阳台的窗台上跳上跳下，并无大碍。

为摆脱花花的魔力，我们尽量去发现它的卑劣可笑之处。比如，猫有覆盖排泄物的习惯，以前我哥哥从楼下捡煤渣放进一只塑料盆里，即是为了满足花花的这一需要——当它拉撒以后便会扒拉煤渣将其掩盖。有时煤渣过湿（乃是上泡猫尿浇淋所致）花花便拒绝排泄，必须换上新的干燥的煤渣供它扒拉。如今花花生活在阳台上，四周并无煤渣，但每次大小便前它仍一如既往地扒拉。看它的趾爪在坚硬的水泥上划出道道白印，发出嚓嚓的响声，我们觉得很可笑。排泄完毕，围绕着一截猫屎花花仍要履行同样的仪式。那截猫屎依然故我，暴露在花花的视野中，但它经过一番扒拉在幻觉中已将其掩盖了。无论如何猫盖屎的动作还是要做出的。当我们发现这古老的本能在花花身上依然存在顿时放心了许多，种种迹象表明它仍然是一只猫咪，而不是披着猫皮的什么。

一天徐露欣喜若狂地跑来告诉我："花花在手淫！"她的意思是花花不通过正常的与异性的交配而自己设法满足。徐露的意思是花花在自慰。我跟随她来到阳台观看这一奇观。自然，花花的方式与人类有别，它没有那么灵活与敏感的手指。花花将一只后腿高高竖起，脑袋折向自己的胯下，正在舔它发红而尖锐的阴茎。从人类的道德立场出发，此事有碍观瞻，因此我们站在那里不知如何是好。是驱散花花？还是继续站立不动？或回到房间里干自己的事，就当这件事根本没有发生一样?如果花花是一个人,当它发现我们看着它"手淫"一定会立刻翻身坐起,竭力掩饰,况且花花的个性是那样羞怯和胆小。然而花花并不是人,在此问题上的态度令人吃惊地坦然,见我们双双到来并不起身回避,当然也没有更加卖力和夸张。花花不是一个露阴癖,这也不是在进行色情表演。它一如既往的沉着态度令我们很是不安。但发现它尚有性欲总比认为它没有性欲要强,也更能被我们所理解。无论花花如何镇定自若,坦然无惧,甚至风度翩翩,性欲的流露说明它还是一只普通的猫,一只动物。作为一只有性欲的动物无论怎样都在我们的意料和把握之中,而无须因其无性欲的神秘境界让我们仰视和窥探。

有时我想,虽然猫的世界有种种我们不理解之处,但作为人,我们毕竟比它们高级和优越了许多。虽然花花是一只不可思议的猫,在那张极度漂亮的猫脸后面隐藏着某种超越猫类的灵魂,但最多不过是一个人而已。我开始觉得花花的前世是一个人,而不太可能是一只猫。那人的灵魂正被囚禁在猫的生活中,而且是这样的一种极端贫乏和病态的猫的生活。那人通过一张猫脸在沉思,或许有过自杀的念头,但那猫的身体禁止他(它)这么做。就像很多人,虽有一张人脸,但其灵魂可能是一只猫,或者一只老鼠也不一定。花花虽有猫的身体和皮毛,但它并不因此而感到适应。它的所作所为,透过那些虚假不实的猫的生活幻象怎么看都不像一只猫,而是一个人。如果是一个人,在他作为人时会是怎样的一个人呢?一个多思、敏感、孤僻、怯懦、漂亮而苍白的人。

我将这些胡思乱想告诉徐露后她说:"这不是你吗?除了漂亮这一条不符,其他几点正是你的写照。"

我说:"别扯上我。如果这是对花花的描写是否恰当?"

徐露说:"除了苍白这条不恰当——花花是一只花猫——其他几条

都没错。"她同时解释道:"不是一家人不进一家门。夫妻在一起时间长了还彼此相像呢。花花越来越像你们家人了!"

听她的意思不像是在赞美我们家人特有的风格和性情,而是在着意贬低,大有挖苦和不屑的意思。要知道花花在猫中并不是一只正常健康和活泼的猫,而是一只奇怪不幸和讨厌的猫,它是一只又怪又老的猫——徐露正是这样暗示我的。她的意思是我是一个古怪而落魄的人。

听她这么说我并不以为意,倒是从此有了某种与花花心意相通的意思。我常常设想,如果我在一只猫的身体里该是如何表现的?情形大约与花花也大差不离。我又想,如果花花具有我这样的身体,也就是说它是一个人,又该如何?那一定与我很像,相像得以致彼此厌恶不共戴天。幸亏他(它)是一只猫,因此我们得以相安无事,和睦共处,并还产生了那种惺惺相惜的感情。花花如何看我,不得而知,但我的确是越来越同情它了。

基于以上情况,我产生了带领花花周游世界的想法。当然这个世界并不是我的身体所度量的世界,而是从花花的角度体会的。我穿上雨衣,戴上手套,将花花抱起。这时我与花花混得很熟,接触它虽会引起反抗但也并非是不可能的。我在大晴天的室内穿戴雨衣一为隔绝花花身上的跳蚤,二来也是为了防止花花的抓咬。花花被我抱起,离开了地面,紧张得就像登上飞离地球的太空船。它紧紧地将我抓住,猫爪戳破了雨衣里面的橡胶层直抵我的皮肉,同时浑身颤抖不已,并伴随大小便失禁。我带着这只惊慌得几乎昏厥的猫离开了阳台来到房间里。我一面在房间里游走一面抖动着肩膀,像安抚臂弯里的婴儿那样安慰着花花。我一面走一面告诉它:"这是你妈妈和你爸爸(指我嫂子和我哥哥)以前的卧室,现在是你叔叔(本人)和你小婶子(徐露)的卧室……这是你爸爸的书房……这是你奶奶(指我妈)以前的房间……这是客厅……这是厨房，隔壁是厕所……"当花花从惊慌中缓过神来，知道我并无恶意，显得很兴奋，虽然它的趾爪仍牢牢抓住我的衣服，但眼神里流露出极度的喜悦和好奇之情。它一直在东张西望。

看得出来花花很喜欢这样的活动。但由于穿戴装备的麻烦，事后还得仔细清除花花留在房间里的痕迹，这样的旅行并不是很方便。每年大约两三次，我心血来潮会主动抱起花花。然而在我全无旅行之意时花花也会过来扒我的衣服，它想跳上我的肩膀或抓住我的后背，像搭载一种交通工具那样上来后它便端坐不动。这时我要费很大的劲才能把它赶开。常常我还没有穿戴整齐它就跳将上来，后果自然是跳蚤们的乘虚而入。除了这些不快，花花接近我亦不是想与我亲热，它纯粹将我当成了旅行世界的交通工具。有了这样的认识后我对旅行就不像以前那么热心了。奇怪的是，尽管通向阳台的门整天开着，花花从未想到利用自己的四肢去房间里作它的世界性漫游。它非得搭乘我这个交通工具才能开始。倒不是花花懒惰，吝啬自己的体力，而是在它看来这快乐的漫游是与交通工具联系在一起的，甚至乘坐交通工具的刺激和快感要大过漫游本身。这样一想，我心理上就比较平衡了。我带着花花，在熟悉得令人绝望的房间里走动，一面异想天开地胡说八道："这是你的美国……这是你的欧洲……这是南非……赤道几内亚……这是新加坡……这是安第斯山脉……这是南极洲……"

## 七

一次花花吐得一塌糊涂，几天拒绝进食。看着它的脖子一伸一缩，肚子一鼓一吸，结果不过是吐出几滴黄水，我们感到很难过，但又不知道该如何帮它。对花花的医疗手段仅限于在它的食物内拌上一粒碾碎的抗菌素，既然它拒绝进食，这唯一的医疗方式还得借助于暴力。我穿上雨衣，上阳台捉花花，在徐露的帮助下扳开它的嘴，硬是将药粉灌下。除了遭遇花花剧烈地反抗以外，医疗效果并不能得到保证，我们刚一撒手，花花便狂吐起来。所谓的"狂吐"并不是指呕吐物超乎寻常地多，恰恰相反，花花的胃里除了刚灌下去的药粉与冲刷药粉所需的一汤勺清水什么也没有。"狂吐"描绘的是动作，花花像通了电一样，幅度的巨大和频率的快速以及状态的机械就像是一只专门呕吐的电动猫。同时从它的嘴角流出几点绿水——象征性的呕吐物，同样也是非现实的。

　　当时，我们也的确想过送花花去医院。但心里又总觉得这是小题大做，花花不过是一只猫。如果是一个人，在病情危急之际我们会不假思索，即使是惊动警笛大作的救护车也在所不惜。我们稍一踌躇，花花已奄奄一息，这时我们便产生了"反正是没救了，现在送医院已经晚了，因而不必多此一举"的想法。花花在猫房里缩成一团，我们蹲下身去探视它，只见它双目紧闭，然而并没有死。它的身体在明显地颤抖。正是从这颤抖的状态中我们断定它还活着。伸手进去摸它的脊背，再也不用担心它锋利的爪牙了。此刻的花花已毫无力气，甚至不能承受自己的抖动。我们的手使它稳定下来，颤动停止了，或者那微弱的频率通过我们的手被吸收了。我们发现，花花似乎很喜欢这样：闭着眼睛，缩成一团，让我们轻轻地抚摸着。它用极其微弱的叫声告诉我们它的想法。当我们的手撤离它便发出一声那样喑哑的叫喊，意思是它需要，需要我们手的接触和温暖。当我们的手放回它的皮毛上，花花同样那么叫了一声，意思是它感觉到了，这样真好，然后它就再也不作声了。我和徐露轮换着手,感觉到花花在我们的手掌下渐渐冷去,叫声也越来越弱,最后只是张张嘴表示一下而已。

徐露对我说,猫的寿命平均八到十年。花花今年算来已经八岁多了。但我仍不能确定它是否能算老死。如果抱花花去医院它是否能起死回生?看花花的模样,一点也不像是一只老猫呀。小时候我下放农村,经常看见那些长寿的老猫,躺在灶台上取暖或草房顶上晒太阳。它们丝纹不动,须眉垂挂,并一概地肥胖硕大,没有一只老猫像花花这样警觉、紧张,并且身材苗条,美丽非常。花花从无衰老垂死之相,它不合常理的年轻显得令人费解,也许与时刻的戒备、不放松有关吧?

为了安慰临终的花花,多年来第一次我们将它搬进了卧室。这时我也病倒了,躺在床上发高烧。花花位于我的床边——徐露弄来一只纸箱子,里面垫上破棉胎,将花花安顿在里面。她同时伺候着我们两个,忙得不亦乐乎。我倚在床头,向地板上张望。有时,花花也于昏睡中睁开眼睛,看上我一眼,并同时机械地叫上一声。我看着垂死的花花,不禁产生了同病相怜之感。虽然我只是偶尔感冒,但感觉上自己将不久于人世了。我觉得我们的病有其共因,在我的身体上做到药到病除时,花花亦可望有所好转。台灯的照耀下我不断地和花花说着话儿,"花花,花花……"我说。它在家具的阴影里颤抖不已。后来我蒙蒙眬眬地睡了。最后一眼,我看见徐露端了一碗刚做好的鱼汤放在花花的旁边。

半夜我起来上厕所,房间里很黑,有一种奇怪的声音直刺耳鼓,是花花在哮喘,它已经彻底不行了。打开灯后,我看见花花一面哮喘嘴角一面流着血沫,同时脑袋摇晃不已。它的样子很吓人。我很想伸手过去安慰它,但想到完了还得去龙头上洗手就犹豫了。我正踌躇之际，突然花花一跃而起，跳上我的后背（我是蹲着的）。我着实给吓了一跳，没想到这垂死的猫会于瞬间行动。我非常本能地耸肩试图将它抖落下去，花花的利爪钩住了我的睡衣，但最终还是被我抖下了地板。只听"咚"的一声，花花侧面着地。若在平时这是绝不可能的——花花已经开始有些僵直了。它无法使自己翻转过来，无法爬回纸箱，但它的前后肢还在抽动，这抽动所产生的微弱力量使它头尾的方向有所改变（与落下去时相比）。花花蹬踏着后腿，弄翻了旁边的鱼汤。它就这样躺在鱼汤变凉的汁水里死去了。

徐露被一系列响动惊醒，她翻了一个身眯着眼睛问我："怎么啦？"我说："没事，没事，你睡吧。"随即灭了灯，自己也钻进了被窝。

想象中我将花花身上的跳蚤也带了进来，也许还有更可怕的病菌。在这虚无的夜半时分，我本来就睡得迷迷糊糊的，又有一只猫死了，因此而丧失了应有的自制。我没有将自己打扫干净再上床。我想象那跳蚤和病菌已部分地从我身上转移到了徐露的身上，因此感到对我的爱人十分内疚。在被子里我将她抱得更紧了。徐露喃喃说道："你没事吧？花花没事吧？"我在她的耳畔柔声地说："没事没事，明天再说吧。"随后我们便睡着了。

第二天早晨醒来，死讯才被正式宣布，徐露自然哭红了双眼。与夜里相比，花花的姿势没有丝毫改变，仍然是侧面着地，四肢展开形成长长的一条。那只盛汤的碗倾斜着，但地板上的汤汁并无多少，几乎都被花花的毛皮吸收了。它嘴角上的血沫也已凝固，瞪圆的眼睛上起了一层白翳。我拿来一只塑料袋，想将它装入其中，但死亡已将花花重塑，那塑料袋宽有余而深不足（此刻花花是棍状的）。后来换了一只大号垃圾袋才将它死亡的形态勉强遮掩了。为保险起见，我在那可疑的垃圾袋外又加了一只时装袋。经过此番修饰就再无人能看出里面装着一具猫尸了。我提着它由徐露引领走进附近的和平商场。

那天我们的日程是这样的：去商场增补一些冰箱里的食物和购买消毒所需的用品，然后葬猫，然后回家，彻底清扫卧室以及阳台。当我们购物时我的手上提着花花的尸体。我不得不将不断增多的购物袋与装载花花的时装袋并列在一起，提在手上。我们（我和花花）穿梭于人群中，挤上公共汽车，来到假日气氛的大街上（这是一个星期天）。欢叫吵闹的儿童、上升飘扬的广告气球、自然界的蓝天白云、跨越头顶的无数条线缆，有的深黑有的光亮异常……这熟悉的世界令我惊奇，只因为我手中提着一具尸体。好似一种魔法，它使我发现这平凡人间的神奇美妙，以及无比的空虚和哀伤。这魔法使一只生前足不出户孤僻病态的动物死后以僵硬的肉身徜徉于热闹的街头……

我和徐露把花花葬在九华山公园里。带去的铲子、菜刀（挖掘工具）没有用上，那儿的山坡上有现成的树洞。此刻的花花恰如一截树棍，我们将它栽入一个树洞中，填好土、踩实，做了伪装和记号，还拍了照片。我将冲洗出来的照片寄给远在南方的哥哥，向他报告了花花的死讯。我强调说那葬身之地的风水极好，背靠九华山麓，山下便是城市绵延的远景，可以鸟瞰那里的千万间楼宇房舍——有照片为证。

又过了一年，我哥哥回南京办调动手续。他跑到我嫂子坟前大哭了一场。去之前上了一趟九华山，并根据照片起出了花花的尸体。那尸体是否已完全腐烂我不得而知，总之我哥哥收集了一些什么，将其装入一只他带去的手提箱中。他将手提箱中的物质埋在了我嫂子的坟旁。两地相去甚远，但我哥哥是骑着他的摩托车来回奔波的，因此也算不得什么辛苦。只是在我看来大可不必。